Anne Morrow Lindbergh

Muscheln in meiner Hand
und andere Geschichten

Anne Morrow Lindbergh

Muscheln in meiner Hand

und andere Geschichten

Bechtermünz

Genehmigte Lizenzausgabe
für Weltbild Verlag GmbH, Augsburg

Muscheln in meiner Hand
Übersetzung von Maria Wolff und Peter Stadelmayer (Gedichte)

„Gift from the Sea", Pantheon Books, Inc., New York 1955

Trage mich über die Flut
Übersetzung von Annemarie von Puttkamer

„The Unicorn and Other Poems", Pantheon Books, Inc., New York 1956

Die Erde leuchtet
Übersetzung von Doris und Renate Schmidt

„Earthshine", Harcourt, Brace, Jovanovich, Inc., New York 1966

Wind an vielen Küsten
Übersetzung von Elisabeth Piper

„Listen! The Wind", Harcourt, Brace, Jovanovich, Inc., New York 1938

Umschlaggestaltung: feedback grafikdesign, Monika Gollasch, München
Umschlagmotive: Muscheln: feedback grafikdesign, München;
Haus: Bavaria-Bildagentur, Gauting
Gesamtherstellung: GGP Media, Pößneck
Printed in Germany
ISBN 3-8289-6926-7

2003 2002 2001 2000

Die letzte Jahreszahl gibt
die aktuelle Lizenzausgabe an.

Inhalt

Muscheln in meiner Hand

Eine Antwort auf die Konflikte unseres Daseins

Ursprünglich schrieb ich diese Seiten nur für mich selbst. Ich wollte meinen eigensten Lebensstil, meinen persönlichen Lebensrhythmus zwischen meiner Arbeit und meinen menschlichen Beziehungen überdenken. Und da ich am leichtesten mit dem Bleistift in der Hand denke, ergab sich das Schreiben von selbst. Als sich meine Gedanken zum erstenmal auf dem Papier ordneten, glaubte ich, meine Erfahrungen seien sehr verschieden von denen anderer Menschen. (Erliegen wir alle dieser Täuschung?) Ich genoß in meinem Leben in gewisser Hinsicht mehr Freiheit, als den meisten Menschen zugeteilt ist, in anderer Hinsicht war ich wesentlich beengter.

Außerdem, so glaubte ich, suchen nicht alle Frauen nach einem neuen Lebensstil, noch haben sie das Bedürfnis nach einer ungestörten besinnlichen Ecke. Viele Frauen finden sich mit ihrem Leben sehr wohl ab. Sie werden erstaunlich gut damit fertig. Äußerlich gesehen schien mir, als meisterten sie es viel besser als ich. Mit Neid und Bewunderung betrachtete ich die glasglatte Vollkommenheit ihrer im ungestörten Pendelschlag schwingenden Tage. Vielleicht hatten sie keine Probleme, oder sie hatten schon längst eine Antwort darauf gefunden. Nein, dachte ich schließlich, diese Überlegungen können nur für mich selbst von Wert und Interesse sein.

Als ich aber weiterschrieb und mich gleichzeitig auch mit anderen Frauen unterhielt, jungen und alten Frauen mit den unterschiedlichsten Lebenserfahrungen – mit solchen, die für sich selbst sorgen mußten, mit jenen, die berufstätig sein wollten, mit den schwerarbeitenden Haus-

frauen und Müttern und mit denen, die ein relativ sorgloses Leben hatten –, da stellte ich fest, daß ich mit meinen Ansichten keineswegs allein dastand. Auf die verschiedenste Weise und in mannigfaltiger Gestalt entdeckte ich, daß viele Frauen, und auch Männer, mit genau den gleichen Problemen rangen wie ich, und daß sie begierig waren, sich darüber auszusprechen und sie zu diskutieren und möglicherweise zu einer Lösung zu gelangen. Selbst diejenigen, deren Leben ungestört und minutengenau hinter einem lächelnden Zifferblatt dahinzuticken schien, versuchten oft wie ich, einen neuen Rhythmus mit mehr schöpferischen Pausen zu finden, ihren individuellen Bedürfnissen besser Rechenschaft zu tragen und in einen neuen und lebendigeren Kontakt zu sich selbst und anderen zu kommen.

1 Der Strand

Der Strand ist nicht der rechte Ort zum Arbeiten, zum Lesen, Schreiben oder Denken. Das hätte ich aus früheren Jahren noch wissen müssen. Er ist zu heiß, zu feucht, zu weich für jede wirkliche gedankliche Disziplin oder geistige Einfälle. Man lernt es nie. Hoffnungsvoll nimmt man den verblichenen Strandbeutel her, vollgestopft mit Büchern, Schreibpapier, überfälligen Briefschulden, frischgespitzten Bleistiften und guten Vorsätzen. Die Bücher bleiben ungelesen, die Bleistifte brechen ab, und der Schreibblock ist weiterhin so frisch und unberührt wie der wolkenlose Himmel. Kein Lesen, kein Schreiben, nicht einmal ein paar Gedanken – jedenfalls nicht im Anfang.

Im Anfang beherrscht uns ausschließlich unser erschöpfter Körper. Wie an Bord eines Schiffes verfallen wir der Liegestuhl-Apathie. Gegen den eigenen Willen, gegen alle guten Vorsätze überwältigen uns die Ur-Rhythmen der Küste. Der Brecher auf dem Strand, der Wind in den Pinien, der träge Flügelschlag der Reiher über den Dünen lassen uns das hektische Pulsen der Städte und Vorstädte, der Fahrpläne und Terminkalender vergessen. Dem Zauber verfallen, dehnt sich entspannt der ruhende Körper. Man wird eins mit dem Element, auf dem man liegt, vom Meer hingestreckt; einsam, preisgegeben, leer wie der Strand, den die Flut von den Überresten des Gestern reingewaschen hat.

Und dann, an irgendeinem Morgen der zweiten Woche, erwacht der Geist und ersteht zu neuem Leben. Nicht im Sinne der Stadt – nein – in der Art des Strandes. Er beginnt zu wandern, zu spielen, sich in lässigen Windungen zu überschlagen gleich den trägen Wellen, die auf den Sand rollen. Man weiß nie, was für zufällige Schätze jene spielerischen unbewußten Brecher auf den glatten, weißen Sand des Bewußtseins spülen werden; was für einen vollkommen gerundeten Stein, was für eine seltene Muschel sie vom Grund des Ozeans mitbringen. Vielleicht eine Wellhornschnecke, vielleicht eine Mondmuschel oder sogar eine Argonauta.

Aber man darf nicht danach suchen oder etwa gar danach graben! Nein, nur kein Schleifnetz über den Meeresgrund ziehen. Das würde unseren Zweck vereiteln. Das Meer belohnt jene nicht, die zu beflissen, zu gierig oder zu ungeduldig sind. Nach Schätzen zu graben beweist nicht nur Ungeduld und Gier, auch Mangel an Glauben. Geduld, Geduld, Geduld lehrt uns das Meer. Geduld und Glauben. Leer, offen und passiv wie der Strand sollten wir daliegen – das Geschenk des Meeres erwartend.

2 Wellhornschnecke

Die Muschel in meiner Hand ist verlassen. Einmal war sie die Behausung einer Wellhornschnecke und nach dem Tod dieses ersten Bewohners wurde sie vorübergehend von einem kleinen Einsiedlerkrebs bezogen, der dann fortlief und seine Spur wie eine zarte Ranke im Sand hinterließ. Er lief fort und ließ mir seine Muschel. Sie war einmal sein Schutz gewesen. Ich drehe die Muschel in meiner Hand und schaue in die weit geöffnete Tür, durch welche der Krebs sie verlassen hat. War sie ihm zum Gefängnis geworden? Weshalb ist er fortgelaufen? Hatte er gehofft, ein besseres Haus, bessere Lebensbedingungen zu finden? Ich begreife, daß auch ich fortgelaufen bin, daß auch ich für diese kurzen Ferienwochen die Muschel, die mein Leben war, verlassen habe.

Aber seine Muschel ist unkompliziert; sie ist einfach, sie ist schön. Klein wie ein Daumen und bis in das kleinste Detail von vollkommener Form. In der Mitte wie eine Birne anschwellend, schraubt sie sich in einer sanften Spirale bis zur nadelscharfen Spitze. Die stumpfgoldene Farbe erhielt durch das Salz des Meeres einen weißen Schimmer. Jede Windung, jede kleinste Erhöhung, jedes Äderchen in dieser eierschalenartigen Substanz ist so deutlich wie am Schöpfungstag. Mein Auge folgt entzückt dem äußeren Umlauf der winzigen Wendeltreppe, die jener Einwohner zu begehen pflegte.

Meine Muschel hat keine Ähnlichkeit mit dieser, denke ich. Wie unordentlich ist sie geworden! Von Moos überwachsen, von Muscheltieren überkrustet, kann man ihre ursprüngliche Form kaum mehr erkennen. Gewiß, einmal hatte sie eine Form. In meiner Vorstellung hat sie immer noch eine Form. Wie ist die Form meines Lebens?

Meine heutige Lebensform erwächst aus einer Familie. Ich habe einen Mann, fünf Kinder und ein Haus jenseits der Außenbezirke von New York. Ich habe auch ein Handwerk – ich schreibe – und deshalb eine Arbeit, der ich nachgehen möchte. Meine Lebensform wird natürlich auch von vielen anderen Dingen bestimmt; durch meine Herkunft und Kindheit, meinen Verstand und seine Bildung, mein Gewissen und seine Nöte, mein Herz und sein Sehnen. Ich will meinen Kindern und meinem Mann etwas sein und ihnen etwas geben, mit meinen Freunden und mit der Gemeinde leben, meine Verpflichtungen den Menschen und der Umwelt gegenüber als Frau, als Künstlerin und als Bürgerin erfüllen.

Aber zuerst will ich – und das ist das eigentliche Ziel all dieser anderen Wünsche – in Einklang mit mir selbst sein. Ich wünsche eine eindeutige Sicht, Reinheit meiner Absichten, einen festen Mittelpunkt für mein Leben, die es mir ermöglichen, jene Verpflichtungen und Aufgaben so gut wie möglich zu erfüllen. Ich wünsche – um es durch einen theologischen Begriff auszudrücken –, »im Stand der Gnade« zu leben, soweit mir das überhaupt möglich ist. Ich gebrauche diesen Begriff nicht im streng theologischen Sinn. Unter Gnade verstehe ich eine innere, im wesentlichen spirituelle Harmonie, die sich auch durch äußere Harmonie auszudrücken vermag. Vielleicht suche ich das, was Sokrates in seinem Gebet im PHAIDROS erflehte, wenn er sagt: »Laß den äußeren und den inneren Menschen eins werden.« Ich will einen Zustand der Gnade erreichen, aus dem heraus ich so sein und handeln kann, wie ich in der Vorstellung Gottes sein und handeln sollte.

So ungenau diese Definition auch sein mag, so sind sich doch, glaube ich, die meisten Menschen bewußt, daß sie in bestimmten Lebensabschnitten »im Stand der Gnade« und in anderen wieder »ohne Gnade« waren, wenn sie vielleicht auch nicht die gleichen Bezeichnungen dafür verwenden. In jenem glücklichen Zustand glaubt man, alles mühelos bewältigen zu können, als würde man von einer mächtigen Welle getragen, und in diesem kann man kaum ein Schuhband knüpfen. Zugegeben, ein großer Teil des Lebens besteht darin, die Technik des Schuhband-Knüpfens zu erlernen, ob man nun im Stand der Gnade ist oder nicht. Aber es gibt auch eine Technik des Lebens; es gibt sogar Techniken, nach der Gnade zu suchen. Und Techniken kann man entwickeln. Durch etliche Erfahrung und viele Beispiele und durch die Werke der zahllosen anderen Menschen, die sich vor mir auf die Suche begaben, habe ich gelernt, daß gewisse Voraussetzungen, Lebensbedingungen und Lebensweisen für die innere und äußere Harmonie zuträglicher sind als andere. Tatsächlich gibt es bestimmte Wege, denen man folgen kann. Einer davon ist die Vereinfachung des Lebens.

Darunter verstehe ich, daß man ein einfaches Leben führen, sich eine Muschel wählen soll, die man leicht tragen kann – wie ein Einsiedlerkrebs. Aber ich tue es nicht. Mein Lebensstil ist nicht auf Einfachheit zugeschnitten. Mein Mann und die fünf Kinder müssen ihren Weg in der Welt machen. Das Leben, das ich als Frau und Mutter gewählt habe, zieht eine ganze Karawane von Komplikationen nach sich. Es schließt ein Vororthaus ein und dementsprechend entweder Plackerei im Haushalt oder Dienstboten, die für die meisten von uns kaum oder gar nicht zu haben sind. Es dreht sich um Nahrung und Behausung, um Mahlzeiten, Einteilen, Einkäufe, Rechnungen und ein tausendfältiges Fertigwerden mit den Gegebenheiten. Es besteht nicht nur aus »Schuster, Schneider, Scherenschleifer«, sondern aus zahllosen weiteren Fachleuten, mit deren Hilfe mein modernes Haus mit seinen modernen »Erleichterungen« (Elektrizität, Installation, Kühlschrank, Gasherd, Ölheizung, Waschmaschine, Radio, Auto und anderen arbeitssparenden Erfindungen) richtig funktioniert. Es dreht sich um die Gesundheit, um Ärzte, Zahnärzte, Konsultationen, Medizinen, Lebertran, Vitamine, den Gang zur Apotheke. Und um die Erziehung: ethische, intellektuelle, körperliche; Schulen, Besuche bei den Lehrern, die Fahrten zum Sportplatz und den Weg zum Musikunterricht; Nachhilfestunden; Ferienlager, Zeltausrüstungen und zahllose Bahnfahrten. Die Kleidung: Einkaufen, Waschen, Reinigen, Flicken, Säume-Auslassen und Knöpfe-Annähen oder die Suche nach jemandem, der diese Arbeiten übernimmt. Dazu kommen die Freunde; die Freunde meines Mannes, meiner Kinder und meine eigenen, und die endlosen Verabredungen, bis alles klappt; Briefe, Einladungen, Telefonate und die Wege von einem zum anderen.

Denn das Leben in Amerika basiert heute auf immer weiter reichendem Kontakt und Austausch. Es umschließt nicht nur die Bedürfnisse der Familie, sondern auch die der Gemeinde, der Nation, der Welt, und beansprucht den verantwortungsbewußten Bürger durch erdrückende soziale und kulturelle Anforderungen, durch Presse, Rundfunk, Wahlkampagnen, Wohltätigkeit und so weiter. Mein Kopf schwirrt davon. Welche akrobatischen Kunststücke müssen wir Frauen tagtäglich vollbringen! Das stellt jeden Trapezkünstler in den Schatten. Seht uns an! Jeder Tag ist ein Balanceakt auf dem Hochseil, mit einem Stapel Bücher auf dem Kopf. Kinderwagen, Regenschirm, Küchenstuhl – alles noch im Gleichgewicht! Nur immer mit der Ruhe!

Das ist nicht das einfache Leben, sondern das vielfache Leben, vor dem uns die Weisen warnen. Es führt nicht zur Sammlung, sondern zur Zersplitterung. Es führt nicht zur Gnade, es zerstört die Seele. Und das gilt nicht nur für mein Leben; so ist tatsächlich das Leben von Millionen Frauen in Amerika. Ich betone Amerika, denn heute ist es in weit größerem Maß das Privileg der amerikanischen Frau als das jeder anderen, ein solches Leben zu wählen. In großen Teilen der zivilisierten Welt ist die Frau durch Krieg, Verarmung, Zusammenbruch und den nackten Existenzkampf in einen viel beengteren Lebensraum zurückgedrängt worden, in den Kreis der engsten Familie und der dringlichsten Existenzsorgen. Die amerikanische Frau ist immer noch relativ frei, sich einen weiteren Lebenskreis zu suchen. Wie lange sie diese beneidenswerte und ungewisse Stellung halten wird, weiß niemand. Aber ihre besondere Situation hat eine Bedeutung, die weit über die sichtbare wirtschaftlich, national oder durch ihr Geschlecht bedingte Begrenzung hinausgeht.

Denn das Problem der Vielfältigkeit des Lebens gilt nicht nur für die amerikanische Frau, sondern auch für den amerikanischen Mann. Und es betrifft nicht nur den Amerikaner allein, sondern die gesamte moderne Zivilisation; denn der amerikanische Lebensstil wird heute von einem großen Teil der übrigen Welt als der ideale angesehen. Und schließlich beschränkt sich dieses Problem nicht auf unsere derzeitige Zivilisation, obgleich es jetzt übermäßig deutlich vor uns steht. Es war immer eine der Gefahrenklippen in der Geschichte der Menschheit. Schon im dritten Jahrhundert warnte Plotin vor den Gefahren der Vielheit. Dennoch ist dieses Problem im eigentlichsten und besonderen ein Problem der Frau. Zersplitterung ist, war und wird wohl immer ein Grundzug im Leben der Frau sein.

Denn eine Frau zu sein bedeutet, daß die Interessen und Pflichten wie die Speichen von einer Radnabe vom Muttertrieb in alle Richtungen ausgehen. Unser Lebensmuster entspricht im Grunde einem Kreis. Wir müssen nach allen Himmelsrichtungen hin offen sein – Mann, Kinder, Freunde, Heim, Gemeinde – und jeden Lufthauch, jeden Anruf, der auf uns zukommt, wie ein ungeschütztes, ausgespanntes Spinnweb registrieren. Wie schwierig ist es da für uns, inmitten all dieser widerspruchsvollen Spannungen das Gleichgewicht zu halten, und doch wie notwendig, damit unsere Lebensfunktionen stimmen. Wie wichtig und wie schwer zu erreichen ist jene Stetigkeit, die uns alle Regeln für ein heiligmäßiges Leben predigen. Wie erstrebenswert und wie fern ist das Idealbild des kontemplativen Menschen, ob Künstler oder Heiliger – die tiefe Unverletzlichkeit des Kerns, die Ein-Sicht.

Ich begreife allmählich, mit einem wehmütigen Lächeln, weshalb die Heiligen selten verheiratete Frauen waren. Ich bin überzeugt, daß das nicht, wie ich früher glaubte, mit der Unberührtheit oder den Kindern zusammenhängt. Es hängt vor allem mit der Zersplitterung zusammen. Mit dem Gebären, Aufziehen, Nähren und Erziehen von Kindern; dem Haushalt mit seinen tausend Anforderungen; den menschlichen Bindungen mit ihren unzähligen Belastungen – die üblichen Beschäftigungen einer Frau stehen für gewöhnlich im Gegensatz zum schöpferischen Leben, zum kontemplativen Leben oder zum Leben der Heiligen. Das Problem heißt nicht nur FRAU UND BERUF, FRAU UND FAMILIE, FRAU UND UNABHÄNGIGKEIT. Es geht viel tiefer: Wie bleibe ich inmitten der Zerstreuungen des Lebens gesammelt? Wie halte ich das Gleichgewicht trotz der Zentrifugalkraft, die mich aus meinem Mittelpunkt zu reißen versucht? Wie bleibe ich stark, den Stößen zum Trotz, die mich erschüttern und die Nabe meines Rades verletzen können?

Wie lautet die Antwort? Es gibt keine einfache, keine endgültige Antwort. Ich habe nur Anhaltspunkte, Muscheln, aus dem Meer. Die reine Schönheit der Wellhornschnecke sagt mir, daß es eine Lösung und vielleicht ein erster Schritt hierzu wäre, das Leben zu vereinfachen und die Zerstreuung einzuschränken. Aber wie? Ein völliges Sichzurückziehen ist nicht möglich. Ich kann meine Pflichten nicht abschütteln. Ich kann nicht ständig auf einer einsamen Insel wohnen. Ich kann nicht mitten in meiner Familie als Nonne leben. Ich will es auch gar nicht. Für mich liegt die Lösung sicherlich weder darin, daß ich dem Leben völlig entsage, noch darin, daß ich es völlig bejahe. Ich muß irgendwie einen Ausgleich finden oder einen Rhythmus, der zwischen diesen beiden Extremen abwechselt. Das Pendel muß zwischen Einsamkeit und Gemeinsamkeit, zwischen Einkehr und Rückkehr schwingen. Vielleicht sammle ich in den Perioden meiner Einkehr Erkenntnisse, die ich in mein alltägliches Leben zurückbringen kann. In diesen zwei Wochen kann ich mich zumindest um die Vereinfachung des äußeren Lebens bemühen. Das wäre ein Anfang. Ich kann diesen oberflächlichen Hinweis befolgen und sehen, wohin er führt. Hier, in meinem Strandleben, kann ich den Versuch machen.

Das erste, was man bei diesem Strandleben lernt, ist die Kunst des Einschränkens; man lernt, wie wenig man braucht, nicht wie viel. Zunächst ist es eine materielle Einschränkung, die dann geheimnisvoll auf andere Gebiete übergreift. Zuerst die Kleider. Natürlich braucht man in der Sonne weniger. Aber man entdeckt plötzlich, daß man überhaupt weniger braucht. Man braucht nicht einen Schrank voller Kleider, sondern nur einen kleinen Koffer voll. Und welche Erleichterung ist das! Weniger Änderungen, weniger Flickarbeiten und – das ist das schönste – weniger Sorgen, was man anziehen soll. Man stellt fest, daß man sich nicht nur der Kleider, sondern auch der Eitelkeit entledigt.

Dann kommt die Behausung. Man braucht keine luftdichten Behausungen, wie man sie im Winter benötigt.

Hier lebe ich in der kahlen Meermuschel eines Häuschens. Keine Heizung, kein Telefon, keine nennenswerte Installation, kein warmes Wasser, nur ein Ofen, keine technischen Wunder, die man warten muß. Keine Teppiche. Es gab welche, aber ich habe sie am ersten Tag zusammengerollt; man kehrt den Sand leichter von den nackten Dielen. Aber ich entdeckte, daß ich hier überhaupt nicht überflüssigerweise kehre und saubermache. Der Staub stört mich nicht mehr. Ich habe meine puritanischen Begriffe von absoluter Ordnung und Sauberkeit abgelegt. Kann es sein, daß auch das eine materielle Belastung ist, die wir mit uns herumschleppen? Keine Vorhänge. Ich brauche sie nicht als Schutz gegen die Außenwelt; dazu genügen die Pinien, die mein Häuschen umgeben. Ich will, daß die Fenster immer offen sind, und ich will mich nicht um den Regen kümmern. Ich verliere allmählich meine Martha-ähnliche Besorgtheit um so viele Dinge. Die waschbaren Möbelbezüge, alt und verblichen – ich bemerke sie kaum noch. Es ist mir gleichgültig, welchen Eindruck sie auf andere Menschen machen. Ich lege meinen Stolz ab. So wenig Möbel wie möglich; ich werde nicht viele brauchen. Ich werde nur solche Freunde in meine Muschel bitten, zu denen ich vollkommen offen sein kann. Ich stelle fest, daß ich die Heuchelei in meinen menschlichen Beziehungen ablege. Wie ausruhend das sein wird! Ich habe entdeckt, daß das Anstrengendste im Leben die Unaufrichtigkeit ist. Ihretwegen strengt uns das gesellschaftliche Leben so an; man trägt eine Maske. Ich habe meine Maske abgelegt.

Ich lebe sehr glücklich ohne jene Dinge, die ich im Winter im Norden für notwendig erachte. Und während ich diese Zeilen schreibe, erinnere ich mich – und ich erschrecke dabei über die Diskrepanz unserer Lebensschicksale – an eine ähnliche Feststellung, die ein Freund von mir in Frankreich gemacht hat, der drei Jahre in einem deutschen Gefangenenlager verbrachte. Natürlich, sagte er und rückte damit seine Behauptung ins rechte Licht, man bekam nicht genug zu essen, man wurde manchmal brutal behandelt, hatte nur wenig Bewegungsfreiheit. Und trotzdem lehrte ihn das Gefangenenleben, mit wie wenig man auskommt und welch außerordentliche geistige Freiheit und welchen Frieden ein solch einfaches Leben geben kann. Es ist eine seltsame Ironie, wenn mir dabei wieder einfällt, daß in Amerika heute mehr Menschen als in irgendeinem anderen Land der Erde das Privileg besitzen, zwischen einem einfachen und einem komplizierten Leben zu wählen. Und die meisten von uns, die wir Einfachheit wählen könnten, wählen die Komplikation. Krieg, Gefangenschaft, Überleben zwingen dem Menschen Einfachheit auf. Der Mönch und die Nonne wählen sie freiwillig. Findet man sie aber, wie ich für diese wenigen Tage zufällig, dann findet man auch die heitere Gelassenheit, die sie uns schenkt.

Man könnte fragen, ob dieses Leben nicht recht häßlich sei. Man sammelt materiellen Besitz ja nicht nur aus Sicherheitsgründen, zur Bequemlichkeit oder aus Eitelkeit, sondern um der Schönheit willen. Ist dieses Muschelhaus nicht häßlich und kahl? Nein, mein Haus ist schön. Natürlich ist es kahl, aber seine Kahlheit wird vom Wind, von der Sonne, vom Duft der Pinien durchspült. Die rohen Dachsparren sind von Spinnweben verschleiert. Wie hübsch sie sind, denke ich, und sehe sie mit anderen Augen; sie mildern die harten Umrisse der Balken, wie graues Haar die Züge eines alternden Gesichtes mildert. Ich zupfe mir keine grauen Haare mehr aus und fege auch nicht mehr die Spinnweben herunter. Was die Wände anbelangt, so sahen sie zuerst wirklich abstoßend aus. Ich fühlte mich vor ihren ausdruckslosen Mienen eingeengt und bedrückt. Ich wollte Löcher hineinschlagen, ihnen durch Bilder oder

Fenster andere Proportionen geben. Und ich schleppte silbriges Treibholz, das der Wind und der Sand seidenweich geglättet hatten, vom Strand mit nach Hause. Ich sammelte die grünen Ranken des wilden Weines, dessen rötlichgefleckte Blätter sich sanft kräuselten. Ich holte mir die gebleichten Skelette der Tritonenmuscheln, deren seltsame, ausgehöhlte Formen mich ein wenig an abstrakte Plastiken erinnerten. Nun schmücken diese Dinge meine Wände und stehen in den Ecken meines Zimmers, und das befriedigt mich. Ich habe ein Periskop, das mich mit der Außenwelt verbindet. Ich habe ein Fenster, einen Blick, einen Fluchtweg aus meiner Schreibtischeinsamkeit.

Ich bin zufrieden. Ich setze mich an meinen Arbeitstisch, einen nackten Küchentisch mit einer Löschunterlage, einer Tintenflasche, einem Kiesel als Briefbeschwerer, einer Austernschale als Federdose, einer rosa gezahnten Muschelhälfte, um damit zu spielen, und einer säuberlichen Reihe von Muscheln, die meine Gedanken anregen sollen.

Ich liebe mein Muschelhaus. Ich wollte, ich könnte immer darin wohnen. Ich wollte, ich könnte es mit nach Hause nehmen. Aber das geht nicht. Es ist zu klein für einen Mann und fünf Kinder und das ganze Drum und Dran des Alltags. Ich kann nur meine kleine Wellhornschnecke mitnehmen. Sie wird auf meinem Schreibtisch in Connecticut liegen und mich an das Ideal eines vereinfachten Lebens erinnern, mich ermutigen, das Spiel, das ich am Strand gespielt habe, weiterzuspielen. Sie wird mich ermutigen zu fragen, mit wie wenig, nicht mit wie viel ich auskommen kann. Und »Ist das notwendig?« zu sagen, wenn ich versucht bin, meinem Leben noch eine Bürde aufzupacken, wenn mir der Sog einer weiteren zentrifugalen Tätigkeit droht.

Die Vereinfachung des äußeren Lebens genügt nicht. Sie berührt nur die Außenseite. Aber ich beginne mit der

Außenseite. Ich betrachte das Äußere einer Muschel, die äußere Hülle meines Lebens – die Muschel. Die erschöpfende Antwort kann nicht im Äußeren gefunden werden, nicht in der sichtbaren Lebensform. Das ist nur eine Technik, ein Weg zur Gnade. Die endgültige Antwort, das weiß ich, wird immer im Inneren gefunden. Aber das Äußere kann einen Hinweis geben, kann uns helfen, die innere Antwort zu finden. Auch wir haben, wie der Einsiedlerkrebs, die Freiheit, unsere Muschel zu wechseln.

Wellhornschnecke, ich lege dich wieder hin. Aber du hast meinen Geist auf die Reise geschickt, auf eine in meinem Inneren aufwärtssteigende Wendeltreppe, deren Stufen die Gedanken sind.

3 Mondmuschel

Das ist ein Schneckenhaus, rund, kräftig und glänzend, wie eine Kastanie. Wohlig und fest schmiegt es sich in meine Handfläche wie ein Kätzchen. Milchig und undurchsichtig, von rosigem Glanz überhaucht, gleicht es einem Sommerhimmel, an dem sich der Regen sammelt. Exakt, wie mit dem Silberstift gezogen, zeichnet sich auf der glatten, symmetrischen Außenseite eine vollkommene Spirale ab, die sich drinnen zum nadeldünnen Mittelpunkt der Muschel windet, zu dem winzigen, dunklen Kern der Spitze, der Pupille ihres Auges. Es starrt mich an, dieses geheimnisvolle Einauge – und ich starre es an.

Jetzt ist es der Mond, allein am Himmel, voll und rund, machtvoll geschwellt, dann wieder das Auge einer Katze, die zur Nachtzeit geräuschlos durch hohe Gräser streicht, nun eine Insel, einsam, selbstgenügsam und heiter mitten in endlos sich weitenden Wellenkreisen.

Wie wunderbar sind Inseln! Inseln im Unendlichen wie diese, auf die ich mich zurückgezogen habe, Inseln von unabsehbarem Wasser umschlossen, ohne verbindende Brücken, Kabel oder Telefone. Eine Insel fernab der Welt und ihrem Getriebe. Inseln inmitten der Zeit wie meine kurzen Ferien. Vergangenheit und Zukunft sind abgeschnitten: nur die Gegenwart bleibt. Das Dasein im Jetzt verleiht dem Inselleben äußerste Intensität und Reinheit. Wie ein Kind oder ein Heiliger lebt man in der Unmittelbarkeit des Hier und Heute. Jeder Tag, jede Handlung ist eine Insel, von Zeit und Raum umspült und in sich geschlossen wie eine Insel. Auch die Menschen werden in dieser Atmosphäre zu Inseln, in sich gestillt, unversehrt und heiter-gelassen. Sie achten die Einsamkeit des anderen, dringen nicht an seine Küsten, machen ehrfürchtig halt vor dem Wunder eines anderen Individuums. »Kein Mensch ist eine Insel«, hat John Donne gesagt. Ich glaube, daß wir alle Inseln sind – in einem gemeinsamen Meer.

Wir sind im Letzten alle allein. Und diesen Ur-Zustand der Einsamkeit zu ändern, liegt nicht in unserem Belieben. Er ist, wie Rainer Maria Rilke sagt, »nichts, was man wählen oder lassen kann. Wir sind einsam. Man kann sich darüber täuschen und tun, als wäre es nicht so. Das ist alles. Wieviel besser ist es aber, einzusehen, daß wir es sind, ja geradezu, davon auszugehen. Da wird es freilich geschehen«, fährt er fort, »daß wir schwindeln.«

Natürlich. Wie ungern denkt man daran, daß man einsam ist! Wie weicht man dem aus! Ablehnung und Unbeliebtheit scheinen darin zu liegen. Dem Wort haftet ein jugendlicher Mauerblümchen-Komplex an. Man fürchtet, verlassen auf dem Stuhl an der Wand zu sitzen, während die erfolgreichen Mädchen schon geholt worden sind und sich mit ihren verlegenen Tänzern auf dem Parkett drehen. Wir scheinen heute solche Angst vor dem Alleinsein zu haben, daß wir es nie dazu kommen lassen. Selbst wenn die Familie, die Freunde und das Kino versagen, bleiben uns immer noch das Radio und das Fernsehen, um die Leere zu füllen. Frauen, die sich über Einsamkeit beklagten, brauchen jetzt nie mehr einsam zu sein. Wir können unsere Hausarbeit in Begleitung schmachtender Schlagersänger machen. Selbst in den Tag zu träumen war schöpferischer als dies; es forderte einem etwas ab und gab dem Innenleben Nahrung. Heute bepflanzen wir unsere leeren Beete nicht mehr mit unseren eigenen Traumblumen, sondern überschwemmen sie mit pausenloser Musik und Geschwätz, einer Begleitung, der wir nicht einmal zuhören. Sie dient einzig dazu, das Vakuum zu füllen. Wenn der

Lärm aufhört, tritt keine innere Musik an seine Stelle. Wir müssen das Alleinsein erst wieder lernen.

Das ist heute eine schwierige Lektion – seine Freunde und seine Familie zu verlassen, um sich vorsätzlich eine Stunde, einen Tag oder eine Woche lang in der Kunst des Alleinseins zu üben. Am schwersten fällt mir die Trennung; Abschiednehmen ist immer schmerzlich, selbst wenn es nur für kurze Zeit ist. Ich empfinde es wie eine Amputation. Ein Glied wird ausgerissen, ohne das ich nicht leben kann. Und dennoch, ist es einmal geschehen, entdecke ich in der Einsamkeit etwas unglaublich Kostbares. Das Leben flutet reicher, intensiver, voller in die Leere zurück. Es ist, als habe man durch die Trennung wirklich einen Arm verloren. Und dann wächst, wie beim Seestern, ein neuer nach, man ist wieder ganz vollkommen und abgerundet – sogar mehr als zuvor, da die anderen Menschen doch nur Teile von uns besaßen.

Einen ganzen Tag und zwei Nächte lang war ich allein. Nachts am Strand lag ich unter dem Sternenhimmel allein. Ich bereitete mein Frühstück allein. Allein sah ich dem Flug der Möwen zu, wie sie an der Spitze der Mole niederschossen, kreisten und nach den Brocken tauchten, die ich ihnen zuwarf. Ein arbeitsamer Morgen am Schreibtisch – und dann ein spätes Picknick, allein am Strand. Und mir war, als sei ich von meiner eigenen Art abgetrennt, den anderen näher verbunden: der scheuen Bekassine, die hinter mir im angeschwemmten Tang nistete; dem Strandläufer, der unbeirrt und eilig vor mir über den glänzenden Sandstreifen trippelte; den Pelikanen, die mit bedächtigem Flügelschlag über meinem Kopf vor dem Wind segelten; der alten Möwe, die griesgrämig dahockte und den Horizont beobachtete. Ich fühlte mich ihnen auf eine unpersönliche Weise verbunden und freute mich dieser Verbundenheit. Ich vermochte die Schönheit von Erde, Meer und Himmel tiefer zu empfinden. Ich war in Einklang mit ihr, ich verschmolz mit dem Universum, verlor mich darin, wie man sich in einem Lobgesang auflöst, der aus einer anonymen Menge in einer großen Kathedrale emporsteigt. »Lobet den Herrn – ihr Fische des Meeres – ihr Vögel unter dem Himmel – ihr Menschenkinder – lobet den Herrn!«

Ja, ich fühlte mich auch meinen Mitmenschen näher, sogar in meiner Einsamkeit. Denn es ist nicht die körperliche Einsamkeit, die uns von den anderen Menschen trennt, nicht die körperliche, sondern die seelische Isoliertheit. Nicht die einsame Insel, noch die steinige Wüste trennt uns ab von denen, die wir lieben. Es ist die Wüste in unserer Seele, das Brachland in unseren Herzen, durch das wir fremd und verloren streifen. Ist man sich selber fremd, dann ist man auch den anderen entfremdet. Ohne Zugang zum eigenen Ich kann man auch keinen Zugang zu anderen finden. Wie oft habe ich in der großen Stadt einem Freund die Hand gegeben und die Wüste gespürt, die ihn von mir trennte. Beide wanderten wir über verbrannte Steppen und hatten den Weg zu den Quellen verloren, die uns nährten – oder hatten sie versiegt gefunden. Langsam begreife ich, daß man nur durch die Verbundenheit mit dem eigenen Wesenskern den anderen verbunden ist. Und ich bin der Meinung, daß man das eigene Ich, die innere Quelle, am besten in der Einsamkeit wiederfindet.

Ich ging weit den Strand entlang, vom weichen Rhythmus der Wellen getragen, die Sonne auf meinem nackten Rücken und auf meinen Beinen, den Wind und den salzigen Sprühregen des Gischtes im Haar. In die Wellen und wieder zurück wie der Strandläufer. Und dann nach Hause, durchnäßt, betäubt, taumelnd und bis zum Rand mit der Einsamkeit des Tages angefüllt; voll wie der Mond, ehe die Nacht von seinem Glanz gekostet hat; voll wie ein Becher, ehe die Lippen ihn berühren. Es gibt ein Gefühl der

Fülle, der der Psalmist Ausdruck verlieh: »Mein Becher läuft über.« Laß niemanden kommen – bete ich plötzlich voll Angst –, ich könnte mich verströmen!

Ist es nicht das, was jede Frau empfindet: das Bedürfnis, sich unentwegt zu verströmen? Der ganze Instinkt der Frau – der ewigen Nährmutter der Kinder, der Menschen, der Gemeinschaft – verlangt, daß sie sich ausgibt. Ihre Zeit, ihr Wille, ihre schöpferische Kraft fließen, wenn irgend möglich, in diese Kanäle. Nach überlieferter Lehre und aus instinktivem Bedürfnis geben wir dort, wo wir gebraucht werden – und ohne zu zögern. Seit Urzeiten verströmt sich die Frau in vielfältigen Rinnsalen an die Durstigen und nur selten hat sie die Zeit, die Ruhe und den inneren Frieden, den Krug wieder bis zum Rand aufzufüllen.

Aber weshalb nicht, könnte man fragen? Was ist falsch daran, wenn eine Frau sich verausgabt, da sie ihrer Natur nach doch eine Gebende ist? Weshalb habe ich, die ich von meinem vollkommenen Tag am Strand zurückkomme, solche Angst, meinen Schatz zu verlieren? Das hängt nicht nur mit meinem Künstlertum zusammen. Der Künstler wird sich natürlich niemals gern in kleinen Mengen verausgaben. Er muß für den vollen Krug sammeln. Nein, auch die Frau in mir ist plötzlich so geizig.

Hier liegt ein seltsamer Widerspruch vor. Instinktiv möchte die Frau geben, doch sie will sich nicht in kleiner Münze verausgaben. Ist das ein grundlegender Widerstreit? Oder ist es die übermäßige Vereinfachung eines vielschichtigen Problems? Ich glaube, die Frau wehrt sich weniger gegen das stückweise Verausgaben als gegen das sinnlose Verausgaben. Wir fürchten nicht so sehr, daß unsere Energie durch kleine Lecke entweichen könnte, als daß sie »durch den Abfluß« geht. Wir sehen die Resultate unseres Gebens nicht so deutlich, wie sie der Mann bei seiner Arbeit sieht. In der Hausarbeit gibt es keine Gehaltserhöhung vom Chef, und nur selten zeigt uns das Lob der anderen, daß wir das Soll erreicht haben. Man hält sehr oft das Kinderkriegen für die einzige schöpferische Leistung der Frau, ihre übrigen Hervorbringungen aber sind gerade heute meist dem Blick verborgen. Unsere Arbeit besteht darin, die tausendfältigen, schier unvereinbaren Einzelheiten des Haushalts, des täglichen Familienlebens und der gesellschaftlichen Verpflichtungen in eine harmonische Form zu bringen. Es ist eine Art verwickeltes Puzzle mit unsichtbaren Teilen, womit sich unsere Finger beschäftigen. Wie können wir auf diesen ewigen Wirrwarr von Hausarbeit, Besorgungen und bruchstückhaften menschlichen Beziehungen als auf eine Schöpfung hinweisen? Es fällt sogar schwer, ihn als eine sinnvolle Tätigkeit anzusehen, denn vieles geschieht rein automatisch. Die Frau fühlt sich allmählich wie ein Klappenschrank oder ein Waschautomat.

Sinnvolles Geben zehrt weit weniger am Lebensnerv, denn es gehört zu den natürlichen Formen des Gebens, bei denen sich die Kräfte im gleichen Maß zu erneuern scheinen, in dem sie sich verzehren. Je mehr man gibt, desto mehr hat man zu geben – es ist wie mit der Milch in der Mutterbrust. In unserer früheren Kolonialzeit und neuerdings während der Kriegsjahre in Europa war die gebende Funktion der Frau, bei allen Schwierigkeiten, sinnvoll und unentbehrlich. Heute, mit unseren technischen Hilfsmitteln, fühlen sich viele Frauen kaum noch unentbehrlich, ob im primitiven Lebenskampf oder als tragende Mitte ihres Heimes. Nicht mehr vom Bewußtsein der Unentbehrlichkeit oder sinnvollen Daseinsberechtigung gespeist, hungern wir. Und da wir nicht wissen, wonach wir hungern, füllen wir die Leere mit den vielfältigen Zerstreuungen, die sich uns immer bieten – mit unnötigen Gängen, eingebildeten Verpflichtungen, gesellschaftlichem Getändel. Und das alles meist ohne tieferen Sinn. Plötzlich ist die Quelle versiegt; der Brunnen ist leer.

Natürlich kann man Hunger nicht nur mit dem Gefühl der Unentbehrlichkeit stillen. Auch ein sinnvolles Geben muß aus irgendeiner Lebensader gespeist werden. Der Körper, der die Muttermilch abgibt, muß Nahrung haben. Wenn es die Aufgabe der Frau ist zu geben, so muß sie auch wieder bekommen. Aber wie?

Alleinsein, sagt die Mondmuschel. Jeder Mensch, besonders aber jede Frau, sollte einmal im Jahr, einmal in der Woche, einmal am Tag allein sein. Wie revolutionär das klingt, und wie undurchführbar! Vielen Frauen scheint ein solches Vorhaben völlig unerreichbar. Sie besitzen kein eigenes Einkommen, das sie für ihre privaten Ferien ausgeben könnten; sie erübrigen von der wöchentlichen Sklaverei im Haushalt nicht die Zeit, die ihnen einen freien Tag ließe; sie haben nicht mehr die Kraft, nach dem täglichen Kochen, Putzen und Waschen auch nur eine Stunde Einsamkeit fruchtbar zu nutzen.

Ist es also nur ein wirtschaftliches Problem? Ich glaube das nicht. Jeder Lohnempfänger, ganz gleich auf welcher Stufe der wirtschaftlichen Leiter, erwartet einen freien Tag in der Woche und einen jährlichen Urlaub. Im großen und ganzen sind die Mütter und Hausfrauen die einzigen arbeitenden Menschen, die keine geregelte Freizeit haben. Sie sind die große Klasse der Ferienlosen. Sie beklagen sich sogar nur selten über diesen Mangel, da sie offenbar nicht überlegen, daß auch sie berechtigten Anspruch auf eine gewisse Freizeit haben.

Hierin liegt ein Schlüssel zu diesem Problem. Wenn die Frauen davon überzeugt wären, daß ein freier Tag oder eine stille Stunde ein vernünftiges Ziel ist, dann fänden sie auch einen Weg, es zu erreichen. So aber glauben sie, ihr Verlangen sei derart ungerechtfertigt, daß sie kaum einen

Versuch unternehmen. Um zu begreifen, daß es sich nicht um ein ausschließlich wirtschaftliches Problem handelt, muß man sich nur jene Frauen betrachten, die tatsächlich die Mittel oder die Zeit und die Kraft haben, um sich gelegentlich zurückzuziehen, und sie trotzdem nicht benützen. Es ist eher eine Frage der inneren Überzeugung als des äußeren Drucks, obwohl dieser äußere Druck natürlich besteht und erschwerend wirkt. Was die Suche nach dem Alleinsein angeht, so leiden wir in einer abträglichen Atmosphäre, die so unsichtbar, so allgegenwärtig und so zermürbend ist wie die feuchte Hitze eines August-Nachmittages. Die Welt von heute versteht weder das Bedürfnis der Frau noch das Bedürfnis des Mannes, allein zu sein.

Wie unerklärlich uns das erscheint! Jede andere Entschuldigung wird eher entgegengenommen. Die Zeit, die wir uns für eine geschäftliche Verabredung, für den Friseur, für eine Einladung oder für Einkäufe nehmen, wird respektiert. Sagt man aber: ich kann nicht kommen, denn das ist die Stunde, die ich ganz für mich allein reserviert habe, dann gilt man für ungezogen, egoistisch oder als Sonderling. Was wirft es für ein Licht auf unsere Zivilisation, wenn das Bedürfnis nach Einsamkeit verdächtig erscheint; wenn man sich dafür entschuldigen, wenn man es verbergen muß wie ein geheimes Laster!

Tatsächlich sind es die wichtigsten Momente im Leben – in denen man allein ist. Bestimmte Quellen können wir nur erschließen, wenn wir allein sind. Der Künstler, der etwas hervorbringt; der Schriftsteller, der Gedanken Gestalt werden läßt; der Musiker, der komponiert; der Heilige, der betet – sie wissen, daß sie dazu allein sein müssen. Die Frau aber braucht die Einsamkeit, um ihre eigentliche Bestimmung wiederzufinden: jenen festen Faden, der das ganze Netz menschlicher Beziehungen zusammenhält. Sie muß jene innere Ruhe finden, die Charles Morgan beschreibt als »das Stillewerden der Seele innerhalb der Geschäftigkeit des Geistes und des Körpers, damit sie ruhig sei, wie die Achse eines kreisenden Rads ruhig ist«.

Ich glaube, dieses schöne Bild sollten die Frauen sich vor Augen halten. Dieses Ziel könnten wir erreichen – ruhende Achse zu sein im kreisenden Rad der Beziehungen, Verpflichtungen und Tätigkeiten. Einsamkeit allein ist noch nicht die Lösung; sie ist nur wie das »eigene Zimmer« eine technische Hilfe, ein Schritt weiter zu dem Platz, den die Frau in der Welt ausfüllen kann. Das Problem besteht nicht ausschließlich darin, das eigene Zimmer und die Zeit für sich zu finden, so schwierig und so notwendig das auch ist. Die Frage lautet vielmehr: wie bewahre ich meiner Seele inmitten des Getriebes die Ruhe, wie gebe ich ihr Nahrung?

Denn nicht die äußeren Umstände versagen; es ist die seelische Kraft der Frau, die versiegt. Äußerlich betrachtet hat die Frau während der letzten Generation nur gewonnen. In Amerika jedenfalls ist unser Leben – unter anderem dank der Frauenrechtlerinnen – leichter, freier und voll neuer Möglichkeiten. Das eigene Zimmer, die Stunde der Besinnung sind jetzt für einen weiteren Kreis erreichbar als je zuvor. Aber diese schwer erkämpften Privilegien genügen nicht, weil wir noch nicht gelernt haben, wie wir sie nützen können. Die Frauenrechtlerinnen sahen nicht so weit voraus; sie haben keine Gebrauchsanweisung gegeben. Ihnen genügte es, die Privilegien zu fordern. Die Nutzbarmachung war, wie bei jeder Pionierarbeit, den Frauen überlassen, die sich der Bewegung anschlossen. Und die Frau von heute sucht immer noch. Wir wissen um unseren Hunger und unsere Bedürfnisse, aber wir wissen immer noch nicht, womit wir sie stillen sollen. Wir neigen eher dazu, in der gewonnenen Freizeit unsere schöpferischen Quellen zu leeren, als sie wieder aufzufüllen. Wir versuchen manchmal, ein Feld zu bewässern und nicht einen Garten. Blindlings stürzen wir uns in Vereinstätigkeit und in den Kampf für eine »Sache«. Da wir nicht wissen, wie wir die Seele nähren sollen, versuchen wir, ihr Verlangen durch Zerstreuungen zu beschwichtigen. Statt das Zentrum, die Achse des Rades, zum Stillstand zu bringen, fügen wir unserem Leben noch mehr zentrifugale Tätigkeiten hinzu, die uns aus dem Gleichgewicht bringen können.

In der letzten Generation haben wir materiell viel gewonnen, aber seelisch sind wir, glaube ich, ärmer geworden, ohne es zu wissen. Früher besaßen die Frauen, ob sie es wußten oder nicht, in ihrem Dasein mehr zentrierende Kräfte, Quellen, aus denen sie bewußt oder unbewußt gespeist wurden. Allein die Tatsache ihrer weitgehenden häuslichen Abgeschlossenheit gab ihnen das notwendige Alleinsein. Viele ihrer Aufgaben trugen dazu bei, daß sie sich innerlich sammeln mußten. Sie hatten mehr schöpferische Arbeiten zu verrichten. Nichts speist die Mitte so sehr wie schöpferische Arbeit, auch wenn es bescheidene Tätigkeiten sind wie Nähen oder Kochen. Brotbacken, Weben, Einmachen, Kinder Unterrichten und ihnen Vorsingen müssen viel kraftspendender gewesen sein als den Familienchauffeur zu machen, in Selbstbedienungsläden die Konserven einzukaufen oder die Hausarbeit mit technischen Hilfsmitteln zu verrichten. Das Schöpferische und Handwerkliche sind aus der Haushaltsführung weitgehend verschwunden, die zeitraubende Plackerei ist, obwohl die moderne Reklame das Gegenteil behauptet, geblieben. Im Haushalt wie im übrigen Leben hat sich die Technisierung wie ein Vorhang zwischen Geist und Hand gesenkt.

Auch die Kirche ist immer eine zentrierende Kraft im Leben der Frau gewesen. Jahrhundertelang gehörte den Frauen diese ruhige ungestörte Stunde, in der sie sich sammelten. Kein Wunder, daß die Frau eine wesentliche Säule der Kirche war. Hier genoß sie mit der Billigung der Familie und der Allgemeinheit die Vorteile eines eigenen Raumes und einer Stunde der Besinnung, die Ruhe und den Frieden – alles in einem. Hier konnte keiner einbrechen mit dem rücksichtslosen Ruf: »Mutter«, »Frau«, »Herrin«. Hier war die Frau endlich und im tiefsten auf sich zurückgezogen und nicht in tausend Funktionen aufgesplittert. Sie konnte sich in dieser Stunde völlig der Andacht, dem Gebet, dem Abendmahl hingeben und vollkommene Bestätigung finden. Und in dieser Hingabe und Bestätigung erneuerte sie sich; die Quellen bekamen Nahrung.

Noch immer ist die Kirche ein machtvoller Mittelpunkt, in welchem sich Männer und Frauen sammeln, und wir brauchen sie notwendiger als je zuvor – wie die zunehmende Menge der Gläubigen beweist. Aber sind jene, die da in die Kirche gehen, ebenso bereit, sich ihr zu öffnen oder ihre Botschaft zu empfangen, wie das früher der Fall war? Unser Alltag bereitet uns nicht auf die Kontemplation vor. Wie kann die eine Stunde der Woche, die wir in der Kirche verbringen, mag sie auch eine noch so große Hilfe sein, den vielen Alltagsstunden entgegenwirken, die uns zerstreuen? Hätten wir zu Hause unsere kontemplative Stunde, dann könnten wir uns in der Kirche leichter der Einkehr widmen und empfingen eine tiefergehende Erneuerung. Denn das Bedürfnis nach Erneuerung besteht noch immer. Der Wunsch nach vollkommener Bestätigung, der Wunsch, als Individuum gewertet zu werden und nicht als Sammelbegriff verschiedener Funktionen, der Wunsch nach völliger und sinnvoller Hingabe verfolgt uns unablässig und trägt mit dazu bei, daß wir uns in immer neue Zerstreuungen, illusorische Liebesabenteuer oder in den rettenden Hafen der Krankenhäuser und Sprechzimmer flüchten.

Die Lösung liegt nicht darin, daß wir umkehren und die Frau ins Haus verbannen und ihr wieder den Besen und die Nadel in die Hand drücken. Eine Reihe technischer Hilfsmittel sparen uns Zeit und Kraft. Die Lösung liegt aber auch nicht darin, daß wir unsere Zeit und unsere Kraft in noch sinnloseren Beschäftigungen vergeuden, noch mehr Dinge ansammeln, die angeblich unser Leben vereinfachen, es in Wirklichkeit aber nur belasten, noch mehr Besitz erwerben, den wir aus Zeitmangel weder nutzen noch genießen können, und die Leere mit weiteren Zerstreuungen zu füllen versuchen.

Mit anderen Worten: die Lösung besteht nicht in der fieberhaften Jagd nach zentrifugalen Betätigungen, die schließlich nur zur Zersplitterung führen. Das Leben der modernen Frau tendiert immer mehr zu jenem Zustand, den William James so treffend mit dem deutschen Wort »Zerrissenheit« bezeichnet. Sie kann nicht in ewiger »Zerrissenheit« leben. Sie wird in tausend Stücke zerspringen. Sie muß im Gegenteil bewußt jene Bemühungen unterstützen, die den zentrifugalen Kräften der heutigen Zeit Widerpart bieten: die Bemühungen um ruhige, besinnliche Stunden allein, Gebet, Musik, systematisches Denken, Lesen oder Studieren. Jedes schöpferische Leben, ob physischer, intellektueller oder künstlerischer Natur, das den eigenen Bedürfnissen entspringt, ist dazu angetan. Es muß weder eine anspruchsvolle Aufgabe noch ein bedeutendes Werk sein. Aber es sollte von einem selbst sein. Das Arrangieren von Blumen in einer Vase am Morgen vermag an einem überfüllten Tag das gleiche Gefühl innerer Ruhe zu geben wie das Niederschreiben eines Gedichts oder ein Gebet. Wichtig ist nur, daß man für eine Weile nach innen horcht.

Alleinsein, sagt die Mondmuschel. Den Mittelpunkt finden, sagen die Quäker. Der Weg zum Ich führt nach innen, sagt Plotin. Die Zelle der Selbsterkenntnis ist der Stall, in dem der Pilger seine Wiedergeburt erleben muß, sagt die heilige Katharina von Siena. Stimmen aus der Vergangenheit. Eigentlich sind es Richtlinien und Tugenden der Vergangenheit. Aber heute werden diese Ziele auf andere Weise verfolgt, bewußt, wach, mit offenen Augen. Nicht so wie früher, als sie ein Teil des Lebensstils waren. Nicht, weil alle anderen es auch täten; fast keiner tut es. In Wirklichkeit ist es heute etwas Revolutionäres; denn jede Tendenz, jeder Druck und jede Stimme der Außenwelt sind gegen diese Art der Verinnerlichung gerichtet.

Die Frau muß auf dieser Suche nach der Kraft in uns den ersten Schritt tun. In gewissem Sinn war sie immer ein Pionier. Noch bis zur letzten Generation in den Möglichkeiten, sich in äußere Ablenkungen zu flüchten, beschränkt, war sie durch die gegebenen Grenzen ihres Daseins gezwungen, sich nach innen zu wenden. Und dieser Blick nach innen gab ihr die verborgene Kraft, die der Mann in seinem nach außen gerichteten aktiven Leben nur selten fand. Aber bei unseren jüngsten Anstrengungen, uns zu emanzipieren, unsere Gleichberechtigung zu beweisen, haben wir uns – vielleicht nur allzu begreiflicherweise – dazu verleiten lassen, den Wettkampf mit dem Mann im Alltagsleben auf Kosten unserer eigensten Lebenskräfte aufzunehmen. Warum ließen wir uns dazu verführen, die zeitlose innere Kraft der Frau aufzugeben um der zeitweiligen äußeren Kraft des Mannes willen? Diese äußerliche männliche Kraft ist wichtig im Gesamtbild unserer Zeit, aber selbst hier scheint heute die Vorherrschaft der rein äußerlichen Kraft und der rein äußerlichen Lösungen zu schwinden. Auch die Männer werden gezwungen, nach innen zu sehen – neben den äußerlichen Lösungen die inneren zu finden. Vielleicht beweist diese Veränderung, daß der moderne extrovertierte, aktive, materialistische westliche Mensch einen höheren Grad der Reife erreicht. Sollte er allmählich begreifen, daß wir das Himmelreich in uns tragen?

Mondmuschel, wer gab dir deinen Namen? Fast glaube ich, es war eine intuitive Frau. Ich gebe dir noch einen anderen Namen: Insel-Muschel. Ich kann nicht ewig auf meiner Insel leben. Aber ich kann dich mitnehmen zu meinem Schreibtisch in Connecticut. Dort wirst du liegen und dein Einauge auf mich richten. Deine sanften Windungen, die sich in deinem Gehäuse zur winzigen Spitze emporschrauben, werden mich an die Insel denken lassen, auf der ich ein paar kurze Wochen lang gelebt habe. »Alleinsein« wirst du mir zurufen. Du wirst mich daran erinnern, daß ich versuchen muß, einen Teil des Jahres allein zu sein, wenn auch nur für eine Woche, für ein paar Tage; und für einen Teil des Tages, wenn auch nur eine Stunde oder wenige Minuten, damit meine Mitte intakt bleibt, mein Wesenskern, das Inselhafte in mir. Du wirst mich daran erinnern, daß ich meinem Mann, meinen Kindern, meinen Freunden und der übrigen Umwelt wenig geben kann, wenn ich das Inselhafte nicht irgendwie in mir erhalte. Du wirst mich daran erinnern, daß die Frau innerhalb des Getriebes ihrer Pflichten so ruhig sein muß wie die Nabe eines Rades; daß sie der Vorkämpfer für diese Ruhe sein muß, nicht nur um ihrer eigenen Rettung willen, sondern um die Familie, die menschliche Gesellschaft, ja vielleicht sogar unsere Zivilisation zu retten.

4 Zweifacher Sonnenaufgang

Diese Muschel ist ein Geschenk; nicht ich habe sie gefunden. Ein Freund gab sie mir. An diesem Strand kommt sie nur selten vor. Nicht oft findet man eine so vollkommene zweifache Sonnenaufgangs-Muschel. Beide Hälften dieser zarten, zweischaligen Muschel fügen sich genau zusammen; jede hat, wie der Flügel eines Schmetterlings, die gleiche Zeichnung. Bis auf die drei rosigen Strahlen, die von dem goldenen Scharnier, welches die beiden Teile verbindet, fächerförmig ausgehen, ist sie durchscheinend weiß. Ich halte einen zweifachen Sonnenaufgang zwischen Daumen und Zeigefinger. Glatte, makellose Muschel, wie konntest du die Brecher auf dem Strand überstehen?

Sie ist sehr selten; trotzdem hat man sie mir gern geschenkt. So sind die Menschen hier. Ein Fremder lächelt dir am Strand zu, kommt zu dir und schenkt dir ohne Grund eine Muschel. Dann geht er wieder, er stört dich nicht. Man verlangt keine Gegenleistung, keine Verpflichtung, keine Bekanntschaft. Es war ein Geschenk, freimütig gegeben, freimütig genommen, auf der Basis gegenseitigen Vertrauens. Die Menschen hier lächeln dir zu wie Kinder, ohne Furcht, zurückgewiesen zu werden, überzeugt, daß man auch ihnen zulächelt. Und man lächelt zurück, da man weiß, daß es unverbindlich ist. Das Lächeln und die Verbindung, die es herstellt, schweben frei im Raum, in der Unmittelbarkeit und Reinheit des Augenblicks; sie hängen auf dem ruhenden Zeiger der Waage, die das Hier und Jetzt anzeigt, halten sich dort im Gleichgewicht wie die Möwe, die vor dem Winde verharrt.

Die reine Beziehung, wie schön ist sie! Wie leicht kann sie zerstört oder durch Belangloses zu Boden gedrückt werden – nicht einmal so sehr durch Belangloses als durch das Leben selber, durch die Lawine aus Leben und Zeit. Denn der Beginn jeder Beziehung ist rein, ob es die Beziehung zu einem Freund, einem Geliebten, einem Mann oder einem Kind ist. Sie ist rein, einfach und unbeschwert. Sie gleicht der Vision des Künstlers, ehe er sie in eine Form zwingen muß, oder der Blüte einer Liebe, ehe sie zur fertigen, aber schweren Frucht der Verantwortung gereift ist. Im Anbeginn scheint jede Beziehung einfach zu sein. Die Einfachheit der ersten Liebe, der ersten Freundschaft, die Gemeinsamkeit der Sympathie scheint, in ihrer ursprünglichen Erscheinungsform, selbst wenn es sich nur um ein angeregtes Gespräch über einen Tisch hinweg handelt, eine in sich geschlossene Welt. Zwei Menschen, die einander zuhören, zwei Muscheln, die einander begegnen, bilden eine gemeinsame Welt. In der vollkommenen Einheit dieses Augenblickes gibt es keine anderen Menschen, Dinge oder Interessen. Er ist frei von Bindungen oder Ansprüchen, nicht belastet von Verantwortung, Sorge um die Zukunft oder Verpflichtung an die Vergangenheit.

Und wie rasch, wie unvermeidlich wird diese vollkommene Einheit gestört. Die Beziehung ändert sich, wird kompliziert, durch die Berührung mit der Welt belastet. Ich glaube, das gilt für die meisten Beziehungen zu Freunden, Ehegatten und Kindern. Aber dieser Wechsel der Form zeigt sich am deutlichsten in der Beziehung zwischen Mann und Frau, weil sie die tiefste und am schwierigsten zu bewahrende ist und weil wir fälschlicherweise glauben, die Unmöglichkeit, sie in ihrer ursprünglichen Form zu bewahren, sei eine Tragödie.

Zugegeben, die ursprüngliche Beziehung ist etwas sehr Wunderbares. Ihre in sich geschlossene Vollkommenheit besitzt etwas von der Frische eines Frühlingsmorgens. Man vergißt den nahenden Sommer über dem Wunsch, den Frühling einer ersten Liebe, in dem zwei Menschen sich als Einzelwesen ohne Vergangenheit und ohne Zukunft gegenüberstehen, zu verlängern. Man kehrt sich gegen jeden Wechsel, obgleich man weiß, daß der Wechsel natürlich ist und ein Teil des sich wandelnden Lebens. Das ekstatische Gefühl im Anfangsstadium einer Beziehung kann ebensowenig mit der gleichen Intensität dauern wie die als Parallelerscheinung auftretende körperliche Leidenschaft. Es wechselt auf eine andere Ebene, die man nicht fürchten, sondern begrüßen sollte, so wie man den Sommer nach dem Frühling begrüßt. Hinzu kommt aber noch eine Anhäufung toten Balasts, ein Firnis falscher Wertbegriffe, Gewohnheiten und Belastungen, die das Leben wie mit Mehltau überziehen. Das ist die erstickende Kruste, die im Leben wie in den menschlichen Beziehungen immer wieder entfernt werden muß.

Männer wie Frauen spüren diesen Wechsel in ihrer Beziehung und verzehren sich in Sehnsucht nach der Ursprünglichkeit des frühen Zustandes, während das Leben weitergeht und immer komplizierter wird. Denn während sich die Beziehung vertieft, werden der Mann und die Frau unerbittlich bis zu einem gewissen Grad wieder von ihren eigentlichen und besonderen Aufgaben in Anspruch genommen: der Mann von seiner Arbeit, die Frau von ihren überkommenen Pflichten in der Familie und im Haushalt. In beiden Fällen neigt der natürliche Aufgabenkreis dazu, die Stelle der rein persönlichen Beziehung, die alles andere absorbiert hatte, einzunehmen. Aber die Frau findet in gewissem Maß bei jedem neuen Kind etwas wieder, was, zumindest in der Absorbiertheit, jener frühen, reinen Beziehung ähnelt. In der behüteten Selbstverständlichkeit der ersten Tage nach der Geburt des Kindes spüren wir wieder den geschlossenen magischen Kreis, das Wunder zweier nur für einander existierender Menschen, sehen wir die himmlische Ruhe, die sich im Gesicht der stillenden Mutter spiegelt. Dies ist jedoch nur ein kurzes Zwischenspiel und kein Ersatz für die ursprüngliche umfassendere Beziehung.

Aber obwohl Männer wie Frauen in ihren besonderen Aufgaben aufgehen und jeder etwas von der alten Beziehung vermißt, bestehen große Unterschiede in ihren Bedürfnissen. Während der Mann in seinem Bereich weniger Möglichkeiten hat, menschliche Beziehungen zu knüpfen, hat er dafür vielleicht mehr Gelegenheit, sich schöpferisch in seiner Arbeit zu verströmen. Der Frau hingegen bieten sich mehr Möglichkeiten zu persönlichen Bindungen. Sie geben ihr aber nicht das Gefühl einer eigenen schöpferischen Persönlichkeit, einer individuellen Aussage. Wenn jeder Partner etwas entbehrt und jeder die Bedürfnisse des anderen mißversteht, so droht leicht die Gefahr der Entfremdung oder die Flucht in späte Liebeleien. Man ist dann der Versuchung ausgesetzt, dem anderen die Schuld zu geben und sich der angenehmen Täuschung zu überlassen, ein neuer und verständnisvollerer Partner könne alle Schwierigkeiten lösen.

Aber weder Frau noch Mann werden in einer neuen Beziehung, die unkomplizierter zu sein scheint, weil sie noch im Anfangsstadium ist, Erfüllung finden. Eine derartige Liebesbeziehung kann das Gefühl der Identität nicht wirklich zurückbringen. Gewiß, man unterliegt der Täuschung, man werde um seiner selbst willen geliebt und nicht als ein Sammelbegriff verschiedener Funktionen. Aber können wir uns wirklich in jemand anderem wiederfinden? In der Liebe eines anderen? Oder auch nur in dem Spiegel, den uns ein anderer vorhält? Ich glaube, unser wirkliches Ich finden wir nur, indem wir »unsere eigene Tiefe ausloten und uns selbst kennenlernen«, wie Meister Ekkehart einmal gesagt hat. Wir finden es in einer schöpferischen Tätigkeit, die ihren Ursprung in uns hat. Wir finden es, paradoxerweise, wenn wir uns selbst verlieren. Um das Leben zu gewinnen, müssen wir es verlieren. Die Frau wird am leichtesten den Weg zu sich finden, wenn sie sich in irgendeiner selbständigen schöpferischen Tätigkeit verliert. Dort wird sie ihre Kraft wiederfinden, die Kraft, die sie braucht, um sich mit der anderen Seite des Problems zu beschäftigen – der vernachlässigten reinen Beziehung. Nur ein Mensch, der zu sich selbst zurückgefunden hat, kann zu einem anderen Menschen zurückfinden.

Aber kann man die reine Beziehung der Sonnenaufgangs-Muschel wiederfinden, nachdem sie erst einmal getrübt ist? Manche Beziehungen können offensichtlich nie mehr wiederhergestellt werden. Es handelt sich nicht nur um verschiedene Bedürfnisse, die erkannt und befriedigt werden müssen. Die beiden Partner haben sich in ihren veränderten Rollen vielleicht in verschiedene Richtungen oder in verschiedene Lebensrhythmen auseinandergelebt. Der kurze Augenblick eines gemeinsamen »Sonnenaufgangs« mag das einzige gewesen sein, dessen sie fähig waren. In ihm lag bereits das Ende, er gründete nicht eine tiefere Beziehung. In einer sich entfaltenden Beziehung geht der ursprüngliche Sinn jedoch nicht verloren, er wird lediglich unter dem Wust des Alltags begraben. Der eigentliche Kern ist noch da und muß nur freigelegt und wieder bestätigt werden.

Ein Weg zur Wiederentdeckung des zweifachen Sonnenaufgangs ist die Rekonstruktion seines ersten Erlebnisses. Die Ehepartner können und sollten bisweilen jeder für sich, aber auch zu zweit in Ferien gehen. Denn wenn es möglich ist, daß eine Frau wieder zu sich findet, indem sie ihren Urlaub allein verbringt, so ist es ebenso möglich, daß man die ursprüngliche Beziehung wiederfindet, indem man zu zweit allein seine Ferien verbringt. Die meisten Ehepaare haben die ungeahnte Freude solcher Ferien kennengelernt. Wie herrlich war es, die Kinder, das Haus, die Arbeit und die ganzen Pflichten des Alltags hinter sich zu lassen; gemeinsam fortzugehen, um für einen Monat, ein Wochenende oder auch nur für eine Nacht in einem Gasthof allein zu sein. Wie überraschend, das Wunder des Sonnenaufgangs noch einmal zu erleben. Die unerwartete Freude, mit dem Mann, in den man sich verliebt hatte, wieder allein zu frühstücken. Hier, an dem kleinen Tisch, sitzen sich zwei Menschen gegenüber. Wie groß war der häusliche Tisch geworden! Und wie unruhig, mit vier oder fünf Kindern, dem Telefon, das in der Diele schrillt, den drei Schul-Omnibussen, die nicht warteten, vom Vorortzug ganz zu schweigen. Wie sehr trennt uns das alles von unserem Mann und belastet die reine Beziehung. Sitzt man sich aber allein an einem Tisch gegenüber, was steht da noch zwischen uns? Nichts als die Kaffeekanne, die Brötchen und die Marmelade. Gewiß, ein sehr primitives Vergnügen, dieses Frühstück allein mit dem Ehemann, aber wie selten ist es älteren verheirateten Menschen vergönnt.

Ich glaube übrigens, daß diese zeitweilige Rückkehr in die reine Form einer Beziehung auch den Kindern zugute kommt. Könnte man nur, so denke ich, während ich meine Muschel betrachte, jedes seiner Kinder einmal für sich allein haben – nicht nur einen Teil des Tages, sondern einen Teil jedes Monats, jedes Jahres. Wären sie glücklicher, stärker und letztlich auch unabhängiger, weil sie sicherer wären? Sehnt sich nicht jedes Kind insgeheim nach der ungestörten Mutter-Beziehung zurück? Als es »das Baby« war, als die Tür zum Kinderzimmer geschlossen war und die Mutter es nährte – allein? Und wenn wir diese Erkenntnis in die Tat umsetzten und mehr Zeit mit jedem

Kind allein verbrächten – gewänne es dann nicht nur an Sicherheit und Kraft, sondern erhielte es dann nicht auch eine wichtige Lehre für seine Beziehungen im Erwachsenen-Dasein?

Wir wollen alle ausschließlich geliebt werden. »Setz Dich mit keiner anderen als mir unter den Apfelbaum«, heißt es in einem alten Lied. Das ist vielleicht ein fundamentaler menschlicher Irrtum, den Auden in einem Gedicht so ausdrückt:

Denn im innersten Gebein
Jeder Frau und jedes Mannes
Bohrt der nie erfüllte Wunsch:
Nicht All-Liebe zu erfahren,
Nein, geliebt zu sein allein.

Ist das eine solche Sünde? Als ich mich mit einem indischen Philosophen über diesen Vers unterhielt, gab er mir eine erleuchtende Antwort. »Der Wunsch, ausschließlich geliebt zu werden, ist ganz berechtigt«, sagte er. »Zweisamkeit ist das Wesen der Liebe. In einer Zweisamkeit ist kein Platz für dritte. Nur wenn wir es unter dem zeitlichen Aspekt betrachten, ist es falsch. Wir irren, wenn wir nach immerwährender ausschließlicher Liebe verlangen.« Denn wir bestehen nicht nur auf dem romantischen Glauben an die »Eine-Einzige« – die eine-und-einzige Liebe, den ein-und-einzigen Partner, die ein-und-einzige Mutter, die eine-und-einzige Geborgenheit –, wir wollen, daß das »Eine-und-Einzige« dauernd, immerdar und ewig sei. Der Wunsch nach der immerwährenden Ausschließlichkeit in der Liebe scheint mir der »tiefwurzelnde Irrtum« im Menschen zu sein. Denn »es gibt kein Ein-und-Einziges«, wie mir einmal ein Freund bei einer derartigen Diskussion sagte, »es gibt nur die ein-und-einzigen Augenblicke«.

Diese ein-und-einzigen Augenblicke haben ihre Gültigkeit. Zu ihnen zurückzukehren, wenn auch nur zeitweise, hat seine Berechtigung. Der Augenblick am Frühstückstisch ist gültig; der Augenblick mit dem Kind an der Brust ist gültig; der Augenblick, in dem wir später mit ihm den Strand entlanglaufen, ist gültig. Das gemeinsame Muschelsuchen, das Kastaniensammeln, die Schätze, die man austauscht – all diese Augenblicke der Zweisamkeit sind gültig, aber nicht ewig.

Man erkennt schließlich, daß es keine dauernde reine Beziehung gibt und daß es sie auch nicht geben soll, ja, daß man sie nicht einmal wünschen sollte. Die reine Beziehung ist räumlich und zeitlich begrenzt. Sie bedeutet im wesentlichen Ausschließlichkeit. Sie schließt das übrige Leben aus, ebenso die übrigen Aspekte der Persönlichkeit, andere Verantwortungen, andere Zukunftsmöglichkeiten. Sie behindert die Entwicklung. Vor der verschlossenen Kinderzimmertüre stehen fordernd die anderen Kinder. Man liebt auch sie. Im Nebenraum läutet das Telefon. Man möchte auch mit den Freunden sprechen. Wenn der Frühstückstisch abgeräumt ist, muß man an die nächste Mahlzeit oder den nächsten Tag denken. Auch das sind Realitäten, die man nicht negieren kann. Das Leben muß weitergehen. Das heißt nicht, daß es eine Zeitvergeudung ist, wenn man sich in kurzen Ferienzeiten dem Erlebnis der Zweisamkeit widmet. Im Gegenteil, diese Augenblicke ausschließlicher Zweisamkeit geben nicht nur Ruhe, sondern schenken auch neue Kraft. Das Licht, das über dem kleinen Frühstückstisch leuchtet, erhellt den ganzen Tag und viele folgende Tage. Der gemeinsame Lauf den Strand entlang verjüngt wie ein Sprung ins Meer. Aber wir sind keine Kinder mehr; das Leben ist kein Strand. Es gibt keine dauernde Rückkehr, sondern nur ein Kräftesammeln.

Man lernt, sich mit den Tatsachen abzufinden, daß es keine dauernde Rückkehr in die frühere Form einer Beziehung gibt; und man erkennt noch deutlicher, daß es unmöglich ist, eine Beziehung in der einmaligen Form zu erhalten. Das ist keine Tragödie, sondern das gehört zu dem sich ewig erneuernden Wunder des Lebens und Wachsens. Jede lebendige Beziehung ist einem Verwandlungsprozeß, einem Erweiterungsprozeß unterworfen und muß sich immer neue Formen schaffen. Aber es gibt keine einmalige, feste Form, die eine solche wechselnde Beziehung ausdrücken kann. Es gibt vielleicht verschiedene Ausdrucksformen für jeden Zustand; verschiedene Muscheln, die ich auf meinem Schreibtisch aufreihen kann, um verschiedene Stadien der Ehe – oder eigentlich jeder Beziehung – anzudeuten.

Zuerst kommt meine Sonnenaufgangs-Muschel. Ich glaube, sie ist ein gültiges Symbol für das erste Stadium: zwei makellose Hälften, die ein Scharnier zusammenhält, die sich an jedem Punkt berühren und die beide vom Glanz eines neuerstehenden Tages überstrahlt sind – eine Welt für sich. Ist es nicht das, was die Dichter seit jeher zu beschreiben versuchen?

Ein froher Morgen die erwachten Seelen grüßt,
Die nicht einander ängstlich sich belauern;
Denn Liebe liebend alle Dinge in sich schließt
Und läßt den kleinsten Raum zum All sich weiten.
Laßt die Entdecker nur nach neuen Welten gehen,
Laßt andere auf Karten Welt an Welten sehen.
Laßt uns nur unsere Welt, ein jeder hat und ist sie selbst.

Es ist jedoch ein »kleiner Raum«, den John Donne beschreibt, eine kleine Welt, aus der man unvermeidlich und glücklicherweise herauswachsen muß. Schön, zerbrechlich und vergänglich ist diese Sonnenaufgangs-Muschel, aber trotz alledem nicht illusorisch. Weil sie nicht von Bestand ist, dürfen wir nicht dem Irrtum des Zynikers verfallen – und sie als Illusion bezeichnen. Beständigkeit ist kein Prüfstein für echte und falsche Werte. Der Tag einer Libelle oder die Nacht einer Motte sind nicht ohne Gültigkeit, weil sie nur kurze Abschnitte in ihrem Lebenslauf sind. Gültigkeit braucht keine Beziehung zu Zeit, Dauer oder Beständigkeit zu haben. Sie liegt auf einer anderen Ebene und wird mit anderem Maß gemessen. Sie bezieht sich auf den tatsächlichen Augenblick innerhalb von Zeit und Raum. »Und was wirklich ist, ist nur für eine bestimmte Zeit und einen bestimmten Raum eine Wirklichkeit.« Die Sonnenaufgangs-Muschel besitzt die ewige Gültigkeit alles Schönen und Vergänglichen.

5 Die Austernbank

Aber wir verlangen doch von einer Beziehung, zumindest von einer Ehe, Bestand und Dauer! Ehe bedeutet doch die Fortdauer einer Beziehung – nicht wahr? Natürlich aber nicht Fortdauer in einer bestimmten Form oder in einem bestimmten Zustand. Nicht notwendigermaßen die Fortdauer des »Sonnenaufgang«-Zustands. Es gibt andere Muscheln, die mir da helfen können und die ich meiner Sammlung hinzufügen kann. Hier ist eine, die ich gestern aufgehoben habe, keine seltene; es finden sich ihrer viele am Strand, und trotzdem hat jede ihre Eigenart. Man findet niemals zwei gleiche. Jede ist durch ihr eigenes Leben und von ihrem Daseinskampf geformt. Es ist eine Auster, an deren buckeligen Rücken sich kleine Muscheln klammern. In ihrer Unförmigkeit wirkt sie noch unausgewachsen. Sie ähnelt in gewisser Weise dem Haus einer großen Familie, das einen Anbau nach dem anderen erhält, um das wimmelnde Leben zu beherbergen – da ein Sommerschlafzimmer für die Kinder und dort ein Spielzimmer; hier eine zusätzliche Garage und noch ein Schuppen für die Fahrräder. Das amüsiert mich, scheint es doch meinem augenblicklichen Leben, dem Leben der meisten Frauen in der Mitte ihrer Ehe, so sehr zu gleichen. Sie ist ungefügig, breitet sich nach allen Richtungen aus und ist, solange sie bewohnt wird – diese Muschel ist leer und vom Meer angeschwemmt –, überkrustet und fest mit ihrem Felsen verhaftet.

Ja, ich finde, die Auster eignet sich vorzüglich zum Vergleich mit einer langjährigen Ehe. Sie versinnbildlicht den Lebenskampf. Die Auster hat sich auf dem Felsen ihren

Platz errungen, dem sie sich genau angepaßt hat und an dem sie zäh festhält. Genau so kämpfen manche Paare im Laufe ihres Ehelebens um einen Platz in der Welt. Zunächst ist es der rein materielle Kampf um ein Heim, für die Kinder, um eine gesellschaftliche Position. Dabei bleibt nicht viel Zeit für ein Tête-à-tête am Frühstückstisch. In jenen Jahren erkennt man die Wahrheit des Ausspruches von Saint-Exupéry: »Liebe besteht nicht darin, daß man einander ansieht (ein vollkommener Sonnenaufgang, der den anderen anstrahlt!), sondern daß man gemeinsam in die gleiche Richtung sieht.« Denn tatsächlich sehen Mann und Frau nicht nur in die gleiche Richtung – sie arbeiten auch gemeinsam auf ein Ziel hin. (Man beachte das stetige Anwachsen der Austernbank auf dem Felsen.) Hier schafft man Bindungen, schlägt Wurzeln, erobert eine feste Basis. (Man versuche, eine Auster von ihrem Riff zu stemmen!) Hier macht man sich zum Teil der menschlichen Gesellschaft, der Gemeinschaft der Menschen …

Hier knüpfen sich die ehelichen Bande. Denn die Ehe, die man immer als ein Band bezeichnet, wird in diesem Stadium tatsächlich zu vielen Bändern, vielen Fasern verschiedener Beschaffenheit und Stärke, die zusammen ein straffes und festes Netz bilden. Das Netz ist aus Liebe geknüpft. Ja, aber aus vielen Arten von Liebe: zuerst aus romantischer Liebe, dann aus einer langsam heranreifenden innigen Hingabe, die beide kameradschaftliche Züge tragen. Es besteht aus Loyalität und gegenseitiger Abhängigkeit und gemeinsamen Erlebnissen – ein Gewebe aus Erinnerungen an Gemeinsamkeiten und Gegensätze, an Triumphe und Enttäuschungen. Es ist ein Netz aus Vertraulichkeiten, einer gemeinsamen Sprache und auch der Sprachlosigkeit, ein Wissen um Neigungen und Abneigungen, Gewohnheiten und Reaktionen seelischer und körperlicher Natur – ein Netz aus Instinkt und Intuition und bewußter und unbewußter Ergänzung. Das Netz einer Ehe wird in beständiger Gemeinsamkeit geknüpft, im tagtäglichen Beisammensein, im vereinten Streben nach dem Ziel. Es wird in Raum und Zeit auf dem Webstuhl des Lebens selbst gewoben.

Das Band der romantischen Liebe aber ist etwas anderes. Es hat so wenig mit Gemeinsamkeit oder Gewohnheit oder Raum und Zeit oder dem Leben selbst zu tun. Es umfängt sie alle wie der Regenbogen – oder wie ein Blick. Es ist das Band der romantischen Liebe, das die zweifache Sonnenaufgangs-Muschel zusammenhält, nur ein Band, nur eine Klammer. Und wenn dieses zerbrechliche Glied im Sturm zerbricht, was hält dann die beiden Hälften zusammen? Im Austern-Stadium der Ehe ist die romantische Liebe nur eines der vielen Bänder, die das vielfältige und dauerhafte Netz bilden, das sich zwei Menschen gemeinsam geknüpft haben.

Ich habe die Auster sehr gern. Sie ist bescheiden, plump und häßlich. Sie ist schiefergrau und unsymmetrisch. Ihre Urform ist nicht schön, sondern zweckmäßig. Ihre Buckligkeit macht mich lachen. Manchmal lehne ich mich gegen ihre Parasiten und Auswüchse auf. Aber ihre unermüdliche Anpassungsfähigkeit und Zähigkeit erregen mein bewunderndes Staunen und rühren mich manchmal sogar zu Tränen. Und sie ist mir vertraut und lieb wie ein Paar alte Gartenhandschuhe, die sich der Form meiner Hand vollkommen angepaßt haben. Ich lege sie nicht gern beiseite. Ich will sie nicht lassen.

Aber ist sie ein dauerhaftes Symbol der Ehe? Sollte sie – im Gegensatz zur zweifachen Sonnenaufgangs-Muschel – ewig gelten? Die Flut des Lebens verebbt. Das Haus mit seinen unförmigen Anbauten beginnt sich nach und nach zu leeren. Die Kinder gehen in die Schule und dann heiraten sie und beginnen ein eigenes Leben. Die meisten älteren Menschen haben ihren Platz in der Welt erobert oder den Kampf aufgegeben. Die furchtbare Zähigkeit, mit der wir am Leben, an einem Platz, an Menschen, an materiellem Besitz hängen – ist sie noch so notwendig, wie sie es war, als wir um unsere Sicherheit und um die Sicherheit unserer Kinder kämpften? Viele physische Kämpfe haben aufgehört, weil wir entweder gesiegt oder versagt haben. Muß die Muschel so fest an ihrem Felsen kleben? Verheiratete Paare finden sich in vorgerücktem Alter oft isoliert und starr in einer veralteten Muschel, in einer Festung, die ihren Sinn überlebt hat. Was soll man machen – in der skelettierten Form verkümmern oder sich eine neue Lebensform, neue Erlebnisse suchen?

Vielleicht, so könnte einer vorschlagen, ist das der Augenblick, um wieder in die einfache, in sich geschlossene Welt der Sonnenaufgangs-Muschel zurückzukehren? Endlich wieder allein an einem Frühstückstisch! Aber nein, es gibt kein Zurück in diese festgeschlossene Welt. Man ist ihr entwachsen, man ist für diese streng symmetrische Muschel zu vielseitig geworden. Ich bin mir nicht sicher, ob man nicht überhaupt jeder Muschel entwachsen ist.

Die Mitte des Lebens ist vielleicht die Zeit, oder sollte sie sein, in der man die Muscheln abstreift – die Muschel des Ehrgeizes, die Muschel der materiellen Besitzgier, die Muschel des Ego. Vielleicht kann man sich in jedem Lebensabschnitt der Dinge entledigen, derer man sich am Strand entledigt: des Stolzes, des falschen Ehrgeizes, der Maske, des Harnischs. Haben wir diesen Harnisch nicht angelegt, um uns für den harten Lebenskampf zu wappnen? Wenn man nicht mehr kämpft, braucht man ihn dann noch? Vielleicht kann man wenigstens in reiferen Jahren, wenn nicht schon früher, ganz man selber sein. Wie erlösend wäre das!

Zugegeben, die Abenteuer der Jugend sind uns nicht mehr so leicht zugänglich. Die meisten von uns können zu diesem Zeitpunkt keinen neuen Beruf mehr ergreifen, keine neue Familie gründen. Viele der physischen, materiellen und gesellschaftlichen Ziele sind schwerer zu erreichen als zwanzig Jahre zuvor. Aber ist das nicht oft eine Erleichterung? »Mir ist es jetzt egal, ob ich die Schönheit von Newport bin oder nicht«, sagte mir einmal eine sehr schöne Frau, die eine begabte Künstlerin geworden ist. Und ich habe den Helden eines Romans von Virginia Woolf schon immer geliebt, der beim Überschreiten der Schwelle zum Alter zugibt: »Gewisse Dinge sind von mir abgefallen. Ich habe bestimmte Wünsche überlebt ... Ich bin nicht so begabt, wie es einmal schien. Es gibt Dinge, die mir versagt sind. Die schwierigeren Probleme der Philosophie werde ich nie verstehen. Über Rom werde ich nie mehr hinauskommen... Nie werde ich die Eingeborenen Tahitis im Licht grellen Fackelscheins mit dem Speer Fische stechen sehen, noch einen Löwen, der aus dem Dschungel bricht, oder einen nackten Wilden, der rohes Fleisch verschlingt ...« (Gottseidank! hört man ihn leise hinzufügen.)

Der primitive, rein funktionelle Zuschnitt des Lebensbeginns und der tätigen Jahre vor Vierzig oder Fünfzig ist überlebt. Aber es bleibt uns der Nachmittag, den man nicht im fieberhaften Tempo des Morgens verbringen muß, sondern der uns endlich Zeit läßt für jene intellektuellen, kulturellen und geistigen Beschäftigungen, die wir in der Hitze des Gefechts beiseite geschoben haben. Wir Amerikaner, mit unserer übermäßigen Überschätzung der Jugend, des Tatmenschen und des materiellen Erfolgs, neigen zweifellos dazu, den Nachmittag des Lebens gering zu schätzen oder gar zu tun, als käme er nie. Wir stellen die Uhr zurück und versuchen, den Morgen zu verlängern, und übernehmen und verausgaben uns bei dieser unnatürlichen Anstrengung. Natürlich erreichen wir damit gar nichts: Wir können nicht mit unseren Söhnen und Töchtern konkurrieren. Und welche Mühe, mit diesen überaktiven und unbedachten Erwachsenen Schritt zu halten! Oft verpassen wir die Blüte, die auf den Nachmittag wartet, im atemlosen Kampf um den Morgen.

Denn könnte man die Mitte des Lebens nicht als eine Zeit zweiter Blüte, zweiten Wachstums betrachten, ja, sogar als eine Art zweiter Jugend? Zugegeben, die Gesellschaft trägt im allgemeinen nicht dazu bei, die zweite Lebenshälfte unter diesem Aspekt zu sehen. Und deshalb ist diese Phase der Entwicklung oft tragischen Mißverständnissen ausgesetzt. Vielen Menschen gelingt es nie, über die Hochebene der vierziger Jahre hinauszugelangen. Die Wachstumsschmerzen, die meiner Ansicht nach jenen der früheren Jugend so ähnlich sind – Unzufriedenheit, Ruhelosigkeit, Zweifel, Verzweiflung, Sehnsucht –, werden fälschlich als Zeichen des Verfalls gedeutet. In der Jugend mißdeutet man diese Anzeichen nicht so häufig; man nimmt sie ganz richtig als Wachstumsschmerzen in Kauf. Man nimmt sie ernst, beobachtet sie und richtet sich nach ihnen. Man hat Angst. Natürlich. Wer fürchtet sich nicht vor dem absoluten Raum – dieser atemberaubenden Leere hinter einer offenen Tür? Aber trotz aller Furcht geht man in das anstoßende Zimmer.

Aber im beginnenden Alter deutet man aus der falschen Annahme, daß nun ein Verfall einsetzen muß, diese Lebenszeichen paradoxerweise als Anzeichen des nahenden Todes. Statt sich ihnen zu stellen, flieht man sie und flüchtet sich in Depressionen, Nervenzusammenbrüche, Trunk, Liebeleien oder sinn- und gedankenlose Überarbeitung. Nur nicht sich ihnen stellen und von ihnen lernen! Man versucht, die Wachstumsschmerzen zu heilen, sie auszutreiben, als seien sie Teufel, wo sie eigentlich Engel der Verkündigung sein könnten.

Engel der Verkündigung? Welcher Verkündigung? Eines neuen Lebensabschnittes, der uns nun, da wir die physischen Kämpfe, den weltlichen Ehrgeiz, die materiellen Belastungen des aktiven Lebens hinter uns gebracht haben, Zeit läßt, uns der bislang vernachlässigten Hälfte des Ich zu widmen. Man könnte frei sein, Gemüt, Herz und Talente zu entwickeln; endlich frei sein für ein geistiges Wachstum, befreit von der Umklammerung der Sonnenaufgangs-Muschel. So schön sie war, sie war doch eine geschlossene Welt, der man entwachsen mußte. Und vielleicht kommt auch die Zeit, in der man – so bequem und anpassungsfähig sie auch sein mag – sogar der Auster entwächst.

6 Argonauta

Unter den Strandbewohnern gibt es gewisse seltene Geschöpfe, die »Argonauten«, die überhaupt nicht mit ihrer Muschel verhaftet sind. Die Muschel dient nur als Wiege für die Jungen, welche die Argonauten-Mutter im Arm hält, wenn sie an die Meeresoberfläche schwimmt, wo die Jungen ausschlüpfen und fortschwimmen. Dann verabschiedet sich die Argonauten-Mutter von ihrer Muschel und beginnt ein neues Leben. Dieses Bild der Argonauta fesselt mich. Ihre vorübergehende Behausung war mir bisher nur als das Prunkstück in der Sammlung eines Kenners begegnet. Fast durchsichtig und fein gerippt wie eine griechische Säule, ist diese Muschel vom reinen Weiß der Narzisse. Federleicht wie ein Weidenboot der Frühzeit scheint sie bereit, die Segel zur Fahrt an fremde Gestade zu setzen. Ihr Name stammt, wie mir das Lexikon sagt, von jenen sagenhaften Schiffen, mit denen Jason sich auf die Suche nach dem Goldenen Vlies machte. Die Matrosen betrachteten diese Muscheln als Zeichen für schönes Wetter und günstige Winde.

Schöne Muschel, schönes Abbild – ich bin versucht, in Gedanken mit dir zu spielen. Bist du das Symbol für ein weiteres Stadium menschlicher Beziehungen? Können wir alternden Argonauten, wenn wir der Austernbank entwachsen sind, auf die Freiheit des Nautilus hoffen, der seine Muschel gegen die Weite des Meeres eingetauscht hat? Aber was erwartet uns in der Weite des Meeres? Wir können nicht annehmen, daß die zweite Lebenshälfte uns »schönes Wetter und günstige Winde« verspricht. Wo ist das Goldene Vlies für den alternden Menschen?

Wenn man von der Argonauta spricht, dann hat man eigentlich schon die übliche Muschelsammlung hinter sich gelassen. Ein zweifacher Sonnenaufgang, eine Austernbank – das sind den meisten von uns bekannte Begriffe. Wir erkennen sie wieder, wir wissen von ihnen, sie gehören zu unserem täglichen Leben und zum Leben unserer Umgebung. Aber auf diesem seltenen und zerbrechlichen Gefährt haben wir uns von den gangbaren Küsten erprobter Tatsachen und Erfahrungen entfernt. Wir kreuzen abenteuernd auf den unerforschten Meeren der Phantasie.

Ist das Goldene Vlies, das auf uns wartet, eine Art neuer Freiheit, in der wir uns entfalten können? Und ist innerhalb dieser neuen Freiheit noch Raum für eine menschliche Beziehung? Ich glaube, nach der Austernbank haben wir Gelegenheit, die beste aller menschlichen Beziehungen zu finden: keine begrenzte, ausschließliche Zweisamkeit wie die der Sonnenaufgangs-Muschel; keine zweckbedingte, abhängige wie auf der Austernbank, sondern die Begegnung zweier in sich vollendeter, reifer Menschen als Persönlichkeiten. Es ergäbe sich, um eine Definition des schottischen Philosophen McMurray zu gebrauchen, eine rein persönliche Beziehung, das heißt, »eine Form der Beziehung, in welche zwei Menschen als geformte Persönlichkeiten mit allem, was sie zu geben haben, eintreten«. »Persönliche Beziehungen«, erklärt er weiter, »... sind nicht zweckbedingt. Sie basieren nicht auf besonderen Interessen. Sie dienen weder halben noch begrenzten Zielen. Ihr Wert ruht ausschließlich in ihnen selbst und übertrifft daher alle anderen Werte, und zwar deshalb, weil es sich um die Beziehungen einer Persönlichkeit zu einer anderen handelt.« Diese Beziehung zwischen »Persönlichkeiten« wurde vor fast fünfzig Jahren von Rilke prophetisch angedeutet. Er sah eine grundlegende Änderung in der Beziehung zwischen Mann und Frau voraus. Er hoffte, daß sie in Zukunft nicht mehr dem traditionellen Muster von Unterordnung und Beherrschung oder von Besitz und Kampf um Gleichberechtigung folgen würde. Er beschrieb einen Zustand, in dem Raum für Freiheit und Entfaltung war und in dem jeder Partner zur Befreiung des anderen beitragen würde. »Eine Beziehung«, folgerte er, »die von Mensch zu Mensch gemeint ist ... Und diese menschlichere Liebe (die unendlich rücksichtsvoll und leise und gut und klar im Binden und Lösen sich vollziehen wird) wird jener ähneln, die wir ringend und mühsam vorbereiten, der Liebe, die darin besteht, daß zwei Einsamkeiten einander schützen, grenzen und grüßen.«

Aber diese neue Beziehung von Mensch zu Mensch, diese menschlichere Liebe, diese Konzeption von der »Zwei-Einsamkeit« ist etwas, das nicht mühelos kommt. Wie alles fest verwurzelte Wachstum muß es allmählich gewachsen sein. Vielleicht bedarf es hierzu einer langen Entwicklung innerhalb der menschlichen Zivilisation und ebenso in jedem einzelnen Menschenleben. Ein solches Stadium kann meines Erachtens im Leben nur als Teil eines Entwicklungsprozesses, als Folge gewisser wesentlicher Entwicklungen der einzelnen Partner, erreicht werden und darf nicht als Geschenk oder glücklicher Zufall kommen.

Es kann nicht erreicht werden, ehe die Frau – als Einzelwesen und als Geschlechtspartner – volljährig geworden ist: ein Reifeprozeß, den wir heute miterleben. Sie muß sich diesen Weg selbst erkämpfen und kann kaum mit einer Hilfe von außen rechnen, so bemüht man auch sein mag, ihr den Weg zu zeigen. Man bringt der heutigen Frau viel Interesse entgegen, und zwar hauptsächlich in Form von wissenschaftlichen Untersuchungen ihrer Funktion als Geschlechtstier. Es ist natürlich notwendig und nützlich, daß die Frau ihre sexuellen Bedürfnisse und Neigungen kennt und anerkennt, aber sie sind nur eine Seite des sehr komplizierten Problems. Man kann nicht erwarten, daß statistische Untersuchungen ihrer körperlichen Reaktionen ihrem Innenleben, der Grundbeziehung zu ihrem eigenen Ich oder ihren so lange zurückgestellten Hoffnungen und Rechten als menschliches Wesen, das nicht nur rein körperlich schöpferisch sein möchte, viele Erkenntnisse zuführen.

Die Frau muß allein volljährig werden. »Volljährigkeit« besagt, daß man lernt, allein fertig zu werden. Sie muß lernen, unabhängig zu werden, und sie darf nicht glauben, sie müsse ihre Kraft im Wettstreit mit anderen erproben. In früheren Zeiten pendelte sie zwischen zwei extremen Polen, zwischen Abhängigkeit und Wettstreit, zwischen den Prinzipien der viktorianischen Ära und denen der Frauenrechtlerinnen. Aber beide Extreme brachten sie aus der Balance; in keinem liegt der Kern, der wahre Kern echter Weiblichkeit. Sie muß ihr Zentrum allein finden. Sie muß ein Ganzes werden. Ehe sie irgendeine Beziehung im Sinne der »Zwei-Einsamkeit« eingehen kann, muß sie für mein Gefühl dem Rat des Dichters folgen und »eine Welt für sich um des anderen willen« werden.

Ich frage mich, ob nicht eigentlich beide, Mann und Frau, diese heroische Tat vollbringen müssen. Muß nicht auch der Mann eine Welt für sich werden? Muß nicht auch er die vernachlässigten Seiten seiner Persönlichkeit entwickeln: die Kunst der Selbstbetrachtung, für die er in seinem aktiven, extrovertierten Leben so wenig Zeit hatte; die persönlichen Beziehungen, derer er sich kaum erfreuen konnte; die sogenannten femininen Eigenschaften – ästhetische, gefühlsbetonte, musische und geistige –, die er vor lauter Hetze nicht voll entwickeln konnte. Vielleicht hungern in Amerika die Männer wie die Frauen in unserer materiellen, extrovertierten, aktiven, maskulinen Zivilisation nach den angeblich femininen Eigenschaften des Herzens, der Seele und des Geistes – Eigenschaften, die in Wirklichkeit weder männlich noch weiblich sind, sondern einfach vernachlässigte menschliche Eigenschaften. Eine Entfaltung in dieser Richtung wird uns zur vollen Entfaltung bringen und dem Einzelnen die Möglichkeit geben, eine Welt für sich zu werden.

Und diese größere Ganzheit in jedem Menschen, dieses »Eine-Welt-für-sich«-Sein – bedeutet sie nicht erhöhtes Sich-selbst-genügen und dementsprechend auch eine größere Trennung zwischen Mann und Frau? Gewiß, mit der Entfaltung kommt die Differenzierung und die Trennung wie bei einem Baumstamm, dessen Einheit sich teilt, wenn er wächst und sich in Ästen, Zweigen und Blättern ausbreitet. Aber der Baum ist immer noch eine Einheit, und seine verschiedenen Teile leben voneinander. Die beiden getrennten Welten oder die beiden Einsamkeiten werden einander gewiß mehr geben können, als wenn jede von ihnen eine unzulängliche Hälfte wäre. »Ein Miteinander zweier Menschen ist eine Unmöglichkeit«, schreibt Rilke, »und, wo es doch vorhanden scheint, eine Beschränkung, eine geistige Übereinkunft, welche einen Teil oder beide Teile ihrer vollsten Freiheit und Entwicklung beraubt. Aber das Bewußtsein vorausgesetzt, daß auch zwischen den nächsten Menschen unendliche Fernen bestehen bleiben, kann ihnen ein wundervolles Nebeneinanderwohnen erwachsen, wenn es ihnen gelingt, die Weite zwischen sich zu lieben, die ihnen die Möglichkeit gibt, einander immer in ganzer Gestalt und vor einem großen Himmel zu sehen!«

Das ist ein schönes Bild, aber wer kann es im Leben verwirklichen? Wo, außer im Briefwechsel eines Dichters, findet sich eine solche Ehe? Gewiß, Rilkes »Zwei-Einsamkeiten« oder McMurrays reine Persönlichkeitsbeziehungen sind bis jetzt noch recht theoretische Vorstellungen. Aber jeder Entdeckung geht eine Theorie voraus. Wir bedürfen jedes Wegweisers, der uns den Pfad durch die Wildnis zeigt. Denn wir sind doch eigentlich Pioniere, die nach einem Weg durch das Gestrüpp der Tradition, Konvention und der Dogmen suchen. Unsere Bemühungen sind ein Teil des Kampfes um die Vervollkommnung der Beziehung zwischen Mann und Frau – und eigentlich jeder Beziehung. Unter diesem Aspekt ist jeder Schritt zur Verständigung von Bedeutung. Jeder Schritt, mag er auch zögernd sein, zählt. Und wenn wir auf unserem Lebensweg vielleicht auch nur selten einer vollkommenen Argonauta begegnen, so haben wir doch alle in unserem eigenen Leben kurze Blicke auf sie tun dürfen. Und diese flüchtigen Erfahrungen geben uns eine Vorstellung davon, wie die neue Beziehung sein könnte.

Meiner Insel verdanke ich einen solchen kurzen Einblick in das Leben der Argonauta. Nach meiner Woche des Alleinseins verlebte ich eine Woche mit meiner Schwester. Ich werde einen Tag herausgreifen, ihn untersuchen und vor mir ausbreiten, wie ich die Muscheln auf meinen Schreibtisch gestellt habe. Ich werde ihn wie eine Muschel von allen Seiten betrachten und seine positiven Seiten untersuchen. Nicht, daß mein Leben je wie dieser Tag werden wird – wie dieser vollkommene Tag, der aus einer Ferienwoche herausgenommen ist; es gibt kein vollkommenes Leben. Die Beziehung zwischen zwei Schwestern ist anders als die zwischen Mann und Frau. Sie kann aber den Sinn einer Beziehung erklären. Das Licht, das eine gute Beziehung ausstrahlt, kann alle Beziehungen erhellen. Und ein vollkommener Tag kann uns Hinweise für ein vollkommeneres Leben geben – vielleicht für das sagenhafte Leben der Argonauta.

Wir erwachen im gleichen kleinen Zimmer aus tiefem Kinderschlaf und hören das sanfte Säuseln des Windes in den Kasuarinen-Bäumen und das weiche schlaftrunkene Atmen der Wellen am Ufer. Wir laufen barfuß zum Strand hinunter, der sich flach vor uns dehnt und von neuen nassen Muscheln glänzt, die von der nächtlichen Flut angespült worden sind. Das morgendliche Bad erscheint mir wie eine Segnung, wie ein Taufakt, eine Wiedergeburt zu den Wundern und der Schönheit der Erde. Wohlig durchwärmt laufen wir wieder zurück, um auf unserer Veranda heißen Kaffee zu trinken. Zwei Küchenstühle und ein Kindertisch füllen die Schwelle. Die Beine in der Sonne ausgestreckt, schmieden wir lachend Pläne für den Tag.

Wir spülen unsere Teller ohne jedes System, denn es sind so wenige, daß es sich nicht lohnt, sich ihretwegen den Kopf zu zerbrechen. Wir arbeiten leicht und in spielerischem Einklang und stören uns nicht bei unserer Arbeit. Wir unterhalten uns, während wir den Boden kehren, abtrocknen, aufräumen. Wir sprechen über einen Menschen oder ein Gedicht oder eine gemeinsame Erinnerung. Und da unsere Unterhaltung wichtiger ist als unsere Aufgaben, erledigen sich die Aufgaben, ohne daß wir darüber nachdenken.

Und dann an den Schreibtisch hinter verschlossenen Türen, die keine von uns zu öffnen wünscht. Wie befreiend, sich beim Schreiben vergessen zu dürfen, seinen Gefährten zu vergessen, zu vergessen, wo man ist und was man nachher tun wird – in der Arbeit zu versinken wie im Schlaf oder im Meer. Bleistifte und Schreibblöcke und Bögen blauen Papiers, die voll von Buchstaben sind, häufen sich auf dem Arbeitstisch. Und dann, endlich, erheben wir uns heißhungrig, um unser verspätetes Mittagessen einzunehmen. Noch benommen von unserer intensiven Versenkung, kehren wir erleichtert zu den harmlosen Aufgaben der Zubereitung des Essens zurück, als seien diese Aufgaben Rettungsleinen, die uns in die Wirklichkeit heraufholen – als wären wir tatsächlich beinahe im Meer der intellektuellen Arbeit ertrunken und begrüßten nun den festen Boden körperlicher Arbeit.

Nach etwa einer Stunde praktischer Betätigung sind wir wieder bereit, uns etwas anderem zuzuwenden. Hinaus an den Strand für den Rest des Nachmittags! Dort werden wir von allen Verpflichtungen, von den gewöhnlichen und den außergewöhnlichen, reingewaschen. Wir gehen in schweigender Harmonie den Strand entlang wie die Strandläufer, die sich gleich einem Corps de Ballet zum Takt eines inneren Rhythmus, den wir nicht hören können, vor uns herbewegen. Die Intimität ist dahin, die Gefühle sind aufs Meer hinausgeweht. Wir sind sogar von unseren Gedanken befreit, jedenfalls von dem Zwang, sie auszusprechen – sauber und nackt wie gebleichtes Treibholz, leer wie Muscheln, die bereit sind, sich wieder mit Meer, Himmel und Wind zu füllen. Ein langer Nachmittag, der die Außenwelt auslöscht.

Und wenn wir dann schwer und entspannt sind wie der Tang unter unseren Füßen, kehren wir in der Dämmerung in die Wärme und Vertrautheit unseres Häuschens zurück. Vor dem offenen Kamin schlürfen wir gemächlich unseren Sherry. Wir beginnen mit dem Abendbrot und unterhalten uns dabei. Der Abend ist die Stunde der Gespräche. Der Morgen gehört der geistigen Arbeit, so sagt mir eine Gewohnheit aus Schultagen. Der Nachmittag gehört der körperlichen Betätigung, der Arbeit im Freien. Aber der Abend ist dazu da, daß man sich mitteilt und seine Gedanken austauscht. Ist es die unbegrenzte dunkle Weite der Nacht nach dem hellen, aufgeteilten Tag, die uns für einander frei macht? Oder machen uns die unendlichen Räume und unergründlichen Dunkelheiten unserer fröstelnden

Kleinheit bewußt und lassen uns den Funken im anderen suchen?

Austausch – aber nicht zu lange. Denn ein guter Gedankenaustausch ist anregend wie schwarzer Kaffee, und man schläft genauso schwer danach ein. Ehe wir schlafen, gehen wir noch einmal in die Nacht hinaus. Wir gehen unter dem Sternenhimmel am Strand entlang. Und wenn wir vom Gehen müde sind, liegen wir flach auf dem Sand unter der gestirnten Himmels-Kuppel. Wir fühlen uns gelöst und bereit, ihre Botschaft aufzunehmen. Sie strömt in uns ein, bis wir randvoll mit Sternen angefüllt sind.

Ich begreife, daß es das ist, wonach wir nach der Begrenztheit des Tages dürsten. Nach der Arbeit, nach dem Kleinkram, nach den Vertraulichkeiten – selbst nach dem Gedankenaustausch – dürsten wir nach der Größe und Mannigfaltigkeit einer Sternennacht, die wie eine kühle Flut in uns einströmt.

Und dann, endlich, wirft uns die Unermeßlichkeit des Alls wieder zurück auf unseren Strand. Wir kehren zurück in das Licht unseres Häuschens, das aus dem dunklen Gespinst der Räume leuchtet. Wir sehen vor uns das kleine Feuer von Menschenhand, das winzig, sicher warm und willkommenheißend vor dem gewaltigen Chaos der Finsternis glüht. Wieder zurück zu unserem sanften Kinderschlaf!

Was für ein wundervoller Tag, denke ich, und wende ihn gewissermaßen in meiner Hand, um wieder zu seinem Ausgangspunkt zu kommen. Was hat ihn so vollkommen gemacht? Gibt mir das Muster dieses Tages nicht irgendeinen Aufschluß? Es fängt damit an, daß dieser Tag unbelastet war. Wir waren weder räumlich noch zeitlich beengt. Seltsamerweise gibt uns eine Insel ein unbegrenztes Gefühl von Zeit und Raum. Der Tag war auch nicht durch irgendwelche Aufgaben begrenzt. Er hält ein natürliches Gleichgewicht zwischen dem körperlichen, dem intellektuellen und dem gemeinschaftlichen Leben. Sein Rhythmus ist leicht und ungezwungen. Die Arbeit leidet nicht unter irgendeinem Druck. Die Beziehung zum Mitmenschen erstickt nicht unter Verpflichtungen. Die Intimität ist durch die Leichtigkeit der Berührung gemildert. Wir sind wie Tänzer durch unseren Tag getanzt. Wir bedurften nicht mehr als der leisesten Berührung; denn wir bewegten uns instinktiv im gleichen Rhythmus.

Eine gute Beziehung ist wie ein Tanz und baut sich nach den gleichen Regeln auf. Die Partner bedürfen keines festen gegenseitigen Haltes, denn sie bewegen sich vertrauensvoll nach der gleichen Choreographie, die zwar kompliziert, aber heiter, schnell und leicht ist wie ein Menuett von Mozart. Eine plumpe Berührung würde alles zum Stillstand bringen, die Bewegung würde in sich erstarren. Der unaufhörlich wechselnden Schönheit, mit der sie sich entfaltet, wäre Einhalt geboten. Hier ist kein Raum für die besitzergreifende Umklammerung, den Arm auf der Schulter, die schwere Hand; nichts als eine leise Berührung im Vorübergehen. Sei es Arm in Arm, sei es Auge in Auge, sei es Rücken gegen Rücken – das bleibt sich gleich. Denn man weiß, daß man der Partner des anderen ist, daß man sich im Gleichklang bewegt, daß man dem gleichen Formgesetz folgt und unsichtbar von ihm gespeist wird.

Die Freude daran besteht nicht nur in der schöpferischen Freude oder in der Freude des Mitteilens, es ist auch die Lebensfreude des Augenblicks. Die Leichtigkeit der Berührung und die Freude, den Augenblick ganz zu leben, sind miteinander verknüpft. Man kann nur gut tanzen, wenn man sich im vollkommenen Einklang zur Musik bewegt, wenn man nicht zögernd im letzten Schritt verharrt oder sich vorzeitig in den nächsten drängt. Man muß den Takt des Augenblicks erfassen. Dieses absolute Im-Takt-

Sein verleiht einem schönen Tanz etwas Schwereloses, Zeitloses und Ewiges. Das ist es, was Blake meint, wenn er schreibt:

Wer mit Gewalt will die Freude betören,
Wird das beschwingte Leben zerstören.
Doch wer sie küßt im Vorüberschweben,
Wird im ewigen Morgenglanz leben.

Tänzer, die sich in vollkommenem Einklang bewegen, zerstören nie das »beschwingte Leben« in sich oder in ihrer Gemeinsamkeit.

Wie erlernt man aber diese Technik des Tanzes? Weshalb ist sie so schwierig? Was läßt uns zögern und stolpern? Ich glaube, es ist die Angst, die uns heimwehkrank am jüngst vergangenen Augenblick festhalten läßt oder uns treibt, gierig nach dem nächsten zu greifen. Angst zerstört das »beschwingte Leben«. Wie kann man diese Angst bannen? Nur durch ihren Gegenspieler, die Liebe. Ist das Herz voll Liebe, bleibt kein Raum mehr für Angst, Zweifel und Unentschlossenheit. Und diese Furchtlosigkeit ist es, die gute Tänzer aus uns macht. Wenn jeder Partner so vollkommen in der Liebe aufgeht, daß er vergißt zu überlegen, ob er wiedergeliebt wird; wenn er nur noch weiß, daß er liebt und sich zur Melodie dieser Liebe bewegt – dann, und nur dann, können sich zwei Menschen in vollkommenem Einklang, in gleichem Rhythmus bewegen.

Aber besteht denn die Beziehung der Argonauten nur darin – nur in dieser persönlichen Choreographie zweier Tänzer, die sich im gleichen Takt bewegen? Sollten sie nicht auch in einem größeren Rhythmus harmonieren, in der natürlichen Schwingung des Pendels zwischen Gemeinsamkeit und Einsamkeit, zwischen dem Persönlichen und dem Abstrakten, dem Einzelnen und dem Ganzen, dem Nahen und dem Fernen? Und ist es nicht dieses Pendeln zwischen den Polen, das eine Beziehung fruchtbar macht? Yeats hat einmal gesagt, das großartigste Erlebnis im Leben sei, »tiefe Gedanken zu teilen und sich dann zu berühren«. Es bedarf aber beides.

Zuerst die Berührung, die intime Berührung der persönlichen Umwelt im einzelnen (die Arbeit im Haus, das Gespräch am Kamin); dann der Verlust der Intimität im großen Strom des Unpersönlichen und Abstrakten (der schweigende Strand, die bestirnte Kuppel über uns). Beide Partner verlieren sich im gemeinsamen Meer des Universums, das absorbiert und dennoch befreit, das trennt und dennoch verbindet. Entspricht das nicht dem, was die reifere Beziehung, die Begegnung der beiden Einsamkeiten, sein sollte? Der Zustand des zweifachen Sonnenaufgangs war nur intim und persönlich, die Austernbank blieb im Besonderen und Zweckbedingten befangen. Aber sollten die Argonauten nicht über die Intimität, das Besondere und das Zweckbedingte hinaus in das Abstrakte und Ganze und dann wieder zurück zum Persönlichen schwingen können?

Liegt in dieser Vorstellung vom Pendel, das zwischen entgegengesetzten Polen im leichten Rhythmus schwingt, nicht der Schlüssel zu dem Problem jeder wechselseitigen Beziehung? Deutet sich hier nicht sogar Verständnis und Bejahung des beschwingten Lebens der Beziehungen und ihres ewigen Verebbens und Flutens und ihrer unvermeidlichen Unterbrechungen an? »Das Leben des Geistes«, sagt Saint-Exupéry, »das wahre Leben ist unbeständig und nur das Leben der Seele ist beständig ... Der Geist ... wechselt zwischen Übersicht und völliger Blindheit. Da ist zum Beispiel ein Mann, der seine Landwirtschaft liebt – aber es gibt gewisse Augenblicke, da sieht er sie nur als eine Ansammlung beziehungsloser Gegenstände. Da ist ein Mann, der seine Frau liebt – aber in gewissen Augenblicken sieht er in dieser Liebe nur eine Belastung, Behinderung, Beengung. Da ist ein Mann der Musik liebt – aber in gewissen Augenblicken kann sie ihn nicht berühren.«

Das »wahre Leben« unserer Gefühle und Beziehungen ist ebenfalls unbeständig. Wenn man jemanden liebt, so liebt man ihn nicht die ganze Zeit, nicht Stunde um Stunde auf die ganz gleiche Weise. Das ist unmöglich. Es wäre sogar eine Lüge, wollte man diesen Eindruck erwecken. Und doch ist es genau das, was die meisten von uns fordern. Wir haben so wenig Vertrauen in die Gezeiten des Lebens, der Liebe, der Beziehungen. Wir jubeln der steigenden Flut entgegen und wehren uns erschrocken gegen die Ebbe. Wir haben Angst, sie würde nie zurückkehren. Wir verlangen Beständigkeit, Haltbarkeit und Fortdauer; und die einzig mögliche Fortdauer des Lebens wie der Liebe liegt im Wachstum, im täglichen Auf und Ab – in der Freiheit; einer Freiheit im Sinne von Tänzern, die sich kaum berühren und doch Partner in der gleichen Bewegung sind. Die einzige wirkliche Sicherheit liegt nicht im Soll oder Haben, im Fordern oder Erwarten, nicht einmal im Hoffen. Die Sicherheit einer Beziehung besteht weder in sehnsuchtsvollem Verlangen nach dem, was einmal war, noch in angstvollem Bangen vor dem, was kommen könnte, sondern allein im lebendigen Bekenntnis zum Augenblick. Denn auch eine Beziehung muß wie eine Insel sein. Man muß sie nehmen, wie sie ist, in ihrer Begrenzung – eine Insel, umgeben von der wechselvollen Unbeständigkeit des Meeres, immerwährend vom Steigen und Fallen der Gezeiten berührt. Man muß die Sicherheit des beschwingten Lebens anerkennen, seiner Ebbe, seiner Flut und seiner Unbeständigkeit.

Unbeständigkeit – das ist etwas, was menschliche Wesen nicht lernen können. Wie kann man lernen, die Ebben seines Daseins zu überleben? Wie kann man lernen, das Wellental zu akzeptieren? Hier am Strand versteht man ihn leichter; hier, wo die atemlose Stille der Ebbe ein anderes Leben enthüllt als dasjenige, welches für gewöhnliche Sterbliche sichtbar ist. In diesem kristallklaren Schwebezustand erhält man plötzlich Einsicht in das verborgene Reich der Meerestiefe. In diesen seichten Untiefen, deren warme Strömungen man durchwatet, findet man seltsame Muscheln, gebleichte Kiesel, im Sand vergrabene flachgeschliffene Marmorstücke; und unzählige farbenfrohe Muscheln schimmern aus dem Schaum und öffnen und schließen ihre Schalen wie Schmetterlingsflügel. Die stille Stunde, in der sich das Meer zurückzieht, ist so schön wie die Stunde seiner Wiederkehr, in der die anstürmenden Wogen über den Strand donnern, den dunklen zerzausten Ketten aus Tang entgegendrängen, welche die Flutgrenze markieren.

Vielleicht ist das die wesentlichste Erkenntnis, die ich von meinem Strandleben mit nach Hause nehme: die Erinnerung, daß jede Phase der Welle gültig ist; daß jede Phase einer Beziehung gültig ist. Und meine Muscheln? Ich kann sie alle in meine Tasche stecken. Sie dienen nur dazu, mich daran zu erinnern, daß das Meer ewig verebbt und flutet.

7 Eine Hand voll Muscheln

Heute ist mein letzter Inseltag. Was habe ich bei meinen Bemühungen, meinem Suchen am Strand gewonnen? Welche Antworten und Lösungen habe ich für mein Leben gefunden? In meiner Tasche habe ich ein paar Muscheln, ein paar Hinweise. Nur ein paar.

Wenn ich an meinen ersten Inseltag zurückdenke, wird mir klar, wie begierig ich gesammelt habe. Meine Taschen waren mit nassen Muscheln vollgestopft, an denen noch feuchter Sand haftete. Der Strand war mit wundervollen Muscheln übersät, und ich brachte es nicht über mich, sie unbeachtet zu lassen. Ich konnte beim Gehen nicht einmal den Kopf heben und auf das Meer hinausschauen, aus Angst, ich könnte etwas Kostbares zu meinen Füßen übersehen. Der Sammler geht mit Scheuklappen durch die Welt; er sieht nichts als den Schatz, nach dem er jagt. Besitzinstinkt ist mit echtem Schönheitssinn nicht vereinbar. Aber als all meine Taschen ausgebeult und feucht, die Bücherregale angefüllt und die Fensterbretter übersät waren, verlor sich allmählich meine Sammlerwut. Ich fing an, meine Reichtümer zu sichten und eine Auswahl zu treffen.

Man kann nicht alle schönen Muscheln am Strand sammeln. Man kann nur einige sammeln, und sie sind um so schöner, je weniger es sind. Eine Mondmuschel ist eindrucksvoller als drei. Der Himmel besitzt auch nur einen Mond. Ein zweifacher Sonnenaufgang ist ein Erlebnis; sechs sind eine Wiederholung wie die sechs Tage einer Schulwoche. Allmählich sortiert man aus und behält nur vollkommene Exemplare; es muß nicht einmal eine seltene Muschel sein, aber eine, die in ihrer Art vollkommen ist.

Die stellt man gesondert auf, inmitten eines freien Raumes – wie eine Insel.

Denn Schönheit entfaltet sich nur im freien Raum. Nur im freien Raum sind Ereignisse, Gegenstände und Menschen unwiederholbar und unersetzlich und bedeutungsvoll – und deshalb auch schön. Ein Baum wird bedeutungsvoll, wenn man ihn vor der leeren Fläche des Himmels betrachtet. Ein Ton in einem Musikstück gewinnt an Bedeutung, wenn er zwischen zwei tonlosen Pausen steht. Eine Kerzenflamme blüht im Raum der Nacht. Selbst geringe und alltägliche Dinge gewinnen, wenn der Raum sie umspült, eine Bedeutung, wie ein paar hingehauchte Herbstgräser, die auf einer asiatischen Malerei in der Ecke eines leeren Blattes stehen.

Ich begreife allmählich, daß meinem Leben in Connecticut diese bedeutsame Eigenschaft und daher auch die Schönheit mangelt; denn in diesem Leben ist zu wenig freier Raum. Der Raum ist beschrieben, die Zeit angefüllt. Mein Terminkalender hat so wenig freie Seiten, mein Tag so wenig freie Stunden, mein Leben so wenig freie Räume, in denen ich allein sein kann, um zu mir selbst zu finden. Zu viele Aufgaben, zu viele Menschen und zu viele Dinge. Zuviel wichtige Aufgaben, zuviel wertvolle Dinge und interessante Menschen. Denn unser Leben ist nicht nur mit Trivialitäten überhäuft, sondern auch mit Wesentlichem. Wir können durch ein Übermaß an Kostbarkeiten erdrückt werden – von einem Zuviel an Muscheln, wo doch nur eine oder zwei bedeutungsvoll wären.

Hier, auf dieser Insel, hatte ich Raum. Auf dieser begrenzten Fläche war mir der Raum paradoxerweise aufgezwungen. Die örtliche Begrenztheit, die physischen Umstände, die Schwierigkeiten einer Verbindung mit der Außenwelt haben zwangsläufig eine natürliche Auslese bewirkt. Es gibt nicht zuviel Tätigkeiten der Dinge oder

Menschen, und jede einzelne Insel wird dadurch bedeutungsvoll; denn man sieht sie in einem angemessenen räumlichen und zeitlichen Rahmen. Hier hat man Zeit: Zeit zur Besinnung; Zeit, in Muße zu arbeiten; Zeit, um nachzudenken; Zeit, dem Reiher zuzusehen, wie er regungslos auf seine Beute wartet; Zeit, zu den Sternen aufzusehen oder eine Muschel zu betrachten; Zeit, seine Freunde zu sehen, zu schwatzen, zu lachen, sich zu unterhalten, ja, sogar Zeit, sich nicht zu unterhalten. Wenn ich mich zu Hause mit meinen Freunden treffe, dann erscheint mir die Zeit in diesen ausgesparten Minuten so kostbar, daß man das Gefühl hat, man müsse jeden möglichen Augenblick mit Gesprächen vollstopfen. Wir können uns den Luxus des Schweigens nicht leisten. Hier, auf der Insel, entdecke ich, daß ich schweigend neben einem Freund sitzen kann und mit ihm den letzten Streifen des Tages teile, der silbriggrün am Horizont glänzt, oder die Ornamente einer kleinen, weißen Muschel oder die dunkle Narbe, die ein fallender Stern auf dem strahlenden Antlitz der Nacht hinterläßt. Dann wird die Mitteilung zum Teilhaftigwerden, und man empfängt einen Reichtum, den Worte niemals geben können.

Das Inselleben macht mich wählerisch. Aber diese Auswahl ist natürlich und nicht künstlich. Man kann auf dieser Insel viele Arten von Erfahrungen sammeln, aber nicht zu viele; viele Arten von Menschen kennenlernen, aber nicht zu viele. Die Einfachheit des Lebens hier zwingt mich nicht nur zu geistiger oder gesellschaftlicher, sondern auch zu körperlicher Tätigkeit. Ich habe keinen Wagen und muß also meine Einkäufe und meine Post mit dem Rad besorgen. Wenn es kalt ist, sammle ich Treibholz für meinen Kamin und hacke es auch klein. Statt heiße Bäder zu nehmen, schwimme ich. Meinen Müll vergrabe ich, er wird nicht von einem Müllwagen geholt. Und wenn mir ein Gedicht nicht gelingt, backe ich Brot und bin genauso glücklich. Die meisten dieser körperlichen Arbeiten wären zu Hause eine Belastung; denn mein Leben ist eingeteilt und die Termine sind knapp bemessen. Dort habe ich ein Haus voll Kinder und bin für das Leben vieler Menschen verantwortlich. Hier, wo ich Zeit und Raum habe, sind mir die körperlichen Arbeiten eine willkommene Abwechslung. Sie bilden einen Ausgleich in meinem Leben, der mich erfrischt und den ich zu Hause nur selten erfrischend finde. Bettenmachen oder mit dem Auto zum Einkaufen fahren erfrischt nicht so wie Schwimmen oder Radfahren oder Mülleingraben. Ich kann daheim nicht den Müll eingraben, aber ich kann den Garten umgraben, kann mit dem Rad zu meinem Arbeitsplatz fahren und mir vornehmen, an schlechten Tagen Brot zu backen.

Auch unter den Menschen trifft meine Insel eine Auslese. Ihre begrenzte Fläche kann nicht zu viele Menschen aufnehmen. Ich sehe hier Menschen, die ich zu Hause nicht sehen würde, Menschen, die mir wegen ihres Alters oder ihres Berufs fernstehen. Wir in den Vororten der großen Städte sehen meist nur Menschen, die in unserem Alter sind und unsere Interessen teilen. Wir haben ja den Vorort gewählt, weil wir ähnliche Interessen und Ziele verfolgen. Meine Insel wählt Menschen für mich, die sehr verschieden von mir sind – den Fremdling, von dem sich jedesmal herausstellt, daß er interessant und anregend ist, wenn man ihn in einem Rahmen von genügend Raum und Zeit sieht. Ich habe hier erfahren, was jedermann auf einer Seereise oder einer langen Bahnfahrt oder in einer zeitweiligen Isoliertheit in einem kleinen Dorf erfährt. Aus der Fülle des Lebens wählt uns der Zufall der zeitweiligen Verbannung aus einem begrenzten Kreis einige Menschen. Wir selbst hätten diese Nachbarn nie gewählt. Aber wenn wir auf dieser Lebensinsel zusammengewürfelt werden, dann bemühen wir uns um gegenseitiges Verstehen und werden durch dieses Bemühen angeregt. Die Schwierigkeit des Stadtlebens besteht darin, daß wir beim Auswählen – und das müssen wir tun, um unter solch hektischen Bedingungen leben, atmen und arbeiten zu können – dazu neigen, Menschen unserer Art zu wählen. Und das ist eine sehr eintönige Diät. Nur Hors d'œuvres und kein Fleisch, nur Süßigkeiten und kein Gemüse – es hängt von unserem Geschmack ab. Wie verschieden unsere Diät auch sein mag, eins ist gewiß: Wir wählen im allgemeinen das, was wir kennen, selten das, was uns fremd ist. Wir neigen dazu, nicht das Unbekannte zu wählen, das vielleicht einen Schock verursacht oder eine Enttäuschung auslöst oder einfach etwas schwierig zu verarbeiten ist. Und dabei ist es doch das Unbekannte mit all seinen Enttäuschungen und Überraschungen, was uns am meisten bereichert.

Diese Insel wählt in vieler Hinsicht besser für mich, als ich für mich zu Hause wähle. Werde ich, wenn ich zurück bin, wieder von meinen zentrifugalen tausendfüßlerischen Betätigungen erdrückt werden? Nicht nur von den Zerstreuungen, sondern auch von den zu vielen Möglichkeiten? Nicht nur von den langweiligen Menschen, sondern auch von zu vielen interessanten? Die Mannigfaltigkeit der Welt wird wieder mit ihren falschen Wertbegriffen über mir zusammenschlagen – Quantität statt Qualität, Tempo statt Ruhe, Lärm statt Stille, Worte statt Gedanken, Besitz statt Schönheit. Wie werde ich dem Ansturm widerstehen? Wie bleibe ich gesammelt gegen den Druck und das Zerren der »Zerrissenheit«?

Denn ich muß die natürliche Auslese der Insel durch eine bewußte, auf anderen Wertmaßen basierende Auslese ersetzen – Wertmaßen, deren ich mir hier deutlicher bewußt geworden bin. Insel-Richtlinien könnte man sie nennen, Wegweiser zu einem neuen Leben, wenn sie zu definieren wären; weitgehende Vereinfachung des Lebens, um ein echtes Lebensgefühl zu wahren; Gleichgewicht des physischen, intellektuellen und seelischen Lebens; Arbeit ohne Druck; Raum für Wesentliches und Schönes; Zeit für Einsamkeit und Gemeinsamkeit; Naturverbundenheit, um das Verständnis und den Glauben an die Wechselwirkungen des Lebens zu stärken: das Leben der Seele, das schöpferische Leben und die Lebendigkeit der menschlichen Beziehungen. Ein paar Muscheln.

Das Inselleben war eine Linse, durch die ich mein eigenes Leben im Norden betrachtet habe. Ich muß meine Linse mitnehmen, wenn ich fortgehe. Nach und nach wird meine Ferien-Sicht verblassen. Ich muß mir vornehmen, die Dinge weiterhin mit Insel-Augen zu sehen. Die Muscheln werden mich daran erinnern; sie müssen meine Insel-Augen sein.

8 Der Strand liegt hinter mir

Ich ergreife meinen Strandbeutel. Der Sand bietet meinen Füßen keinen Halt mehr. Die Zeit der Besinnung ist fast vorüber.

Die Suche nach äußerer Vereinfachung, nach innerer Integrität, nach einer vollständigeren Beziehung – ist das nicht ein beschränkter Ausblick? Natürlich ist es das in gewissem Sinn. Die Menschheit von heute steht völlig unvorbereitet vor der Tatsache, daß ihr Lebensraum der ganze Erdball ist. Die Welt um uns rumort in Eruptionen, die immer weitere Kreise ziehen. Die Spannungen, Konflikte und Leiden noch der äußersten Kreise berühren uns alle und schwingen in jedem von uns nach. Wir können uns diesen Erschütterungen nicht entziehen.

Aber wieweit können wir diesem planetarischen Bewußtsein Rechenschaft tragen? Man verlangt heute von uns, daß wir mit allen Geschöpfen der Erde Mitgefühl haben, daß wir alle Informationen, die durch die Rotationsmaschinen verbreitet werden, verstandesmäßig verarbeiten und daß wir jedem ethischen Impuls unseres Herzens und unseres Verstandes durch die Tat Ausdruck verleihen. Die Zusammenhänge im Weltgefüge verbinden uns mit mehr Menschen, als unser Herz fassen kann. Oder vielmehr – denn ich glaube, das Herz kennt keine Grenze –: Die modernen Nachrichtenmittel bürden uns mehr Probleme auf, als die menschliche Natur aushalten kann. Ich glaube, daß es unserem Herzen, unserer Seele, unserer Vorstellungskraft gut tut, wenn sie bis zum äußersten beansprucht werden; aber Körper, Nerven, Durchhaltevermögen und Lebensspanne sind nicht so elastisch. Mein Leben reicht nicht aus, all den Menschen zu helfen, die an mein Herz appellieren. Ich kann sie nicht alle heiraten, kann ihnen nicht allen Mutter sein oder für alle so sorgen, wie ich für meine Eltern sorgen würde, wenn sie alt und krank wären. Unsere Großmütter und sogar – mit einiger Anstrengung – unsere Mütter lebten in einem Kreis, der klein genug war, ihnen zu erlauben, die meisten ihrer seelischen und Herzensregungen in die Tat umzusetzen. Wir sind in einer Überlieferung erzogen worden, die wir heute nicht mehr erfüllen können; denn unser Radius weitet sich ins Unendliche.

Was können wir angesichts dieses Dilemmas tun? Wie können wir unser planetarisches Bewußtsein mit unserem puritanischen Gewissen in Einklang bringen? Wir sind zu Kompromissen gezwungen. Weil wir den vielen als Individuen nicht gerecht werden können, versuchen wir manchmal, diese vielen auf einen vereinfachten Nenner zu bringen, den wir Masse nennen. Weil wir mit der Kompliziertheit unserer Zeit nicht fertig werden, setzen wir uns oft kurzerhand darüber hinweg und flüchten uns in einen vereinfachten Zukunftstraum. Weil wir unsere eigenen häuslichen Probleme nicht lösen können, beschäftigen wir uns mit den abseitsliegenden Problemen der Welt. Die unerträgliche Last, die wir uns aufgebürdet haben, hat einen Fluchtprozeß ausgelöst. Kann man aber für einen abstrakten Begriff, den man Masse nennt, ein wirklich tiefes Gefühl aufbringen? Kann man die Zukunft zum Ersatz für die Gegenwart machen? Und was garantiert uns, daß diese Zukunft besser sein wird, wenn wir die Gegenwart vernachlässigen? Kann man Weltprobleme lösen, wenn man unfähig ist, die eigenen zu lösen? Wohin hat uns dieser Prozeß geführt? Waren wir erfolgreich, indem wir an der Peripherie gearbeitet haben statt im Zentrum?

Wenn wir uns die Zeit nehmen, darüber nachzudenken, sind dann nicht die wahren Opfer im heutigen Leben eben diese Zentren, über die ich gesprochen habe: das Hier, das Heute, das Individuum und seine Beziehungen. Das Heute läßt man am Weg stehen bei der Jagd nach dem Morgen, das Hier wird zugunsten des Dort vernachlässigt und das Individuum verschwindet in der Masse. Amerika, das noch immer die herrlichste Gegenwart hat, die es heute auf der Welt gibt, hat in seiner unersättlichen Gier nach der Zukunft kaum Zeit, sie zu genießen. Vielleicht sagt der Historiker oder der Soziologe oder der Philosoph, daß wir immer noch von der Schwungkraft unseres Entdeckungstriebes beflügelt werden, immer noch unter dem Einfluß unseres Pionierdranges oder unserer puritanischen Besorgtheit stehen, die uns »den nächsten Schritt zu tun« heißt. Hingegen entwickelte Europa, von dem wir glauben, es sei der Vergangenheit hörig, nach dem letzten Krieg seltsamerweise ein neues Gegenwartsbewußtsein. Die schöne Vergangenheit ist so fern, die nahe so grauenvoll und die Zukunft so ungewiß, daß die Gegenwart Gelegenheit hat, sich zu einer goldenen Ewigkeit des Hier und Jetzt auszuweiten. Der Europäer von heute genießt die Stunde, auch wenn es sich nur um einen Spaziergang am Sonntagnachmittag oder eine Tasse schwarzen Kaffees auf einer Kaffeehausterrasse handelt.

Vielleicht erkennen wir die Werte des Hier und Jetzt immer erst dann, wenn sie, wie heute sogar in Amerika, in Gefahr sind. Und haben die Gefahren und Versuchungen, die dem Einzelnen in einer Zeit drohen, wo er seine Individualität der Masse preisgibt – ob der Kriegsindustrie oder der Standardisierung von Gedanken und Handlungen –, nicht ein neues Gefühl für die Würde des Einzelnen in uns geweckt? Sind wir jetzt bereit, die wahren Werte des Hier und Heute und des Einzelnen wirklich zu erkennen?

Das Hier, das Heute und das Individuum lagen dem Heiligen, dem Künstler, dem Dichter und – seit Urzeiten – der Frau immer besonders am Herzen. Im kleinen häuslichen Kreis war sie sich der besonderen Einzigartigkeit eines jeden Familienmitgliedes, der Spontaneität des Heute, der Lebendigkeit des Hier immer bewußt. Das ist die Grundsubstanz des Lebens. Das sind die individuellen Elemente, aus welchen die größeren Einheiten wie Masse, Zukunft und Welt entstehen. Wir können diese Elemente vielleicht vernachlässigen, wir können aber nicht auf sie verzichten. Sie sind die Tropfen, aus denen der Strom entsteht. Sie sind die Essenz des Lebens. Es mag unsere besondere Aufgabe sein, diese vernachlässigten Wirklichkeiten wieder zu betonen, nicht um uns größeren Verantwortungen zu entziehen, sondern um einen ersten Schritt zu tieferem Verständnis und einer Lösung zu tun. Wenn wir damit bei uns selbst beginnen, entdecken wir etwas Wesentliches, das bis an die Peripherie des Kreises reicht. Wir finden wieder etwas von der Freude am Heute, vom Frieden im Hier, von der Liebe in mir und dir, aus dem das Himmelreich auf Erden erschaffen ist.

Hinter mir dröhnt das Meer. Geduld – Glaube – Bereitsein. Das ist es, was das Meer uns lehrt. Einfachheit – Einsamkeit – Wechsel … Aber es gibt noch andere Gestade zu erforschen. Es gilt, noch mehr Muscheln zu finden. Dies ist nur ein Anfang.

Trage mich über die Flut

Gedichte

Liebe

Es ist das Kind in uns,
das liebt.

Der Mann und das Kind

Es ist der Mann in uns, der wirkt.

Der schafft ums Brot und bangen Blickes fragt
Das Abendrot, wie wohl der Morgen tagt.
Es ist der Mann, der wenn er wandert eilt,
Schreit wenn er spricht, Mut mit der Menge teilt.
Der blind sich gräbt durch seines Tages Pflicht.
Mißtraut dem Nachbarn, düster das Gesicht,
Der nur im Harnisch geht, der wehrt der Tränen Drang.
Es ist der Mann in uns, der bangt.

Es ist das Kind in uns, das spielt,
In seiner Fröhlichkeit nicht übers Heute zielt;
Das singt vor Lust, das staunt und weint und lacht;
Es ist das Kind in uns, das schläft zur Nacht.
Es ist das Kind, das schweigend sein Gesicht,
Offen, vertrauend, einfach, unverwehrt,
Ganz ohne falsches Wollen, plötzlich kehrt
Zu andrem schön erglühendem Gesicht –

Es ist das Kind in uns, das liebt.

Almosen

Wie Vögel im Winter
Nährtest du mich.
Du wußtest, die Erde war hart.
Du wußtest,
Nie käm ich zu deiner Hand.
Du wußtest,
Du brauchtest nicht meinen Dank.

Sacht
Wie Schnee rieselt auf Schnee,
Sacht, um mich nicht zu erschrecken,
Sacht
Streutest die Krumen du aus –
Und gingst deines Wegs.

Die kleine Seejungfrau

Nach dem Märchen von Hans Christian Andersen

Die kleine Seejungfrau allein nur weiß,
Um welcher Zauberkünste teuren Preis
Man Menschenliebe kauft. Jedoch um ihn
Gibt sie die sorglos heitre Freiheit hin.

Sie schleudert in des rauch'gen Kessels Schlund
Ihr Königserbe. Farbig glühn am Grund
Die raschen Wogen im zerstreuten Licht,
Das sich an durchsichtigen Mauern bricht.

Lebwohl, verwunschner Kinderzeiten Traum,
Der Blumengarten in dem Muschelzaun.
Das Seegras, das berauscht sich neigt im Tanz,
Zu unvernehmbarer Musik im Trance.

Nie wieder sie, wenn sie bei Menschen weilt,
Schaumleichtes Lachen mit den Schwestern teilt.
Aus monderhellten Nächten dort am Strand,
Einsam durchsungen, ist sie nun verbannt.

Wenn sie zur Welt der Sterblichen gehört,
Verstummt das süße Lied, das doch betört
Vielleicht des Prinzen Herz – o schlimme Wahl –
Statt goldner Stimme ew'gen Schweigens Qual.

Ihr Silberschweif, der sie so rasch entführt
Dem Octopus, ihr fühllos ungerührt
Korallenherz, das alles gibt sie drein
Für Menschensehnsucht, Menschenzweifelspein.

Sogar

Er, den ich liebe, ich will, er sei
Frei:

Frei wie der kahle Wipfel des Baums,
Der aus der Wirrnis der Zweige bricht
Hinauf zum Licht.
Frei von dem, was im Dunkel hält,
Wo der Schatten fällt,
Offen für die goldene Welt
Des Himmelsraums.

Wie die Möwe frei,
Die sich auf einsamer Luftwoge schwingt
Unsichtbar fort,
Dort,
Wohin kein Greifen dringt,
Kein Rufen klingt,
Entrückt dem Blick.

Wie ein Grashalm frei,
Versteckt in der reichen
Ungenanntheit
Der tausend gleichen,
Von denen jedes, dicht an dicht
Durch die Scholle bricht,
In Fröhlichkeit,
Empor zum Blau,
Alle zum Licht.
Und dennoch hier

Jedes für sich
In seiner eigenen kühlen Schicht
Von Tau.

Er, den ich liebe, ich will, er sei
Frei –
Sogar von mir.

Zwei Festungen

Wir stehn getrennt, zwei Festungen aus Stein,
Schwer auf dem Grund; zwei Welten; jede kreist
In ihrer eigenen Bahn für sich allein.
Zwei Heime sind wir, jedes in sich birgt
Vielfaches Sein. Die Schar der Helfer wirkt,
Putzt, schafft für alle Trank und Speis.
Die Uhr der Pflicht von früh bis abends tickt,
Gönnt keinem, daß er nur zum Fenster blickt.

Wir sind getrennt. Steinburgen sicher stehn,
Zwei Welten unvereint. Es weicht kein Haus
Je seinem Ort, der Zeit, dem Werktag aus.
Nur abends, wenn die Plackerei geschehn,
Die Kinder sind im Bett, die Läden zu,
Die Alten sitzen träumend, froh der Ruh,
Dann jedes Haus heimlich ein Kind verläßt,
Läuft barfuß vor die Türe. Und es grüßt
Den Spielgefährten, atemlos ihn küßt,
Und still im Dunkel Herz an Herz sich preßt.

Ein Blatt, eine Blume, ein Stein

Nun, da die Worte verstummt,
Bring ich ein Blatt, eine Blume und einen Stein.

Ein Blatt für meinen Mund,
Der nicht mehr reden kann,
Wo dein Auge trifft
In der Adern verschlungener Schrift
Als Hieroglyphe verwebt
Den Gedanken, der tastend strebt
Und doch sicher zu deinem Grund:
Ein Blatt für meinen Mund.

Eine Blume für mein Herz,
Das keinen Sang mehr weiß.
Reiner als ein Lied
Der Duft aufwärts flieht,
Blüte um Blüte,
Empor zu dir.
Und es klingt in mir
Musik, die tiefer dringt,
Schlichter als es der Kunst gelingt:
Eine Blume für mein Herz.

Einen Stein für meine Hand,
Der schweigend sich niederläßt
Auf deiner flachen Hand,
Ein Vogel auf seinem Nest.
Spiralig er aufwärts flog,
Hört' mitten im Fluge den Schrei,

Der ihn jählings niederzog,
Erdenwärts, heimwärts wie Blei,
Von einer Schwerkraft gelenkt,
Die er selbst nicht verstand:
Einen Stein für meine Hand.

Nun sind die Worte verstummt,
Du aber weißt, wenn ich singe
Für andere, daß ich bringe
Nur dir allein
Ein Blatt, eine Blume und einen Stein.

Tod

Frucht, Blüte und Baum

Letzter Ruf

Das Leben preisen – lobpreis
Noch vor dem Fall
Des Winterreifs
Ruft's überall,
O Mensch, lobpreis.

Die Biene, die geht
Zur Aster, versteht
Dezembernot;

Der Falter bunt
An Maßliebchens Mund,
Daß nahe der Tod.

Die Fliege, noch sonnentrunken,
Daß der Sommer versunken.

Reife Beere am Strauch
Kennt ihr Schicksal auch.

In Gold und Rot
Schreibt sich der Tod.

Auf das Ende lausche
Im Lebensrausche.

Ein letzter Chor
Durch allen Raum,
Frucht, Blüte und Baum,

Ein Rufen vor
Der Opferstunde:

Mensch, preise das Leben,
Derweil dir's gegeben.

Keine Engel mehr

Du meinst, es gäbe keine Engel mehr,
Kein Engel spräch' zu uns noch in der Nacht
Von Freude, Kummer, Liebe oder Tod –
Kein Flügelrauschen streift uns, das gebeut:
Horch, Göttliches ist nah!
Nein, heut
Trägt uns nur Kunde zu
Höchstens die Post oder das Telephon
Sagst du –

O nein, wenn nah ist die verhängte Stunde,
Nicht diese Stimmen da mit ihrer Kunde,
Nicht sie
Imstand sind, ins verängstigte Gemüt
Hinabzudringen. Schicksalsschläge drohn
An der verschloßnen Türe, unbekannt.
Wir lauschen taub, schaun blind, und was
Vermag am Riegel die erstarrte Hand
Bis daß
Der Engel kommt!

Oh, weißt du es nicht noch?
Es war ein Baum,
Der von der Erde aufschoß leidenschaftlich grad
Und hoch;
Er ließ dich endlich schaun die große Kraft,
Die dir im Herzen trieb.
Und war es nicht der Schaum
Der Schlehenblüten, leuchtend weißer Glast,

Der jäh dein Leid als allzuschwere Last
Dir zeigte?

Es gäbe, sagst du, keine Engel mehr,
Kein Flammenschwert, es teile sich kein Meer –
Nicht Engel –

Doch die eine Quittenknospe,
An jenem Tag zur Unzeit aufgeblüht,
Da sie verschied,
Reißt jähen Sprung durch eine Welt von Glas.

Gegenwart

Ich hebe das Haupt,
Und siehe, ich schau
Einen kreisenden Falken
Im Himmelsblau –
So hoch erhoben,
Geliebter, du auch dort droben?

Zu meinen Füßen
Bohrte ein Kraut
Seine Purpurschneide
Mir in die Haut –
O Wunder,
Bist du hier auch?

Allerheiligen

Heut hält das Leben
Den Atem an,
Es spinnt der Herbst
Sein Seidengewand.

Faden um Faden
Hüllt ein die Welt
(Novembernadel
Umstrickt das Feld).

Ins tote Laub
Kein Windhauch fährt.
Keine Blume sprengt
Die trauernde Erd'.

Kein Vogelflug
Lenkt ab die Schau
Vom glatt gefegten
Himmelsblau.

So still der Tag,
So kahl, so rein,
Gefangen in
Kristallnem Schein.

Erde harrt auf ein Wunder,
Der Mensch mit ihr –
Alle Heiligen gehen vorüber
Heute und hier.

Zweite Saat

Für wen
Staut sich die Milch in der Brust,
Wenn heimging das Kind?

Für wen
Verschließt sich die Liebe in Herzen,
Die nun alleine sind?

Oh, der goldne Ertrag
Des Felds im August, der einst durch die Scholle brach,
Auf Septembertennen gedroschen in mühsamem Fleiß,
Nun in der Scheune gehortet, unnützer Preis!

Sprengt an der Türe das Schloß,
Reißt auf der Erde Schoß,
In den dürren Boden das Korn versenkt,
Wo nur ein Riß den Lehmboden sprengt.

Keine Ernte reift für das Herz allein.
Die Saat der Liebe sei bereit
In Ewigkeit
Wieder gesät zu sein.

Geist in Haft

Und trage mich über die Flut.

Tages-Neige

Noch eben Raum genug, um zwischen
Dämmrung und Abend mich zu schieben,
Noch Kraft, den Grat mir zu gewinnen
Und, keuchend, anzulangen drüben.

Noch Licht genug, mein Feld zu sehen,
Das Gras zu küssen in den Schatten;
Noch Kraft, noch Mut, noch Zeit genug,
Mir Säum'gen Einlaß zu gestatten.

O Hügel, letzter Streifen Licht,
Halt auf die Schranken noch für mich!
O schöner Tag – erbarm dich mein,
Ein Hauch von Licht nur läßt mich ein!

Geborgenheit

In einer Muschel ist Zuflucht –
In einem Stern;
Aber inmitten,
Nirgendwo.

Friede ist im ganz Großen –
Oder im Kleinen;
Inmitten der beiden
Findest du keinen.

Am Himmel der Planet,
Die Muschel an dem Strand:
Obgleich die ganze Erde und der Weltraum
Dazwischen steht,
Den Frieden keiner fand
Sonst irgendwo.

O du, der da sucht
Nach einer Zuflucht,
Lerne von Frauen, die es wissen,
Den einzigen Weg, den das Leben gewiesen
Allzeit
Zur Geborgenheit,
Den Weg der Nadel – oder der Sterne;
Das Nahe – das Ferne.

Was ist gleich gut
Wie das Licht, das sich spiegelt im Fingerhut,
Es sei denn im Dunkel
Des Arkturus Gefunkel?

Das Nahe – das Ferne:
Doch ist uns der Frieden,
Irgendwo
Inmitten beschieden?

In einer Muschel ist Zuflucht –
In einem Stern;
Aber inmitten,
Nirgendwo.

Es reift keine Ernte

August 1939

Komm eilends, Winter, denn das Herz traut nicht
Den warmen Tagen. Dieses Sommerlicht
Ist viel zu schön für unsre Zeit – so lind,
Daß wir beinahe zu bereden sind,
Noch sei August, die Welt noch unverrückt.
Der Prunk, der die entflammten Hügel schmückt,
Ist nicht in Einklang mit dem Nonnenschleier
In unsrer Brust – von Asche, nicht von Feuer.

Geh von uns, Zeit des Reifens, Erntezeit,
Denn keine Ernte steht in uns bereit.

Bring uns den Frost, der in der ersten Nacht
Die Dahlien knickt, die Knospen dorren macht;
Verwelkte Köpfe, Stengel schlaff und braun,
Die jäh vergangne Schönheit laß uns schaun.
Erstarre, Erde, unterm Eiseswinde,
Bis keine Spalte mehr in deiner Rinde.

Erst dann nur, wenn die innre Welt ist gleich
Dem kahlen Grund, entblättertem Gezweig,
Allein erst dann, o Menschenherz, versteh
Die Saat der Hoffnung schlummernd unterm Schnee.
Der bußbereite Geist nur spürt die Kraft
Verborgnen Glaubens, pulsend noch im Saft.

Geduld'gem Winterharren wird gewährt
Der Frühling, lang erwartet, lang begehrt.

Der Stein

Es ist tief innen
Ein Schmerzen, einem Kerne gleich, den der Geist
Niemals durchdringen kann, und nicht begreift;
Ein Stein, an dem sich meine Freude bricht,
In dunkler Tiefe liegt er, fern der Sicht,
Wo ihn der Strom der Worte nicht erreicht,
Der mir den Weg sperrt und der auch nicht weicht
Des Willens Hammerschlag, ein Stein so fest,
Daß er mit Kunst sich nicht zerspellen läßt.
Zu hart für Tränen und zu blind für Licht,
An dem die Lanze des Gebets zerbricht.
Musik zerschmilzt nicht, Schönheit hüllt nicht ein
Die unerklärbare, lebend'ge Pein.

Kein Kummer löst den Stalagmiten auf,
In nächt'gen Höhlen türmt er sich herauf.

So bleibt nur Liebe. Wie? Von mir doch nicht?
Das Fremde, Böse lieben – ist das Pflicht?
Bin ich Franziskus, der den Aussatz küßt?
Ungläubig ist die Welt, die mich umschließt.
Darum kann ich auch beten nicht einmal,
Und lieben soll ich? Gibt es keine Wahl?

Du namenloser, antlitzloser Harm,
Blindlings zerdrück ich dich in meinem Arm.

Pilger

Dies ist ein Pfad,
Den man einsam geht.
Schmal ist die Spur
Und halb verweht.

Dunkel der Weg
Und schwer zu finden,
Wenn die letzten Lichter
Rückwärts entschwinden.

Niemals ein Schritt,
Der mild verheißt
Einen Gefährten –
Und doch, ich weiß,

Daß sich ein Anderer
Auch schon geschleppt hat
In gleicher Spur –
Dies ist ein Pfad.

Ein Heiliger für unsere Zeit

»... Endlich aber erreichte er doch das andere Ufer, setzte das Kind nieder und sagte: ›Kind, du hast mich in schlimme Not gebracht und hast schwer auf mir gelastet. Hätte ich die ganze Welt auf meinen Schultern getragen, hätte es keine schwerere Bürde sein können!‹ Und das Kind erwiderte: ›Wundere dich nicht, Christophorus, denn nicht nur hast du die ganze Welt auf deinen Schultern getragen, sondern Ihn, der die Welt erschaffen hat‹ ...« Legenda aurea

Christophorus, zu unsrer Erde kehr,
Noch nie hat eine Zeit dich so begehrt,
Den Heiligen der wilden Mitternacht,
Der ein Kind rufen hörte, auf der Wacht
Am Strom.

Franziskus nicht einmal, der Armen Freund,
Der barfuß bettelnd an den Türen streunt
Und der den Aussatz liebevoll geküßt,
Nicht einmal er wird so von uns vermißt
Wie du, Christ-Träger.

Sieh, wir sterben nicht,
Weil wir versäumen unsre Liebespflicht.
Wir liegen eingesargt in kaltem Stein,
Und deine Gabe mangelt uns allein.
Wer nimmt die Last des Andern brüderlich
Auf seine Schulter? Jeder findet sich
Von eigner Bürde schon zu schwer bedrückt,
Als daß er nach dem Nächsten auch noch blickt.

Du aber wähltest dir des Bruders Los.
Dein Rücken selbst war das lebend'ge Floß,
Das jeden Wandrer trug zum andern Strand;
Bis eines Nachts an deinem Ufer stand
Weinend und sturmzerzaust ein kleines Kind
Und bat um Überfahrt durch Nacht und Wind –
Ein Kind, das bleiern dir den Rücken biegt,
Schwer wie die Erde auf dem Toten liegt –
Fast hatte dich die wilde Fahrt gefällt,
Auf deiner Schulter ruhte ja die Welt.

Was Wunder, daß es dich erdrückte fast:
Du schlepptest ja die ungeheure Last
Von aller Menschen Glück und Aller Schmerz,
Und Aller Sorgen trugst du uferwärts,
Ja, ihre Sünden selbst, als sei'n sie dein,
Selbst ihre Sünden, Christoph, du allein!

Wer trägt für einen andern heute noch
Schuld oder Wagnis? Jeder fürchtet doch
Des Nachbarn Zunge, Feder oder Tat.
Den Schrei, den du gehört vom anderen Gestad',
Vernehmen wir in kleinen Ängsten kaum.
»Das war kein Schrei«, so sagt man, »nur
ein Traum.«

Christophorus, das Wasser wieder steigt,
Wie damals es getan. Das Wasser steigt.
Der Regen prasselt durch die bange Nacht,

Die Blitze gehn wie Krieger in der Schlacht.
Wie Bombeneinschlag dunkler Donner birst,
Kein Licht durchdringt sternlosen Himmelsfirst.

Das Kind steht rufend drüben an dem Strom:
Christophorus, komm zur Erde. Komm!

Das Einhorn

Aber sieh –
dennoch ist frei sein Horn.

Das Einhorn in Gefangenschaft

Zu dem Wandteppich in dem Museum
»The Cloisters« in New York

Sieh hier das Einhorn
In Gefangenschaft;
Seine strahlende Urkraft
Endlich gefangen.
Die Jagd ist längst vergangen,
In der Seite die Wunde klafft
Von des Königs Lanzenschaft.
Gefesselt, gebunden
An einen Granatapfelbaum –
Sieh hier das Einhorn
In Gefangenschaft,
Doch frei in seiner Kraft.

Sieh hier das Einhorn;
Seine alles überholende Schnelle
In den engsten Kreis gebannt
Wie von Mädchenarmen.
Der Hürde runde Wand
Umgrenzt es; an seiner Stelle
Hält es purpurner Gitterzaun,
Zerbrechlich wie ein Königsreif
Und zärtlich gespannt
Um Horn, Hufe und Schweif,
Als ob den Schmetterling
Ein loses Netz umfing.

Leicht spränge es über das Gitter,
Wenn es sich reckte
Zu seiner vollen weißen Größe;
Leicht könnt es den Zaun zersplittern;
Nur drei Stöße
Seiner Hufe ließen alles erzittern –
Wenn es sich streckte.
Leicht zerbräche es seinen Kerker,
Es wäre ja immer stärker –
Wenn es das wollte, wenn es sich reckte.

Sieh hier das Einhorn;
In seiner Seite die Wunden
Bluten noch immer
Von den scharfen Speeren.
Doch es läßt sich nicht bekümmern
Von den blutroten Zähren
Auf seiner milchweißen Flanke.
Sie sprießen unversiegt
Wie Blumen, die sich ranken
Rings um das samtene Feld,
In dem es liegt.
Traumketten, Traumwunden,
Durch sie ist es nicht gebunden
In einer Königswelt,
In der ihm versinken
Seine Wunden, seine Schlingen.

Sieh hier das Einhorn;
Sein Halsband gleicht
Einem Gürtel, den leicht
Ein Mädchen um sich schlingt,
Bestickt und mit Schnallen beringt,
Sorglos geknüpft.
Es könnte vom Haupte streifen
Den juwelenbesetzten Reifen;
So leicht entschlüpfte
Es dem locker geknüpften
Wie von des Leibes Mitte
Der Gürtel dem Mädchen entglitte.
Es könnte der Kette entweichen,
So leicht entschlüpfen
Der locker geknüpften.

Sieh hier das Einhorn;
Gebunden von einer Kette aus Gold
An den Granatapfelbaum.
Eine Kette gar hold
Für solch grimmes Tier;
Wie ein Kreuz so zart,
Das ein Mädchen am Halse bewahrt.
Es könnte die Kette zerrütten,
Wollt es nur einmal die Mähne schütteln,
Wenn es nur wollte, wenn es grollte,
Wenn es beweisen wollte
Seine freie Urkraft.
Aber es will nicht wählen,

Was die Wahl würde schmälen.
So verharrt das Einhorn
In Gefangenschaft.

In Gefangenschaft
Der Flanken, der Hufe, der Mähne Kraft.
Aber sieh – dennoch
Ist frei sein Horn,
Es erhebt sich hoch
Über Kette und Baum,
Über des Zauns engen Kreis,
Ein Hymus, der Liebe zum Preis.
Sein Horn
Entspringt der gelassenen Stirn
Wie ein Komet.
Es spaltet wie der Galeere Bug
Die ruhige See,
Entsprießt wie die Lilie weiß
Der Erde Schoß,
Es schraubt sich wie Vogelflug
Zur ersehnten Höh;
Wie ein Quell, der hell
Aufbricht zum Licht
Aus des Morgens Born –
O leuchtendes Horn!

Sieh hier das Einhorn –
Gefangen?
Gelassen.

Die Schläge vergessen,
Als es die Jäger umstellten
Mit ihren Speeren,
Als es die Hunde umbellten,
Gierig nach Blut.
Und dagegen die steigende Flut
In den eigenen Adern,
Bereit, um das Leben zu hadern.
Die Wut im schlagenden Huf,
Der Zorn im stoßenden Horn,
Vergessen der Hader.
Der Drang zu töten
Ist erloschen wie Feuer,
Der Drang zu lieben
Hat die Sinne geläutert.
Vergessen, wie bitter
Die Wunden schmerzen, die Kette, das Gitter –
Nun hält es ganz stille,
Ihm genügt Dein Wille.

Besänftigt das Einhorn,
In Betrachtung gestillt,
Von Bejahung erfüllt.
Besänftigt, bis auf sein Horn,
Lebendig in seinem Horn.
Was es rings umkreist
Ist Gefangenschaft;
In die Höhe weist
Die freie Kraft.

Wie wohl Gefangne zur Nacht,
Tag-eng bewacht
Von Mauern und Gitterstäben,
Die Blicke aufwärts heben
Zu nacht-weiten Fernen
Von Himmel und Sternen
Und finden hier Seligkeit:
So ist auch frei
Das Einhorn.
Was ist Freiheit?
Hier lebt das Einhorn,
In Gefangenschaft
Frei.

Klarer Himmel

Ein Wort fällt in das Schweigen.

Raum

Die Schönheit, die Bedeutsamkeit braucht Raum.
Und weil uns heut der Raum fehlt, einzurahmen
Die Tat, das Wort, die Schönheit selbst, kann kaum
Sie sich als Schönheit länger offenbaren.

Bedeutsam ist ein Baum, der einsam steht
Im weithin aufgetanen Himmelsraum;
Ein funkelnd weißes Segel auf der See
Leiht vollen Sinn des Horizontes Saum.

Vom Dunkel eingefaßt die Kerze blüht,
Schafft Raum um sich, wo ihre Flamme glüht.
Sie gibt dem Zimmer Form, Gestalt und Namen,
Bedeutsamkeit gebiert sich in dem Rahmen.

Ein Wort fällt in das Schweigen wie ein Stern,
Reißt leere Himmel auf; allein und fern
Hat es die Leuchtspur seines Flugs vollbracht
Gegen den sprachlos-stummen Raum der Nacht.

Baum im Winter

Die Eiche, kahl und ihres Schmuckes frei
Bringt doch mehr Trost dem Herzen als der Mai
Mit seinem jungen Grün vermag. Der Geist,
Entblößt vom Sommerfleisch des Laubs, ganz rein,
Ganz winterlich Gerippe nur, verheißt
Nach trügerischer Herbstzeit neues Sein –
Einst nach den Winden, nach dem Wintersturm –
Durch Heimkehr zu der strengen Zucht der Form.

Welch eine Kraft, versteckt im Winterbaum,
Gibt dem gefangenen Geiste freien Raum,
Daß er im Stamm sich biegt, im Ast sich schwingt,
In der Fontäne seines Wipfels Lieder singt?
Daß er sich in das Lachen des Geästes flicht,
Sich mächtig dehnt ins grenzenlose Licht?

Ist uns, die wir gewohnt sind unser Bild zu sehen
In jeder Form, der aufgereckte Zweig
Den eigenen erhobnen Armen gleich,
Mit denen wir lobpreisen oder flehn?
Glauben wir heute, wie wir als Kind gewohnt,
Daß in dem Himmel über uns Gottvater thront?
(Und wer den Himmel nur berühren kann,
Der reicht wohl auch an seinen Thron heran!)

Oder erkennt hier der bestürzte Geist
Verwandtes, davon der Verstand nichts weiß?
In dem Skelett des Baumes tief verhüllt
Begegnet ihm des eignen Strebens Bild,

In sich voll Widerspruch und dennoch klar,
Zufallsgelenkt und doch unwandelbar,
Ausgreifend ungehemmt im freien Raum,
Doch tief verwurzelt in dem eignen Stand,
Einmalig in der Form und doch gebannt
Durch seine Gattung: nämlich als ein Baum.

Erschaut der Geist – erinnert sich vielleicht –,
Wie mühevoll des Zweiges Wachstum schleicht,
Weiß aus sich selbst, dazu braucht's keiner Lehre,
Um Stoß und Stockung, jede neue Kehre,
Des Saftes Kampf in seiner Odyssee
Vom Stamm zum Zweig,
Vom Grund zur Himmelshöh?

Und ist nicht in ein Muster hier gebannt,
In seiner Ganzheit endlich klar erkannt,
Ein ungebrochner wesenhafter Drang;
Gewißheit, daß der Baum auf seinem Pilgergang
Vom Keim zur Blüte, pulsend in dem Saft
Geduldig und mit ganzer blinder Kraft –
Kraft des Gebets, des Glaubens und der Schau –
In seinen Knospen dringt ins reine Blau?

Aufstieg

Tauch tief
In den Himmel,
O Schwinge
Der Seele.

Steig hoch über jede
Prächtige Zinne
Der Rede
Ins mächtige
Blicklose Antlitz
Des Schweigens.

Schwing dich hinaus
Über der Wälder
Sturmgebraus,
Über den Staub,
Der aus der Ebene weht,
Ein trübes Braun,
Der rasch vergeht
In spurlosen Spannen
Von Raum.

Auf, überwinde
Der Angst schwindelnde Schroffen,
Die Eisgefilde des Zweifels,
Die Felsenschründe
Verlorenen Hoffens.

Erklimme die steile Leiter
Der Luft.
Dort, wo im Schraubenflug
Den Höhe-trunkenen Falken
Der Flügel ins Blaue trug,
Dort klimme weiter.

Dort, wo die Schwinge
Aufhört zu schlagen
Für ihre eigenen
Siege und Niederlagen,

Dort finde
Weit hinter
Den fahlen Wolkengründen
Des Sinnens
Die ungebrochene blinde
Helle des lauteren
Äthers.

Hier fühle wallen,
Voll, tief, kristallen
Und ohne Hast
Den unergründlichen Strom
Der Rast.

Dem Blick entrafft,
Ungesehen doch gewußt
Strömt hier der Fluß

Des Brudertums.
Hier allein darf ruhn
Die beengte Brust
Vom langen Flug der Leidenschaft.

Hier gleite
Mit mehr als Schwinge
Über der irdischen Weite;
Hier bezwinge
Die grenzenlosen Gezeiten,
Die kein Falke jemals erreicht.

Hier wende
In erzener Geborgenheit;
Hier lerne
Dich drehen um den Nadel-Punkt –
Die Ewigkeit.

Hier endlich über der Dinge
Leerem Getriebe,
Dem Flatterflug,
Der in blinder Eile
Nach verborgenen Höhen gesucht,

O Seelen-Schwinge,
Verweile
Gelassen
Im Strome
Der Liebe.

Wind der Zeit

Die Schönheit preisend
gleich einer silbernen Schalmei.

Im Wellenschoß

Im Wellenschoße schimmert eine Welt
Wie Glas vollkommen und alsbald zerschellt
In abertausend Scherben auf dem Sand
Von der Gezeiten unbarmherzger Hand.
Doch in dem Nu, da Unheil sich zusammenbraut,
Hab' ich ein fremdes schönres Land erschaut;
Blauere Luft, tiefer Lapislazuli
Im ew'gen Sonnenlicht; ein Meer, das nie
Vom Horizont beschränkt wird; fremden Strand,
Glitzernd von Muscheln, die ich nie gekannt.
Das Jetzt, sekundenkurz und spiegelklar
Zwischen des Kamms »Es wird«, des Schaums »Es war«.
Wie leuchtet doch von drohendem Vergehn
Die Landschaft, die wir durch Kristalle sehn!

Familien-Album

Zu einer Photographie meiner jung vermählten Eltern

Meine Eltern, meine Kinder:
Wer seid ihr, jungvermähltes Paar,
Das nie ich sah und dennoch wiederseh?
So stellt euch dieses alte Lichtbild dar.
Gelassen habt ihr zwei euch aufgestellt
In eurem Gärtchen an der Vorstadtstraße.
Er ist von jungem Mannesstolz geschwellt
Und reckt die Brust, um so die rechten Maße
Für die ersehnte Bürde zu beweisen:
Das Weib, das eigne Heim. Und in ihm kreisen
Verborgne Kräfte, wie die Saat
Im Erdreich treibt, sobald das Frühjahr naht.

Sie lehnt an ihn, als unterdrücke sie
Ein Handelnwollen, das für eine Braut zu früh.
Weiblich gerafft und ehrbar lang das Kleid;
Doch zuckt ein Hauch verliebter Heiterkeit
Ums hoch frisierte Haupt, und lächelnd schielt
Sie nach dem Tun des Photographen dort,
Als sei sie Mädchen noch, das Gattin spielt,
Und weiß dabei sehr wohl: »Hier ist mein Ort!«
Schon mütterlich nimmt sie den Mann als Kind,
Belustigt, wie verwirrt die Rollen sind.

Und ich im Schauen habe jäh erkannt
Keimhaft Gebärden, die für mich alsbald
Wiege und Himmel wurden, Heimatland;
Ich euer Kind, ich starre unverwandt
Die toten Eltern an, voll Lieb und Leid,

Und weiß schon alles, durch die Zeit belehrt.
Die glatten Stirnen und die Tapferkeit,
Mit der ihr unerprobt ins Leben greift,
Seh ich, nicht Tochter mehr, die rückwärts schaut,
Nein, Mutter euch;
Mein Blick, der vorwärts schweift,
Sieht das Gewesene in klarem Schein,
Euch beide tot, mich selbst bereits allein;
Im eignen Leben, das auch schon vorbei,
Den Rasenfleck, auf dem ihr steht, ihr zwei.

Ich tröstete euch gern für alle Not,
Die in der Zukunft noch euch beiden droht,
Durch Rückschau weise, möchte ich euch sagen
Die Antwort auf der jungen Augen Fragen.
Wie gerne macht' ich eurem Suchen Mut:
»Ja, ihr besteht, und es wird alles gut.«

Mitfühlend Mutter und verwaistes Kind
Bin ich zugleich. Gestern und Heute sind,
Einsicht und Blindheit auch, in Eins gebannt
Vom Blitz der Kamera, den lachend irgendwer
Beim Abschied ausgelöst mit rascher Hand
Vor einem halb Jahrhundert oder mehr –
Ihr meine Kinder, meine Eltern.

Zerbrochene Muschel

Die heile Muschel suche nun nicht mehr,
Der die Vollkommenheit noch innewohnt,
Den Alabaster-Panzer, noch verschont
Vom Zahn des Sandes und vom wilden Meer.

Welch Strandgut danken wir des Weltmeers Grollen,
Welch schöneres als hier diese Skelette,
Verstreut wie Blumen unterm Himmelsbette,
Doch unverwelklich, weil sie leben wollen?

Des Schöpfungsmorgens Schrift ist eingekerbt
Am Rand und in die Wölbung unverderbt.
Der leere Rahmen bleibt, ein Testament
Des ersten Planens, auch noch als Fragment.

Schau die Spirale hier, zum Nerv entblößt
Von reinem Wachstum. Wie der Kompaß fest
Stellt sie aufs ewig Gültige sich ein,
So wie zum Preis der Schönheit silberne Schalmein.

Pilgergang

Seit Monden bist du tot. Der Tag-Verstand
Hat aufgezeichnet die genaue Stunde,
In der du starbst, und übergab die Kunde
Seinem Traum-Gegenstück – dem Schatten-Teich,
In dem alles Geschehn spiegelverkehrt erscheint,
Verzerrt, doch schärfer als dem wachen Geist –,
Daß nirgendwo die Erde dich bewahrt,
Nicht hier, nicht dort, auf keiner Wanderfahrt,
Von der du bald zurückkehrst. Nicht verreist,
Nein, fort »für immer« bist du.
Weiß ich's doch.
Das Leid vergeht, das Leben bleibt – dennoch
Muß ich nun gehn in treuer Pilgerschaft
Zu jenen Stätten, die so gänzlich dein,
Noch innig heimgesucht von deinem Blick;
Nicht in der Hoffnung, dort dich noch einmal
Zu finden, dir zum Angedenken nicht,
Noch selbstgenießerisch in Eigen-Qual.

Nein, ich muß gehn
Zu Plätzen, wo einst ruhte deine Hand,
Sie zu betrachten, nackt und bar,
Und ohne dich. Dort muß ich einsam stehn
Und ihnen in das leere Antlitz starr'n,
Um hier zu finden, was ich nie gekannt,
Den Ausgleich zwischen dem Gewicht der Schalen
Unseres Daseins, deins und meins, die Ruh
Für die verworr'ne Herzenslandschaft, wo
Ich dem Raum, der Zeit entfremdet, wandere.

Ich muß zurück;
In jedem trauten Winkel einmal noch
Mitanzusehen, wie der Puls ermattet,
Wie sich der Geist dem Leib entgattet,
Ihn fahren lassen, und die Landschaft doch
Noch immer, jetzt nur ihretwillen, lieben
Wie du sie liebtest, als in Fleisch und Blut
Du einst, noch von Erinnrung frei, in ihr geblieben
Und sie geliebt hast froh und hochgemut.
Begegnen und vermählen wollen sich
Vergangenes und Neubeginn in mir,
Lebendiges und Totes. Und wenn dann
Versöhnt ist dieses Widerstreites Paar,

Im Gleichgewicht die Schalen, Landschaft klar,
Des Einstmals und der Zukunft Faser sich verwebt
Zu einem wetterharten, zähen Seil,
Der Gegenwart – ja, dann
Gewinne ich mich endlich selbst zurück
Und so auch dich.

Kahler Baum

Schon bin ich jugendgrünen Laubes bar,
Vom Wind der Zeit entblättert. Nackt und wahr
Ragt Winter-Astwerk. So steh ich allein,
Nur noch Gefäß für Leben, das nicht mein,
Gerüst nur noch für eines Andren Kraft,
Nur Harfe noch für fremde Leidenschaft.

Das Muster meiner Zweige, offne Schrift,
Am Himmel hingemalt mit klarem Stift,
Gibt alles einmal tief Geheime preis,
Nun, da die Wurzel sich vermählt dem Reis.
Die regenfeuchte Ranke, sonndurchtränkter Zweig
Sind beide Eins. Gestalt und Schatten gleich.
Seit vom verletzlichen Gelaub ich mich befreit,
Braucht's keines Schirmes mehr und keiner Heimlichkeit.

Durchstürme, Leben, mich und schäl mich völlig frei,
Daß ich ganz zart und auch ganz furchtlos sei.

Die Erde leuchtet

Unser Planet – Stern unter Sternen oder Haus des Lebens?

Der Reiher und der Astronaut

Nun, da wir uns selbst vom Mondraum
her gesehen haben,
mag die Sicht klarer werden,
die Reise mehr bedeuten.

Kap Canaveral und Kap Kennedy

Es hieß noch Kap Canaveral, als wir vor über zwanzig Jahren mit unseren Kindern dort zum ersten Mal zelteten: hinter den Dünen, zwischen niedrigen Fächerpalmen und wuchernden Seetrauben, nur ein paar Fuß vom Tosen des Meeres und von dem langen, leeren weißen Strand entfernt. Jenseits des Indian-River-Dammes lag eine verschlafene Stadt – eine Reihe von Geschäften, ein Hotel, ein paar wohlgepflegte Palmen zu beiden Seiten des Postamts, einige abgelegene Orangenhaine, ein paar australische Kiefern, dazu der gemächliche Verkehr nach den berühmteren Badeorten Miami oder Palm Beach.

Wir waren über staubige einspurige Straßen nach dem wilden, öden Kap geholpert, diesem Stück Land, das sich wie ein spitzer Ellbogen in den Atlantik schiebt. Nachdem wir uns durch ein Gebiet mit verkrüppelten Eichen, karibischen Kiefern und Fächerpalmen hindurch geschlängelt hatten und um Mangrovensümpfe herumgefahren waren, fanden wir im Schutze grasbewachsener Dünen einen Platz zum Zelten. Ein paar Fußwege, heiße sandige Pfade, von Fischern ausgetreten, durchschnitten den breiten harten Strand dahinter, wo Pelikane mit schweren Flügeln in Schwärmen mit dem Winde segelten und wo Scharen von Strandläufern einträchtig am schillernden Saum der zurückweichenden Wellen ihren Tanz aufführten. Am morgendlichen Strand entdeckten wir die Fußspuren von Waschbären; an ruhigen Tagen sahen wir die weißen Reiher bis an die Knöchel in der Gezeiten-Linie stehen. In der Ferne hielt ein schwarz und weiß gestreifter Leuchtturm Wache über den langen schmalen Küstenstrich.

Diesmal waren wir hierher gekommen, um bei dem Start zur Mondumkreisung von Apollo 8 dabei zu sein, der für den 21. Dezember 1968 angesetzt war. Als die Räder unserer Maschine auf der Landebahn in Florida aufsetzen, fragen wir uns, ob von der Wildnis, die wir einst kannten, wohl noch irgend etwas übriggeblieben sein würde? Nichts sieht mehr so aus wie früher. Heute erstreckt sich die Stadt weit ins Land, über breite Schnellstraßen, übersät von Motels, Drive-In-Eissalons, Tankstellen, von sich ausbreitenden Supermärkten und grell erleuchteten Restaurants.

Das Kap selbst, hinter dem Damm, heißt heute Kap Kennedy – das große Luft- und Raumfahrtzentrum, die »NASA«. Die Straßen sind gerade und asphaltiert; der Dschungel ist zurückgedrängt, der Rasen zu beiden Seiten säuberlich geschnitten. Die flache, ins Meer hinausragende Landzunge wird von Raketenabschußtürmen gesäumt, seltsamen wolkenkratzerartigen Stahlgerüsten; mehr als dreißig von ihnen stehen, wie Wächter, in Abständen längs der Küste; sie machen unseren alten gestreiften Leuchtturm zum Zwerg, er bleibt übrig wie ein Kinderspielzeug, Relikt aus einer vergessenen Vergangenheit.

Da wir einen Tag vor dem Start gekommen sind, führt man uns auf dem Kap herum, damit wir die Hauptattraktionen der riesigen NASA-Anlagen sehen können. Unsere erste Station ist das Freilichtmuseum, in dem die frühen Raketen-Typen gezeigt werden. Im struppigen Gras sehen wir die ausgedienten Waffen dieses jüngsten Unternehmens des Menschen im Weltraum. Raketen aus dem Zweiten Weltkrieg, eine Nachkriegs-Redstone, eine Jupiter- und eine Atlas-Rakete. Wie sie da auf ihren Sockeln thronen, himmelwärts weisend, frisch gestrichen, damit durch die salzige Luft keine Korrosionsschäden entstehen, sehen sie für mich immer noch tödlich genug aus;

aber im Rahmen der phantastisch schnellen Entwicklung des Raumschiffs sind sie bereits so veraltet wie eine Kanone aus dem Bürgerkrieg auf einem Dorffriedhof.

Angesichts dieser Ausstellung komme ich mir vor wie Rip van Winkle, denn meine letzte Berührung mit Raumfahrzeugen reicht sogar noch weit hinter diese Altertümer zurück. Am Anfang meiner Ehe, auf einem transkontinentalen Flug, unterbrachen mein Mann und ich in Roswell in Neu-Mexiko unseren Flug, um Robert Goddard, den frühen Raketenpionier und Erfinder, zu besuchen. In seiner Heimatstadt Worcester in Massachusetts war dieser hellseherische Physikprofessor von skeptischen Neu-Engländern als »dieser Mondmann« tituliert worden – aber in den staubigen Ebenen von Neu-Mexiko schenkte niemand seinem umgebauten Windmühlenturm, von dem aus sich die ersten Raketen, die niemand vorausgesagt hatte, in den Himmel schraubten, viel Aufmerksamkeit.

Ich habe niemals einen Start mit angesehen, aber ich erinnere mich an einen Abend – wir saßen auf einer überdeckten Veranda –, an dem mein Mann und dieser stille, unbeirrbare Professor über die Erforschung des Weltraums sprachen. Fliegen war damals für mich ein neues Abenteuer; ich hatte gerade mein Pilotendiplom bekommen – und da sprachen diese beiden Männer über einen Schritt, der weit über das Fliegen hinaus ging, über den Aufstieg in den Weltraum.

Auf dem Weg aus der verstaubten Vergangenheit des Freilichtmuseums zu dem hochentwickelten »Complex 39«, wo die Raketen von heute montiert werden, mache ich mir klar, daß das Weltraum-Zeitalter innerhalb eines halben Menschenalters heraufgezogen ist. Das Mammutgebäude für die Montage der Raketen zeichnet sich, von dem Augenblick an, in dem man das Gelände betritt, in der Ferne ab. Im Morgennebel hängt es am Horizont wie ein großes grau-weißes kubistisches Plakat. Wenn man näher kommt, wächst es in alle vier Richtungen, wird ein riesiger, viereckiger Koloß, der von Straßen, kleineren Gebäuden und Parkplätzen umgeben ist, auf denen es von Hunderten von zwergenhaft winzigen Autos wimmelt. Eine Stadt für sich – eine Stadt für Riesen!

Während unser Blick an den monolithischen Seitenwänden in die Höhe gleitet, bekommen wir schier unglaubliche Zahlen über Höhe und Breite zu hören. (»Es ist größer als das Pentagon.« »Der untere Vorbau ist so groß wie das UNO-Gebäude.«) Im Inneren wird man nicht nur von den Ausmaßen überwältigt, sondern auch von der ungeheuren Kompliziertheit. Vier tiefe Schächte – oder senkrechte Hanghars – sperren ihren Rachen auf. Hier werden die Raketen mit Hilfe von Riesenkränen zusammengesetzt und von Männern, die von zahllosen Ebenen aus an verschiedenen Teilen arbeiten, getestet. Sobald eine Rakete endgültig zusammengesetzt und kontrolliert ist, werden die haushohen Türen der Montagehalle weggezogen; die Rakete wird ins Freie gebracht und auf einen »Transporter« gesetzt, eine riesige Plattform, die statt auf Rädern, auf vier tankartigen Raupenschleppern montiert ist. Aufrecht auf ihrem Transporter, die bewegliche Abschußvorrichtung an der Seite, wird sie langsam, Zentimeter um Zentimeter, im Schneckentempo zur Abschußbasis gefahren, wo die letzten Vorbereitungen für den Flug getroffen werden.

Heute morgen steht Apollo 8 auf ihrer Abschußrampe in der Nähe des Strandes. Wir spähen durch den tiefhängenden Nebel zu ihr hinüber; aber sie ist kaum zu sehen, verborgen von den beiden Bedienungskonstruktionen, die sie wie zwei Hälften einer Muschel umschließen.

Gleich neben der Mammut-Montagehalle liegt ein mäßig großer Bau, etwa so groß wie ein größeres Flughafengebäude: das Start- und Kontrollzentrum. Hier ist die Telemetrie, die Überwachungs- und Steuerungsanlage, untergebracht. Durch die Glaswände können wir Reihen von Monitoren erkennen, dahinter die Techniker, die die letzten Details vor dem Start überwachen und kontrollieren, während in einem anderen Raum alles zur Beobachtung des Starts bereit ist. Schon läßt eine Tafel an der Wand den Countdown, die sich bis zum Start am nächsten Morgen verringernden Minuten, aufleuchten. Es flammt gerade beunruhigend auf – wechselt von 20 : 23 zu 20 : 22.

Ich versuche, zwischen dieser phantastisch komplizierten Organisation und dem rührenden »Kontrollsystem« von Goddard, vor Jahren in Neu-Mexiko, eine Verbindung herzustellen. Die Telemetrie in Roswell war hinter einer dicken Schutzmauer aufgebaut und bestand aus einem Feldstecher, einer alten Weckeruhr zum Antrieb einer Registriertrommel und, natürlich, Esther Goddards getreuer Filmkamera. Esther Goddard fungierte bei dem Unternehmen ihres Mannes nicht nur als Fotografin, sondern auch als Sekretärin und Fallschirmnäherin. Ich empfinde so etwas wie Heimweh nach dieser ganz persönlichen Seite der früheren Ära.

Man führt uns in das Werksgelände des Raumfahrtzentrums – eine andere Stadt, in der Verwaltungsbeamte, Wissenschaftler, Ingenieure und Techniker die zahllosen Maßnahmen zur Vorbereitung des Starts von Apollo 8 treffen. Wir besichtigen das Ausbildungszentrum, wo die Astronauten in Apollo- und Mondmodul-Simulatoren Flug- und Landevorgänge üben. Von außen sind diese computergesteuerten Maschinen mit schachtelartigen Verkleidungen wie überkrustet, als ob das Metall wild geworden wäre und sich selbst eine Panzerhaut nach der anderen hätte wachsen lassen. Im Inneren sind sie jedoch genaue Nachbildungen der Raumfahrzeuge, mit vollständigen Instrumentenbrettern und mit betriebsfähigen Steuerungsvorrichtungen, in denen die Astronauten manövrieren und sich künstlichen Bedingungen anpassen, die sie an einem künstlichen Himmel sehen.

Allmählich werde ich überwältigt und bin ziemlich bedrückt von der Kompliziertheit, dem Gewicht und all dem, was von den Astronauten geringschätzig als »die Eisenwaren« der Raketentechnik bezeichnet wird. Dabei haben wir es in diesem Komplex nur mit einem verhältnismäßig späten Stadium der Rakete zu tun! Im Raumfahrtzentrum gibt es nämlich keine Fabriken; die Myriaden von Teilen, aus denen das fertige Raumfahrzeug besteht, werden in Tausenden von Firmen in allen Staaten der USA hergestellt. Das riesige Raumfahrtzentrum, durch das man uns führt, dient lediglich der endgültigen Montage, den letzten Kontrollen und dem Start.

Mir schwindelt angesichts der übermenschlichen Anstrengungen, die in diesem Programm stecken. Man bewundert die peinlich genaue Sorgfalt und Präzision bei den Kontrollen und beim Training; aber der Laie fühlt sich erdrückt durch das bloße Gewicht dieser kalten, verwirrenden, computergesteuerten, elektronischen, von Maschinen bestimmten Welt. Sie wäre nicht zu ertragen, wäre sie nicht erfüllt von der echten Begeisterung und Hingabe von Hunderten von Expertenteams und Tausenden von Menschen, die zusammen für ein gemeinsames Ziel arbeiten, das in diesem Falle nicht der Tötung anderer Menschen gilt, sondern der Förderung der Erkenntnis für die ganze Menschheit.

Mit einem Gefühl der Erleichterung und der Überraschung finden wir uns plötzlich vor der Tür zum Quartier der Astronauten und starren auf ein Schild, auf dem steht, daß niemand, der mit einer Erkältung oder mit den Anzeichen einer Erkältung behaftet ist, diese Stelle überschreiten darf. Zum Glück schnuffelt niemand in unserer Gruppe. Die Tür öffnet sich zu einer menschlichen Welt; in einem kleinen Empfangsraum steht ein Christbaum, ein künstlicher, wie man uns sagt, weil ein natürlicher vielleicht eine Feuersgefahr hätte sein können. Die Astronauten von morgen, Colonel Borman, Captain Lovell und Major Anders sind mit anderen Astronauten in einem angrenzenden Arbeitszimmer. Sie sind um einen langen Tisch gruppiert und sehen sich Himmelskarten und Fotografien von der Mondoberfläche an. Am einen Ende des Tisches steht ein Himmelsglobus; an der Wand hängt eine große Sternkarte. Die Astronauten besprechen mit Geologen, wonach sie auf dem Mond suchen sollen und was sie möglicherweise dort sehen werden.

Sie begrüßen uns herzlich und laden uns zum Lunch ein – ihrem letzten Lunch auf der Erde. Wir gehen in einen Speisesaal, der wie ein Schiffskasino aussieht. Ich komme mir vor wie auf einem Ozeandampfer, isoliert von der übrigen Welt. Ungefähr fünfzehn Männer sind um den Tisch versammelt, in der Hauptsache Astronauten – nicht nur die Astronauten von morgen, sondern auch die von gestern und übermorgen. An der Wand hängen Farbfotografien eines griechischen Tempels und eine Ansicht vom Weißen Haus mit dem Washington-Monument; mir kommt Apollo 8 fast genauso hoch vor. Man stelle sich vor, das Washington-Monument würde auf den Mond geschossen!

Der Lunch ist herzhaft und sehr gut, die Unterhaltung zwanglos und entspannt. Die Astronauten und der Flieger tauschen Erfahrungen über Spaziergänge auf den Tragflächen und Spaziergänge im Weltraum aus. Das Gefühl für Höhe, so höre ich, verringert sich beim Steigen, bis es, für einen Astronauten, der im Weltraum spazieren geht, kaum noch existiert. Es gibt kein oben oder unten im Weltraum – die Erde ist dort einfach aus dem Spiel.

In Gedanken geht mein Mann vierzig Jahre zurück, zu seiner ersten Begegnung mit Weltraumraketen und seinen ersten Besuchen bei Robert Goddard. Schon im Jahr nach seinem Pariser Flug hatte er sich über das nächste Stadium menschlichen Reisens Gedanken gemacht, und das führte ihn zu Spekulationen über den Weltraum. Wie könnte man die Grenzen überwinden, die durch Flügel und Propeller gesetzt waren? Raketen, Düsenantrieb – das schien die einzige Antwort. Könnten Flugzeuge nicht mit Hilfe von Raketen größere Höhen und größere Geschwindigkeiten erreichen, könnten Raketen im Falle eines Maschinendefekts nicht sogar als Ersatzantrieb dienen? Die Ingenieure und Wissenschaftler, die er zu Rate zog, äußerten sich entmutigend. Total unpraktisch, erklärten sie rundheraus, eine Rakete würde den Brennstoff zu rasch verbrauchen. Eine mit feuerfesten Schamottesteinen ausgemauerte Verbrennungskammer wäre dazu nötig – für ein Flugzeug eine viel zu schwere Last.

Aber einige Wochen später erregte ein Zeitungsartikel seine Aufmerksamkeit. Der Artikel berichtete über Experimente eines Physikprofessors der Clark University. Dem Bericht zufolge hatte Dr. Goddard auf einem Feld bei Worcester in Massachusetts eine Rakete abgeschossen. Der feurige Abschuß, dem ein zielloser Flug und Absturz der Rakete gefolgt war (Esther Goddards Fallschirm hatte versagt und sich nicht geöffnet), hatte die Nachbarn aufgeschreckt, die dachten, es wäre ein Flugzeug abgestürzt und explodiert. Als Dr. Goddard und seine Mannschaft die verstreuten Trümmer bargen, hörten sie eine Polizeisirene – blickten auf und sahen sich einem Streifenwagen der Polizei, zwei Ambulanzen und einigen gewitzten Reportern gegenüber. Trotz der Beteuerungen des

Professors, daß er eine Reihe von ungefährlichen und kontrollierten Experimenten durchführe, verboten die beunruhigte Gemeinde und der Branddirektor alle weiteren Versuche. »Der Nell hat man böse mitgespielt«, war der verärgerte Kommentar eines Mitarbeiters, der das alte Trinklied zitierte. Die Rakete hieß von da an »Nell«; aber Nell konnte in Massachusetts nicht mehr operieren.

Die finstere Publicity über den »Mondraketen-Mann« verärgerte den gelehrten Professor, aber sie brachte ihm einen neuen Anhänger ein: meinen Mann. Er machte ein Ferngespräch und fuhr am nächsten Morgen nach Worcester. Er verbrachte den ganzen Tag bei Goddard, sprach mit ihm über seine Entwürfe und sah sich Filme von Raketenversuchen an. Endlich hatte mein Mann jemanden gefunden, der die Möglichkeiten des Raumfluges erkannte.

Die Raketenversuche mußten in einer einsameren Umgebung fortgesetzt werden; aber wo konnte man Unterstützung für ein solches Projekt finden? Fördernde Zuschüsse hatte Goddard bereits von der Smithsonian Institution und von der Clark University bekommen. Mein Mann beschaffte einen weiteren Zuschuß vom Carnegie Institute in Washington, aber es war ein viel größerer Betrag erforderlich.

Mein Mann wandte sich deshalb an Daniel und Harry Guggenheim, zwei Männer, die in der Entwicklung des Flugwesens an der Spitze standen. Man wußte, daß sie auf das neue Gebiet der Aeronautik ihr Vertrauen setzten; schon 1930 hatten sie genügend Weitblick, die Zukunft im Weltraum zu erkennen und die Entwicklung von Raketen zu finanzieren. Robert und Esther Goddard zogen mit »Nell« und ihrem abmontierten Turm nach Roswell, und dort wurden auch die ersten größeren Schritte zur Eroberung des Weltraums unternommen.

Goddard, so erzählt mein Mann den Astronauten, hatte Ideen und Träume, die weit über seine Entwürfe hinausgingen. Er hatte die Landung des Menschen auf dem Mond und sogar Reisen zu den Planeten ins Auge gefaßt, aber er war vorsichtig und praktisch, wenn er über den nächsten Schritt sprach. Theoretisch, sagte er, würde es durchaus möglich sein, eine mehrstufige Rakete zu entwerfen, die den Mond erreichen könnte. Aber – er hatte im Gedanken an eine so phantastische Summe lächelnd abgebrochen – das hätte ja eine Million Dollars kosten können!

Die Astronauten brechen in Gelächter aus. – Es ist ein heiteres Mahl, bei dem mein Mann über die unbegreiflichen Brennstoffmengen, die ein Apollo-Start verschlingt, den Kopf schüttelt. In der ersten Sekunde, so rechnet er aus, wird zehnmal so viel Brennstoff verbrannt, wie er bei seinem Flug mit seiner Spirit of St. Louis von New York nach Paris verbrauchte.

Die Astronauten sprechen freimütig und gelassen über die Risiken ihres Fluges zum Mond, über die absolute Notwendigkeit, daß die Mechanik perfekt funktioniert; über die Schwierigkeiten der Navigation, die auf dem Rückflug so genau sein muß, daß sie den kritischen 25-Meilen-Korridor zurück zur Erde auch trifft. Man hat den Eindruck von prächtigen, aufrichtigen Charakteren, wachen Sinnen, physischer Entspanntheit, Tatenlust. »Stellt euch vor«, sagt einer von ihnen beinahe jungenhaft, »es ist doch kaum zu glauben, morgen um diese Zeit sind wir auf unserem Weg zum Mond.«

Wenn es ihnen schon unglaublich vorkommt, wieviel mehr uns! Und doch gehen wir nach dieser Begegnung mit den Männern im Zentrum dieses gigantischen Unternehmens ermutigt und beruhigt fort. Mitten in diesem wissenschaftlichen, mechanischen, computergesteuerten

Bienenstock ist das menschliche Element das, worauf es am meisten ankommt. Diese Männer haben nichts Maschinenhaftes, nichts von einem Roboter an sich. Intelligent, mutig und tüchtig wie sie sind, flößen sie einem Vertrauen zu den menschlichen Fähigkeiten und zu dieser in besonderem Sinne menschlichen Großtat von morgen früh ein.

Die Nacht – der junge Mond

»Hast du Lust, heute nacht noch rauszugehen und die Rakete zu sehen?« Das Abendessen ist vorbei; es ist kurz vor Mitternacht, und wir sollen um 4 Uhr 30 aufstehen, damit wir rechtzeitig zum Start auf dem Kap sind! Einen Augenblick zögere ich, müde vom gestrigen Nachtflug von New York und von dem Tag im Raumfahrtzentrum. »Sie steht schon auf der Rampe. Die ganze Nacht wird noch an ihr gearbeitet. Alles ist mit Scheinwerfern erleuchtet – wirklich ein Anblick.« »Besser als schlafen«, beschließe ich, während wir uns in ein Auto quetschen und losfahren. Die zum Kap führenden Straßen sind schon überfüllt; die beiden Straßenränder sind gesäumt von Autos, Zelten und Wohnwagen voller Leute, die die Nacht am Strand verbringen, um für das Schauspiel am frühen Morgen zur Stelle zu sein.

Schon bevor wir das Kap erreichen, sehen wir Apollo 8, meilenweit entfernt über dem Wasser – ein leuchtender Stern am Horizont. Wir fahren bis auf eine oder zwei Meilen Entfernung heran. Als wir uns nähern, wird sie größer und heller, bis sie die dunkle Landschaft beherrscht, eine weißleuchtende Röhre, eine Riesenfackel im Brennpunkt von Scheinwerfern, die über sie hinaus in den Himmel strahlen. Der ganze Himmel ist überspannt von Regenbogen aus Licht.

Wir klettern aus dem Auto und stehen im Nachtwind, der Lichtquelle gegenüber. Selbst aus dieser Entfernung können wir die Rakete deutlich erkennen; weiß schimmernd schwebt sie über ihrer Rampe. Die Bedienungskonstruktion, eine Hälfte ihrer schützenden Umhüllung, ist weggezogen. Nur der bewegliche Starter, der »Nabelturm«, diese dunkle, massige, kranartige Konstruktion, steht daneben und verblaßt vor ihrem Glanz.

Zum ersten Mal ist die Rakete allein, ganz und frei. Sie ist nicht länger in Stufen und Teile zerlegt, wird nicht mehr von der Mammut-Montagehalle erdrückt, auch nicht von Gerüsten verborgen. Das unendliche Vielerlei, die Tausende von Einzelheiten, deren Zeugen wir heute morgen waren, sind nun in einem einzigen Gebilde vereint. Die Männer, die von den Schwenkarmen des Starters aus noch immer an ihr arbeiten, können wir nicht erkennen, auch nicht die Versorgungsleitungen, die lebenswichtigen Nabelschnüre, die ihr Brennstoff, Elektrizität und Luft zuführen; auch nicht – außer einer blendenden Weiße – die Eisschicht, die sie überzieht und die auf der extrem niedrigen Temperatur der flüssigen Brennstoffe beruht. Ein Dampfwölkchen ringelt sich von einer Seite aus wie weißer Atemhauch in die Dunkelheit. Alles wird durch die Entfernung und die Nacht vereinfacht, wird zum reinen Fluggebilde – zur Schönheit!

Was man heute nacht von diesem dunklen Feld aus sieht, hat seltsam biologische Nebentöne. Die bewegliche Startvorrichtung, jene erdgebundene Konstruktion, wirkt mit ihren ausgestreckten Armen wie ein Rieseninsekt. Mit ihrem überhängenden Kran wendet sie sich der ein wenig kleineren Rakete zu, scheint sich fast über sie zu neigen mit einer Geste, die halb Umarmung ist und halb Entlassung; die Rakete an ihrer Seite dagegen scheint neu geboren, nackt und silberhell. Hier ist die Saat getrennt von ihrer Hülle, die schimmernde Insektenpuppe befreit von ihrem schützenden Kokon. Hier liegt der junge Mond in des alten Mondes Armen.

Aber, wie bei jedem Neugeborenen, ist etwas erstaunlich Zartes um sie. Verwundbar und unerprobt, ist sie das

Kind aus einem mechanischen Mutterleib, das Kind einer wissenschaftlichen Zivilisation – unerprobt, aber voller Verheißung. Licht über den Himmel sendend, scheint sie der Brennpunkt der Welt zu sein, wie einst, vor Jahrhunderten, in einer anderen Dezembernacht, der Stern von Bethlehem es war. Aber was verheißt sie? Was für eine neue Welt? Und was für eine Hoffnung für die auf Erden ringenden sterblichen Menschen?

Ich denke daran, wie an der Jahrhundertwende Henry Adams, halb ehrfürchtig und halb abgestoßen, vor dem neuen, mächtigen und gewaltigen Hochfrequenz-Generator stand: Seinem innersten Wesen zum Trotz war er bewegt, »wie es dem Menschen vor der schweigenden und unendlichen Kraft angeboren ist«; ja, schließlich gab er zu, »daß man anfing, zu ihm zu beten«. Durch dieses Erlebnis zutiefst erschüttert, versuchte Adams, die Macht der Muttergottes, die Chartres erbaut hatte, gegen die herausfordernde Macht der neuen Energie abzuwägen. Die Muttergottes, fürchtete er, »die größte Macht, die die westliche Welt je gespürt hat«, war im Begriff, vom Generator verdrängt zu werden. – Und was bewegt uns in dieser lichterfüllten Nacht? Die Verehrung eines anderen Generators?

Und doch sind die Symbole, die einem in den Sinn kommen – sogar die Worte der Experten –, unverkennbar auf den Menschen bezogen: »der Nabelturm«, »der Vogel vor dem Abflug«, »das Zielfenster ist offen«. »Die Spinne«. Was auch immer wir tun, wohin auch immer wir gehen – können wir unserem Menschsein entfliehen?

Der Morgen – der Vogel vor dem Abflug

Um 4 Uhr 30 klingelt uns der Wecker wach, um 5 Uhr 15 verlassen wir das Hotel. Die drei Astronauten müssen jetzt schon auf ihre Sitze an der Spitze ihrer »36-stöckigen« Rakete klettern, die flugbereit ist. Der Pilgerzug der Zuschauer hat sich schon zum Kap aufgemacht. Die Busse sind bereits abgefahren und die Straßen voll von Autoschlangen. Es ist dunkel, etwas kühl, und der Himmel ist voller Sterne. Als wir dem Kap näherkommen, sehen wir, weit draußen über der Lagune, die Rakete und ihren Abschußturm wieder. Sie wird noch von Scheinwerfern angestrahlt, aber die Vision der letzten Nacht ist vergangen. Die Rakete wirkt nicht mehr zart, sie hat nichts mehr von einem Lebewesen – sie ist ganz einfach eine Maschine, die neueste und vollkommenste Schöpfung eines wissenschaftlichen Zeitalters, hartes, schweres Metall.

Wir beobachten den Start, zusammen mit einigen Astronauten und deren Familien, von einem Gelände in der Nähe der großen Montagehalle aus; unsere Wagen parken an einer leicht ansteigenden Stelle. Leute steigen aus, gehen unruhig umher, richten ihre Kameras und stellen ihre Ferngläser ein. Die Abschußrampe ist ungefähr drei Meilen entfernt, nahe am Strand. Wir blicken über Florida-Spartgras und Fächerpalmen. Links neben der Rakete und ihrem Abschußturm steht eine Kohlpalme schwarz gegen den dämmrigen Himmel.

Als die Morgenröte den Horizont überflutet, erhebt sich ein kleiner weißer Reiher und gleitet langsam über die Niederungen zwischen uns und der Abschußrampe. Es ist ein stiller Morgen. Aus nahegelegenen Buchten rufen Enten.

Kondensstreifen eines hochfliegenden Flugzeugs verfärben sich rosa in einem fast wolkenlosen Himmel. Sterne verblassen im Blau.

Im Morgenlicht werden Apollo 8 und der Abschußturm deutlicher, härter, bestimmter. Man kann Einzelheiten der Anlage wahrnehmen. Die dunklen Abschnitte an den glatten Seiten der Rakete, die ihre Stufen markieren, zerschneiden die eine große fließende Kontur. Heftiger Dampf faucht aus ihrer Seite. Heute früh ist die Rakete nicht mehr stark und einfach, sondern kompliziert, mechanisch, erdgebunden. Man hat das Gefühl, sie sei allzu schwer für einen Flug.

Die Leute hören auf zu sprechen; sie stehen vor ihren Autos und nehmen ihre Ferngläser vor die Augen. Nervös spähen wir zur Abschußbasis hinüber und schauen auf unsere Armbanduhr. Radiostimmen brüllen unnatürlich laut aus Autofenstern. »Jetzt sind es nur noch dreißig Minuten bis zur Startzeit ... fünfzehn Minuten ... sechs Minuten ... noch dreißig Sekunden ... zwanzig ... minus fünfzehn ... vierzehn ... dreizehn ... zwölf ... elf ... zehn ... neun ... Zündung!«

Ein Dampfstrahl schießt von der Abschußrampe unterhalb der Rakete hoch. »Ahhh!« Die Menge keucht fast einstimmig. Nun zischen riesige Flammen hervor, lodern auf und jagen fauchend über den Horizont. Rauchwolken türmen sich zu beiden Seiten der Rakete und verbergen ihre Basis vollkommen. Mitten aus diesem Brandopfer erhebt sich die Rakete – langsam wie in einem Traum, so langsam, daß es aussieht, als wäre sie an der Wolke aus Feuer und Rauch aufgehängt. Es ist unmöglich, sie kann nicht steigen. Doch, sie steigt, aber schwer, als ob das Riesengewicht von einer unsichtbaren Hand aus der Atmosphäre herausgezogen würde, wie das Blei an einer Senkschnur aus den Tiefen des Meeres. Langsam steigt sie, und – für uns, in unserer Entfernung – geräuschlos, wie in einem Traum.

Plötzlich bricht der Lärm los, überspringt die drei zwischen uns liegenden Meilen – ein zerschmetterndes Gedröhn von Explosionen, als hätte man einen Preßlufthammer über dem Kopf, unter den Füßen, im ganzen Körper. Die Erde schwankt; Autos klappern; Vibrationen erschüttern unseren Brustkasten. Ununterbrochenes, nicht endenwollendes Donnergrollen …

Ich lasse das Fernglas sinken und drücke meine Hände auf die Ohren, halte meinen Kopf fest, um ihn ruhig zu halten; die Kehle schnürt sich mir zu; werde ich schreien? Meine Augen fixieren noch immer die Rakete, von ihrem langsamen Aufstieg hypnotisiert.

Der Vordergrund ist jetzt voller Vögel; ein großer Entenschwarm, Reiher, kleine Vögel erheben sich bei dem Lärm Hals über Kopf aus den Sümpfen. Angstvoll und verwirrt flattern sie herum, zerstreuen sich in alle Richtungen, als sei das Ende der Welt gekommen. In den Sekunden, in denen ich ihnen nachgeschaut habe, hat die Rakete den Turm verlassen.

Sie ist auf und davon, ein Komet, der sich in den Himmel bohrt, nicht mehr das verwundbare und unerprobte Kind, nicht länger die erdgebundene Maschine, auch nicht das Gewicht am Ende einer Schnur, sondern nackte, schreckenerregende Gewalt, die sich mit ihrer eigenen titanischen Kraft emporsprengt.

Sie hat schon Meilen in den Himmel zurückgelegt, sie ist von einer Wolke verschleiert. Nein, sie hat ihre eigene Wolke erzeugt – einen riesigen Kondensstreifen, der sie verbirgt. Rauchend, sich überschlagend, stürzt etwas aus der Wolke nieder. »Die erste Stufe der Trägerrakete«, sagt jemand. Aber wo ist die Rakete selbst? Dort, über der Wolke, taucht jetzt die Rakete wieder auf, nur noch ein sehr heller Stern, der mit jeder Sekunde kleiner wird. Bald außer Sichtweite, fort auf ihrem Weg zum Mond.

Unser Blick kehrt zur Erde zurück. Sie ist seltsam still und leer. Eine braune Rauchwolke steht regungslos am Horizont. Ihr langer Schatten reicht über das Gras weg bis zu uns. Die Abschußrampe ist leer. Der verlassene Abschußturm wird mit Strömen von Wasser übergossen, damit er abkühlt. Er dampft in der klaren Morgenluft. Immer noch wie betäubt stolpern die Leute in ihre Autos und treten langsam und dichtgedrängt den Rückweg in die Stadt an.

Die Monotonie der Radiostimmen dauert fort. Man klammert sich an diesen letzten Faden einer Verbindung zu etwas unglaublich Schönem, das entschwunden ist.

»Wo sind sie – wo sind sie jetzt?« In elf Minuten bekommen wir Nachricht. Sie sind in ihrer Umlaufbahn um die Erde. »Es geht gut« – kommt es in der lakonischen Weltraumsprache von über hundert Meilen über der Erde herunter. Und wieder begreift man, daß es vor allem die Menschen sind, auf die es ankommt, auf die einzelnen, die die Maschine meistern, die ihr ein Herz, Augen, Sprache und Intelligenz verleihen und ihr Anweisungen geben; und auf die Männer auf der Erde, die sie unterstützen, die jede ihrer Bewegungen, sogar ihre Herzschläge, überwachen. Das ist nicht bloße Kraft, es ist Kraft unter der Kontrolle des Menschen.

Langsam fahren wir zur Stadt zurück. Der weiße Kondensstreifen der Rakete wird vom Wind zerstreut: in federartige Gebilde, wie Reiherflügel – das einzige, das vom Abschuß am Morgen noch am Himmel zu sehen ist.

Der Nachmittag – das Naturschutzgebiet von Merritt Island

Vor uns dehnt sich ein langer Nachmittag. Es verlangt uns instinktiv danach, wieder mit der Erde in Berührung zu kommen, uns in die Natur zu versenken. Das Bedürfnis ist so stark wie das nach Schlaf oder das Verlangen, sich ins Meer zu stürzen. Wir müssen, nach dem übermenschlichen Schauspiel von heute morgen, zu unserer menschlichen Basis zurückfinden. Mehrere Astronauten haben uns erzählt, daß das Kap ein Naturschutzgebiet ist, und – so unglaublich das auch scheint – wir möchten sehen, was von der stillen Küste, die wir in Erinnerung haben, noch übrig ist. Die größte Raketenbasis der Erde, mit ihrem Lärm, ihrer Mechanisierung, all ihren Gebäuden und Straßen scheint kaum der Ort für eine Zuflucht, für ein Naturschutzgebiet zu sein. Was könnte von der ursprünglichen Wildnis weiter entfernt sein als dieser Gipfel wissenschaftlicher Zivilisation, diese letzte Errungenschaft des Menschen, diese Rakete, die die Erde selbst verlassen soll?

Tatsächlich hat die NASA über fünfzigtausend Morgen Wildmark um das zentral gelegene Aktionsgebiet herum gerettet. Die Abschußbasen und das Industriegelände sind gegen das Festland durch einen breiten Streifen Wildnis abgesichert. Hier finden heute, wie früher, Zugvögel und Wasservögel, ebenso wie in Florida heimische Vögel und Tiere eine Zuflucht. Schon immer war das in den Atlantik vorspringende Kap für Zugvögel ein entscheidendes Stück ihres Flugweges. Ohne den Schutz der NASA wäre dem Kap wahrscheinlich das gleiche widerfahren wie großen Strecken der Küste von Florida, die von Autostraßen zerschnitten, in Grundbesitz aufgeteilt und von Verkaufsständen an den Straßenrändern übersät sind. Glücklicherweise wurde es gerettet – nicht nur für die Tiere, sondern auch für den Menschen.

»Werden die Vögel nicht durch den Abschuß erschreckt?« frage ich den Direktor des Naturschutzgebiets und denke dabei an das verstörte Geflatter von heute morgen. »Ja«, ist die Antwort, »aber sie kommen gleich wieder zurück.« Die Starts sind nicht so zahlreich, um sie für dauernd zu verscheuchen, wie es wohl bei einem Verkehrsflughafen der Fall wäre, erklärt er. »Und außerdem«, fügt er zögernd hinzu, so als ob es übertrieben klingen könnte, »vor den Starts versuchen wir, die Tiere mit einem Hubschrauber in eine andere Gegend zu treiben.« Außerhalb der Sichtweite der Raketentürme, so begreifen wir eben, sind breite Streifen Dschungel, Süßwassersümpfe und Salzwasserbuchten, wo Scharen von Enten und Wasserhühnern überwintern und sogar gelegentlich Blaugänse und Schneegänse Obdach finden. In den Mangroven-Dickichten jagen und nisten Reiher, Ibisse und die kleinen weißen Reiher. In den Nadelwäldern und im Unterholz der Fächerpalmen verborgen leben weißschwänziges Hochwild, Rotluchse, wilde Schweine und Opossums, auch unsere Waschbären von früher.

Unser Tempo verlangsamt sich, als wir über einige derselben Straßen fahren, die wir auf unserer gestrigen Rundfahrt durch das Raumfahrtzentrum oder sogar erst heute früh auf unserem Weg zum Start benützt haben – erst vor ein paar Stunden! Tage scheinen vergangen – eine andere Welt. Heute nachmittag suchen wir nach den Tieren, nicht nach Starttürmen und Raketen. Wir sind in ein anderes Bezugssystem eingetreten.

Der Schleier der Zivilisation ist fast unsichtbar geworden. Anstelle der grau-weißen und riesigen Montagehalle am Horizont suchen unsere Augen die weißen Reiher, die reglos, auf Beute wartend, in den Gräben stehen. Anstatt massige Simulatoren anzustarren, beobachten wir Armadills, deren Ursprung weit in die Zeiten zurückreicht, kleine gepanzerte Tiere, die im Torf nach Insekten schnüffeln. Anstatt Kondensstreifen anzustaunen, atmen wir, voller Entzücken, tief auf: große blaue Reiher schütteln träge ihre Flügel und gleiten zum anderen Ufer. Wie einen Regenschirm entfalten sie ihr Gefieder zum Flug, dann, ganz plötzlich, schieben sie es zusammen, verwandeln sich in einen starren Spazierstock und gehen steifbeinig auf Nahrungssuche.

Als wir zu den äußeren Bereichen des Kaps vorstoßen, finden wir die gleiche Art von Gelände wieder, wie das, auf dem wir vor Jahren zelteten. Hinter dem sich dahinziehenden Bollwerk der Dünen finden wir die gleichen holprigen, sandigen Wege. Noch immer segeln am Strand dahinter Pelikane mit dem Wind, jagen die Strandläufer unermüdlich den leuchtenden Saum der Wellen. Hinter den Dünen sind noch immer Riedgrassümpfe, wo Scharen von Enten, wenn sie sich zum Flug erheben, das Wasser weißschaumig schlagen, oder, wenn sie landen, die Luft mit ihren Flügeln bremsen und dabei, wie einen tiefen Seufzer der Zufriedenheit, ein großes »Wuusch« verursachen. Hier verbirgt sich ein weißbrüstiger Strauß in der Krümmung eines toten Baumstamms und wartet auf das Zucken eines Fisches im Tümpel darunter. Eisvögel schießen wie blaue Blitze über die Flüsse.

Unsere Augen, jetzt wieder an die Natur gewöhnt, entdecken verborgene Überraschungen. Die dunkle Masse aus trockenen Zweigen in einer hohen Kiefer ist das Nest eines weißköpfigen Adlers. Der mit Wasser vollgesogene Holzklotz, der am schlammigen Ufer liegt, ist ein schlafender Alligator. Sein Auge ist glasig, aber sein ausgezackter Schwanz zuckt ab und zu wie ein mechanisches Spielzeug.

Wilde Schweine hasten durch die Fächerpalmen; und als wir vorübergehen, breitet ein rotschwänziger Habicht seine Schwingen aus. Wir bleiben stehen, um einen Schlangenhalsvogel zu beobachten, der lautlos flußabwärts schwimmt und, im Takt zu jedem Schwimmstoß, seinen schwarzen Schlangenhals nach unten biegt, bevor er in die Sicherheit des dunklen Wassers taucht.

Erfrischt durch unser tiefes Eintauchen in das grüne Schweigen der Wildnis und in die weiße Stille von Strand und Wasser kehren wir bei Sonnenuntergang zu den grellen lauten Lichtern der Stadt zurück. In einem blaßrosa Himmel über uns sehen wir den Mond, eine schmale silberne Mondsichel, die den Schatten des vollen Mondes umfängt.

»Der alte Mond in des jungen Mondes Armen ...«, denke ich in Erinnerung an das Schauspiel von gestern nacht. Ein einziger heller Stern steht über ihm. Zwar nicht der unsere – nicht unser Stern von heute morgen. Für unsere Augen unsichtbar, irgendwo zwischen uns und jenem Mond, rast jetzt Apollo 8 mit seinen drei Passagieren dahin – sie sehen vielleicht denselben Mond oder blicken zu uns zurück. Die unermeßliche Leere des Himmelsraums wird belebt, weil in ihr drei sterbliche Menschen sind. Und ich erinnere mich daran, wie bei meinen anfänglichen Flügen über die verlassenen weiten Gebiete des Westens schon die geringste Spur des Menschen eine Landschaft aufleuchten ließ. Eine staubige Wagenspur oder der runde Ring eines verlassenen Pferchs fiel mir ins Auge, wie ein Stückchen Glas auf einer Straße, das das Sonnenlicht reflektiert. Auch hier wurden die toten Einöden des Weltalls von einem Funken von Leben berührt.

Dialog zwischen Erde und Mond

In den folgenden Tagen – es war die Weihnachtswoche – verfolgten wir mit der ganzen Welt über Fernsehen und Radio das Raumschiff auf seiner fünfhunderttausend Meilen langen Reise um den Mond und zurück zur Erde. Die Stimmen der Astronauten sprangen zwischen dem Raumschiff und der Erde hin und her; es war ein fast ununterbrochener sechs Tage und Nächte währender unglaublicher Dialog. Die knappe technische Weltraumsprache bestand aus astronomischen Berechnungen, aus dem Anpeilen von Sternen, aus computergesteuerten Kontrollen – so lebenswichtig wie Herzschläge im Stethoskop. Sie war durchsetzt von sehr menschlichen Kommentaren, Eindrücken, Fragen, Hoffnungen, Ängsten und Gebeten von drei sterblichen Menschen im Mondraum:

KONTROLLE HOUSTON Ihr seid auf dem Weg, ihr seid jetzt auf dem richtigen Weg …

APOLLO 8 Wir sehen die Erde jetzt fast als Scheibe … Wir haben einen schönen Blick auf Florida … wir können das Kap sehen, ganz genau, unter uns … und gleichzeitig Afrika. Ich schaue durch mein Mittelfenster, also das runde Fenster, und das Fenster ist jetzt schon größer als die Erde …

Die Erde ist sehr hell …

Es ist ein schöner, schöner Anblick mit überwiegend blauem Hintergrund und ganz großen Wolkendecken … Es ist sehr, sehr schön …

Die Wasser sind eine Art Königsblau. Die Wolken sind natürlich glänzend weiß, der Widerschein der Erde ist viel stärker als der des Mondes. Die Kontinente sind eine Art Muster, dunkelbraun bis hellbraun …

Einhundertundachtzigtausend Meilen draußen im Weltraum – ich stelle mir immerzu vor, ich wäre ein einsamer Reisender von einem anderen Planeten; was ich dann wohl in dieser Höhe von der Erde denken würde, ob ich dächte, daß sie bewohnt ist oder nicht …

Die Erde zieht jetzt an meinem Fenster vorbei. Sie ist so groß wie das Ende von meinem Daumen …

KONTROLLE HOUSTON Hier Houston … ihr seid klar zum Einschwenken in die Umlaufbahn um den Mond …

APOLLO 8 Okay, Apollo 8 ist klar …

KONTROLLE HOUSTON Ihr fliegt den besten Vogel, den wir haben … Alle Systeme in Ordnung … Sichere Fahrt. Wir passen auf … wir haben's schon, wir haben's schon! Apollo 8 ist jetzt im Mondorbit …

KONTROLLE HOUSTON Wie sieht der alte Mond aus sechzig Meilen Entfernung aus?

APOLLO 8 Der Mond ist hauptsächlich grau, keine Farbe. Sieht aus wie Gips oder wie grau getönter tiefer Sand … Der Mond ist für jeden von uns anders … ein unermeßliches, einsames, ausgedehntes, bedrohliches Nichts … Wolken und nochmal Wolken aus Bimsstein … kein sehr einladender Ort zum Leben oder Arbeiten …

Die unermeßliche Einsamkeit hier oben ist zum Fürchten … sie macht einem begreiflich, was man auf der Erde zurückgelassen hat. Die Erde ist von hier eine leuchtende Oase in der unermeßlichen Weite des Weltraums …

Der Himmel ist pechschwarz – der Mond ist ganz hell ... eine unermeßliche Weite aus Schwarz und Weiß, überhaupt keine Farbe ... Scheußliche, bedrohliche schwarze Weiten ...

APOLLO 8 *Heiligabend* Wir fliegen jetzt dem Sonnenaufgang über dem Mond entgegen, und für alle Menschen da unten auf der Erde hat die Besatzung von Apollo 8 eine Botschaft, die wir euch übermitteln möchten:

Am Anfang schuf Gott Himmel und Erde,
Und die Erde war wüst und leer, und
es war finster auf der Tiefe ...
Und Gott sprach, es werde Licht ...
Und Gott sprach, es werde eine Feste zwischen
den Wassern ...
Und Gott sprach, es sammle sich das Wasser, daß
man das Trockene sehe ...
Und Gott nannte das Trockene Erde ...
Und Gott sah, daß es gut war.

Und von der Besatzung von Apollo 8 – wir machen eine Pause – Gute Nacht ... Gott segne euch alle – euch alle auf der guten Erde ...

KONTROLLE HOUSTON Wir beginnen mit dem Einschuß-Manöver in die transirdische Bahn ... Alle Systeme startklar ...

APOLLO 8 Danke, Roger. Hier ist Apollo 8.

APOLLO 8 Auf dem Rückflug sieht die Erde von hier ziemlich klein aus.

APOLLO 8 Wie ist das Wetter da unten?

KONTROLLE HOUSTON Schön … draußen soll ein schöner Mond sein.

APOLLO 8 Und wir haben eben gesagt, da draußen ist eine schöne Erde.

KONTROLLE HOUSTON Kommt auf den Standpunkt an.

APOLLO 8 Mir muß wohl so zumute sein wie früher Reisenden auf den alten Segelschiffen. Auf eine lange Reise von Hause fort – jetzt, wo wir den Rückweg angetreten haben, bin ich stolz auf den Ausflug, aber glücklich, daß es nach Hause geht … Und das, das ist viel mehr, als hier draußen zu sein …

APOLLO 8 So, bis gleich – ich denke, die Besatzung von Apollo 8 verabschiedet sich jetzt; wir sehen euch sehr bald wieder, auf der guten Erde …

Bis endlich, am Beginn des siebenten Tages, das Raumschiff durch den schmalen Korridor, jenes winzige Schlüsselloch, wieder in die Erdatmosphäre eindrang; bis es, auf dem Weg nach Haus und zur Landung auf dem Wasser, einen hundert Meilen langen Lichtschweif hinter sich herzog, und bis es, unter aufblühenden Fallschirmen, in einem zum Empfang gerüsteten Pazifik und in einer jubelnden Welt niederging.

Zurück zur Erde

Diese überwältigende Ovation, nicht allein aus den Vereinigten Staaten, sondern aus der ganzen Welt – was bedeutet sie? Vielleicht sind unsere Gefühle noch zu neu, zu vielschichtig und tiefgründig, um schon zur Oberfläche der Worte emporzusteigen. Vielleicht werden Jahrhunderte vergehen, ehe der Mensch imstande ist, die Bedeutung des Apollo-Programms richtig einzuschätzen und das dadurch gewonnene neue Verhältnis zum Menschen und zu seinem Planeten zu begreifen – eine Perspektive, so umwälzend wie diejenige, die Galilei mit seinem Teleskop erhellte.

Der Beifall für die enorme Anstrengung und für die Durchführung des Programms, die Perfektion des Fluges, die Tapferkeit und Ritterlichkeit der an dem Unternehmen Beteiligten ist gerechtfertigt und verständlich. Aber ist damit auch schon eine derartige Woge der Begeisterung und der Hoffnung erklärt? Zeuge von bloßer Kraft zu sein, reicht nicht aus, um uns in Hochstimmung zu versetzen. Die sintflutartige Explosion der ersten Atombombe erweckte Gefühle der Furcht, keine Woge der Hoffnung; im Gegenteil, sie erzeugte vielmehr die Empfindung von böser Vorahnung und Angst. Die Überlegenheit der Maschine allein – unbemannte Sonden, die sogar noch weiter in das Weltall vorgedrungen waren, hatten ähnliche Erwartungen nicht entzündet.

Der erste Schritt zur Eroberung des Weltraums, die materiellen oder wissenschaftlichen Entdeckungen, die noch folgen werden, der Anbruch eines neuen elektronischen, von Computern bestimmten Zeitalters – ist es das, was die Menschheit bejubelt? Die erweiterten Horizonte der Wissenschaft allein erklären wohl kaum die Intensität der Reaktion. Vermutlich liegen unserem Verhalten tiefere Ursachen zugrunde.

Was unsere Herzen heute höher schlagen läßt, scheint mehr im Bereich des Menschlichen, des Psychologischen und des Geistigen zu liegen. Vielleicht ist es so, wie Konrad Lorenz meint: daß die aggressiven Instinkte und der Konkurrenztrieb des Menschen von der Weltraumforschung auf eine ungefährliche Art aufgefangen werden und daß wir, wenn wir den großen Taten der Astronauten Beifall zollen, nach einer Hoffnung zur Erhaltung des Friedens auf Erden greifen. Die großen menschlichen Eigenschaften – Heroismus, Selbstaufopferung, Hingabe, Kameradschaft um einer gemeinsamen Sache willen –, die tragischerweise im Kriege zutage treten, werden in vielen Phasen der Raumfahrtentwicklung beschworen. Und diese Qualitäten müssen in irgendeiner Weise im Menschen auch weiterhin erweckt werden – oder der Mensch wird aufhören, alles das zu sein, was er sein kann. »Ohne Abenteuer«, schrieb Whitehead, »ist die Zivilisation in vollem Verfall.«

Die Huldigung gegenüber dem Heroismus, die Herausforderung des Abenteuers und die Hoffnung auf eine friedlichere Welt – sie alle haben an unserer Begeisterung ihren Anteil. Aber in unsere Reaktion scheint sich noch ein anderes Element zu mischen, ein Gefühl des Wiedererkennens ebenso wie des Entdeckens. Etwas, zu dem wir den Kontakt verloren hatten, ist wiedergefunden. Etwas ist überbrückt, ein Konflikt ist beigelegt.

Der unnatürliche Bruch zwischen dem Menschen und dem Universum, den Malraux unserer maschinenbeherrschten Zivilisation zugeschrieben hat, ist vielleicht durch den Flug von Apollo 8 vorübergehend geheilt, nicht allein durch die Tat als solche, sondern durch die Anwesenheit der Astronauten selbst. Die von der modernen Wissenschaft hervorgebrachte kosmologische Revolution hat endlich ein menschliches Gesicht erhalten. Menschliche Augen sahen, menschliche Worte kamen zur Erde; menschliche Gesten wurden beobachtet. Das Wort von Einstein, Bohr und Fermi wurde Fleisch, und die Welt hat darauf geantwortet.

Was man durch die Astronauten spürte, war nicht einfach »der Triumph der fabelhaften Kerle – der Burschen mit dem Bürstenhaarschnitt und den Rechenschiebern, die aus der Bibel vorlesen und dafür sorgen, daß alles klappte«. Und es war auch nicht »die Verehrung des Generators«, nicht jene arrogante Überzeugung, daß der westliche Mensch, mit seinen neuen wissenschaftlichen und technischen Kräften, nun alles unter seiner Kontrolle hat und das Weltall erobern kann.

Erstaunlich genug: Durch dieses Erlebnis wurde der neue – und alte – Sinn geweckt für das Geheimnis und die Ehrfurcht im Angesicht der unermeßlichen Wunder des Sonnensystems und zugleich die Bescheidenheit vor seinen Gesetzen. Das war schon eher wie die Haltung eines Thomas Huxley, der sagt: »Setz dich vor die Tatsachen wie ein kleines Kind«, oder wie die Vision eines Teilhard, der behauptet: »Unser Gottesbegriff muß in dem Maß erweitert werden, in dem sich die Dimensionen unserer Welt ausdehnen.«

»Wer fährt denn jetzt da oben?« fragte einer von den kleinen Söhnen der Astronauten seinen Vater im Raumschiff. Die Antwort, die aus dem Himmelsraum herunterkam, lautete: »Ich denke, daß es im Moment hauptsächlich Isaac Newton ist, der die Fahrt steuert« – eine Anerkennung für das Gravitationsgesetz, das von Isaac Newton entdeckt wurde, das aber selbst jetzt noch nicht völlig erklärt ist.

Diese wiedergefundene Harmonie mit dem Weltall mag zum Teil für das überraschende Gefühl der Befreiung und der Erneuerung verantwortlich sein, das auf die Mondflüge folgte. Wir haben seitdem ein neues Bild von uns selbst und unserem Platz im Kosmos. Es ist ein Bild, das beides, Stolz und Demut, umschließt. Der Stolz auf den Triumph des Menschen wird durch ein wiedergewonnenes und lebensnotwendiges Gefühl für Ehrfurcht und Geheimnis im Gleichgewicht gehalten. »Ein gegebenes Geheimnis«, schrieb ein Dichter, »können wir ertragen.« Das Geheimnis von heute ist nicht das alte Verschleiern der für den Menschen unverständlichen Dinge durch Aberglauben, sondern ein neuer unerschrockener Blick auf die Geheimnisse des Weltalls, die vielleicht niemals entschleiert werden.

Eine andere Generation wird beurteilen, was sich verändert hat, was geboren wurde, was verheißen wurde. Wir, die wir heute hier sind, können nur bestimmte, sehr nahe und greifbare Wunder bezeugen, die für die Menschen in diesem Augenblick auf Erden erblühen. Durch den Fortschritt in Wissenschaft, Technik und Elektronik war der Mensch fähig, einen Riesenschritt über sich selbst hinaus in den Weltraum zu tun – einen Schritt, an dem die ganze Welt dank der Wunder der modernen Kommunikationsmittel teilhatte.

Durch dieses Miterleben dessen, was bemerkenswerte Menschen wahrnahmen, kam ein anderes überraschendes und menschliches Geschenk zu uns hernieder: Zugleich mit einem neuen Gefühl für die Kleinheit der Erde – einer zerbrechlichen, leuchtenden im Weltraum schwebenden Kugel – gewannen wir ein neues Gefühl für den Reichtum und die Schönheit der Erde; marmoriert mit braunen Kontinenten und blauen Meeren und eingehüllt in strahlende Wolken – ist sie der einzige Farbfleck in einem schwarzen und grauen Universum.

Niemand, so wurde gesagt, wird je den Mond wieder so sehen. Wieviel mehr noch kann man sagen, daß niemand je die Erde wieder so sehen wird. Der Mensch mußte die Erde erst hinter sich lassen, um ihren geringen Platz innerhalb eines Sonnensystems und ihren unschätzbaren Wert als lebenerhaltenden Planeten zu erkennen. Als Erdenmenschen haben wir vielleicht einen neuen Schritt in das Erwachsen-Sein getan. Wir können unsere elterliche Erde jetzt unvoreingenommen, mit Zärtlichkeit, mit einiger Beschämung und mit Erbarmen betrachten – aber endlich auch mit Liebe. S. wie Elinor Wylie über die Erde geschrieben hat, bevor der Mensch sie umkreiste:

’s ist nicht der Himmel: bittre Saat
durchsetzt ihr Innres mit Verzweiflung.
Ein Stern für Drachenbrut
und Teufelsfuß.

Sie schwebt auf Luft, sie rollt dahin
umschlungen und gefangen vom durchsichtgen Raum.
Und ich vergeb’ ihr alles
Küß ihr die Narben im Gesicht.

Mit mündig gewordener Liebe kommt die Verantwortung. Wir fangen an, zu begreifen, wie ganz und gar wir Kinder der Erde sind. Vielleicht können wir jetzt unsere Verantwortung für die Erde annehmen und unser Erbe von ihr, das wir schützen müssen, wenn wir überleben sollen.

Macht über das Leben und Ehrfurcht vor dem Leben müssen sich die Waage halten. Denn Leben, diese kostbare und empfindliche Substanz, scheint, so weit des Menschen Blick bis jetzt reicht, in erster Linie der Erde zu gehören – nicht nur das Leben des Menschen, auch das Leben von Tieren, Vögeln, Schmetterlingen, Bäumen, Blumen, Getreide. Alles Leben ist miteinander verkettet. Dies ist’s, was die »gute Erde« ausmacht.

Als wir gestern abend den Strand von Kap Kennedy verließen, folgten unsere Augen einem einsamen Reiher über den Sumpf und stiegen auf mit einer Wolke von kreisenden Enten am Horizont. Mit einer neuen, von einem neuen Stolz getragenen Demut begriffen wir, daß es ohne den Sumpf keinen Reiher gäbe; ohne die Wildnis, die Wälder, die Bäume, die Felder gäbe es keine Luft zum Atmen, keine Ernten, keine Nahrung, kein Leben, keine Brüderlichkeit, keinen Frieden auf Erden. Keinen Reiher und keinen Astronauten. Der Reiher und der Astronaut sind in einer unauflöslichen Kette des Lebens auf Erden miteinander verbunden.

Durch die Augen der Astronauten haben wir diese kostbare Substanz der Erde, die erhalten werden muß, klarer als je zuvor gesehen – das Leben. Es könnte einen neuen, aus der Weltraumsprache entlehnten Namen erhalten:

»Erdenschein«.

Am Ursprung des Lebens

Die Wurzeln des Lebens
liegen in der Wildnis,
genauso wie die Blüten der Zivilisation
aus den Städten hervorgehen.

Kürzlich war ich einen Monat lang in den großen Tierschutz-Reservaten in Ost-Afrika, im hohen Grasland von Kenia und Tansania, auf Safari. Safari: Das Wort beschwört Bilder aus dem 19. Jahrhundert, von britischen Kolonialen in Tropenhelmen mit Gewehren, die durchs hohe Gras streifen, hinter sich eine Kette von eingeborenen Trägern mit der Ausrüstung auf dem Kopf. Unsere Familien-Safari war von einem Mann organisiert; wir reisten mit einem Land-Rover, mit Zelten, Bettzeug, Essen und Wasser.

Da mein Mann schon früher mit denen, die es am besten kennen, in Afrika gewesen war – mit Freunden vom Game Department und von der Verwaltung der Nationalparks –, nahmen wir keinen Führer. Wir wollten nicht jagen, sondern wollten die wilden Tiere in ihrer natürlichen Umgebung sehen. Wir fanden das Großwildgebiet mit seinen wie Trommelwirbel tönenden Namen – Serengeti, Manyara, Kilimandscharo, Kimana, Olduwai, Amboseli und Ngorongoro – so romantisch wie eine Jägersafari.

Bei der Rückkehr zu den grauen Himmeln und der nüchternen Landschaft von Neu-England fühlte ich ganz stark eine Verarmung. Ich kam mir merkwürdig klein vor, weniger lebendig. Ich glaube, das kam nicht bloß vom geschrumpften Horizont, auch nicht davon, daß ich die flammende Vegetation, die Bäume und Blumen vermißte. Viele Gebiete in Ost-Afrika sind so wüst, kahl und braun wie die Ebenen im amerikanischen Westen. Was ich vor allem vermißte, war die von Leben strotzende Atmosphäre, in der wir in jenen Wochen eingetaucht waren.

Denn in diesen Teil Afrikas zu reisen bedeutet, in ein anderes Element einzutauchen. Das ist so neu und nicht zu beschreiben wie das Eintauchen in Luft – der erste Flug; oder das Eintauchen im Wasser vor Korallenriffen, wenn man meint, man streife seine Haut ab. Für kurze Zeit scheint man den Grenzen der eigenen Art zu entkommen, dem Gefangensein im menschlichen Körper, so, als hätte man eine Haut abgestreift und wäre ein anderes Geschöpf, mit anderen Sinnen und Kräften geworden. Was ist das für ein Element? Isak Dinesen beschreibt es in ihren afrikanischen Geschichten als Luft. Für mich ist es die Intensität und Vielfalt des Lebens selbst.

Tag und Nacht waren wir in das Leben der wilden Tiere wie versunken; sie wanderten frei, furchtlos vor unseren Augen: Gazellen rupften Gras vor unserem Lager; Zebras stoben wie Gewitter über die Prärie; Löwen wanderten über die Straße; Giraffen knabberten an den Bäumen. Warum sollte ich, in Neu-England geboren und großgezogen, nun diese exotischen Tiere vermissen, die ich nie zuvor gesehen hatte? Was habe ich denn gemeinsam mit dem massigen Elefanten, mit dem gestreiften Zebra, mit dem Turm von Giraffe, mit der flüchtigen Gazelle? Was haben sie mir bedeutet?

Ich sollte meinen, nichts. Und doch bestand eine Verbindung mit diesen Tieren, die ich täglich sah. Da war ein festes Band; nun, wo es unterbrochen ist, fühle ich mich ärmer, beraubt.

Diesem Gefühl der Armut und diesem Gefühl des Reichtums muß ich nachgehen. Denn da muß Reichtum gewesen sein, wenn ich mich jetzt arm fühle. Was gehörte mir für diesen einen Monat? Woran erinnere ich mich?

Wenn man von Europa oder Amerika nach Ost-Afrika fliegt, wacht man von blendendem Sonnenschein auf, der zum Flugzeugfenster hineinknallt – fast eine Beleidigung für das Auge. Unter einem liegen große Breiten wilden Geländes, es dehnt sich in alle Richtungen: endlose Ebenen, bewaldete Hügel, hier und da ein See, ein Rand ferner Gebirge und, sehr weit weg, ein Gipfel mit einem weißen Flaum von Schnee. Keine betonierten Straßen, keine Städte, keine Parzellierungslinien. Gelegentlich eine Spur von Menschenhand, ein aufgeforstetes Geviert oder das Blinken von Wellblechdächern. Dann, plötzlich, die grünen Bäume und weißen Türme einer modernen Stadt: Nairobi.

Beim Aussteigen auf dem Flughafen überfällt einen trockene Hochsommerhitze. Der Himmel wölbt sich hoch über den Köpfen; die Horizonte dehnen sich, so weit nur der Blick reicht. Auf allen Seiten ist die Spannweite riesenhaft. Man holt tief Luft und spürt den großen, weiten Kontinent. Mein Mann fährt uns gleich durch den Nationalpark von Nairobi, einen wilden Landstrich beim Flughafen und im Blickfeld der Hochhäuser von Nairobi. Der Park ist an drei Seiten umzäunt, zum weiten Hügelland im Süden ist er offen; die Tiere können kommen und gehen, wie sie wollen. Wir fahren über ausgedörrte, staubige Straßen, durch trockene Ebenen voll bleichem, zitterndem Gras und verkrüppeltem Dornengesträuch. Wir rattern steinige, gewundene Täler hinunter, wo ein grüner Streifen von Akazien mit flachen Kronen einen verborgenen Fluß anzeigt. Auf den kahlen Hügeln sieht man zum ersten Mal unvertraute Silhouetten von Tieren gegen den Himmel. Giraffen zuerst – schräge, geometrische Linien, über Büsche geneigt –, wie schwankende Krane am Horizont; auf einer Anhöhe den höckerigen Rücken eines Gnu; die hohen Vorderläufe einer Hirschantilope bilden, zusammen mit ihren Hinterläufen, ein abfallendes Dreieck; die runden Hinterteile von Zebras; die zierlich gehörnten Köpfe der Gazellen; Federbüsche, die, wenn sie lange Hälse recken, sich als Strauße entpuppen.

Keine andere Stadt der Welt besitzt einen solchen Zoo, in dem die Tiere, weil sie geschützt werden, wild sind und ohne Angst. Solange man im Wagen ist, bewegen sie sich kaum, wenn man vorbeifährt. Unsichtbar oder wenigstens verkleidet, ist man im Land-Rover für sie uninteressant. Sie sind so nah wie hinter Gittern. Aber es gibt keine Gitter; sie sind frei – so frei, daß sie zahm scheinen: nicht, weil sie den Menschen dienstbar gemacht wären, sondern zahm, weil sie keine Furcht kennen.

Wir drängen uns durch Gruppen von Zebras, die am Weg Gras rupfen; so nah, daß wir den rosa Flaum der feinen roten Haare über den lebhaften schwarzen und weißen Streifen sehen können. Wenn man zu nah an sie heranfährt, stellen sie sich auf die Hinterbeine und drehen sich wie plumpe Zirkusponys, alle in einer Reihe. Ihre dumpfen Hufschläge lassen goldenen Staub als Spur zurück. Hier sind Herden von Gazellen mit weißleuchtendem Bauch und Rumpf; mit Gesichtern, so fein gebaut wie Blütenkronen, aus denen sich scharfe Hörner und spitze Ohren wie Staubfäden und Stempel aufrichten. Wenn sie beim friedlichen Äsen aufschauen, stehen sie mit dicht nebeneinander gesetzten Hufen, aufgescheucht, eine Sekunde regungslos wie Glastiere. Klickt eine Autotür, sind sie, wie in einer Explosion von Hufen, Läufen, Beinen und wippenden Schwänzen, auf und davon.

Ein Stück weiter in einem Gehölz stehen Giraffen – weich von Farbe wie Rehe, trotz der großen Höhe und der lebhaften Flecken. Ihre Gesichter sind sanft, fast menschlich, mit großen faltigen Mäulern und weiten erstaunten Augen unter einer Krone von Ohren und hornigen Buckeln. Wenn sie von oben herab, von den turmhohen Hälsen, oft über einen Baumwipfel weg, so als wollten sie sich verstecken, nach einem spähen, sehen sie eher steif, fast geziert aus – bis sie sich bewegen. Dann sind sie wie Traumtiere, die sich wie Wolfsmilch über die Landschaft ergießen, oder wie riesenhafte Insekten, die langbeinig eine

Wiese überfluten und sich von Blumen nähren – nur daß die Blumen Bäume sind, groß wie Ulmen.

Es gibt Kolonien von Pavianen, die über einen Hügel stürmen, und kurzbeinige Warzenschweine, die geschäftig durch die Stoppeln trotten, die Köpfe überschwer von doppelten Stoßzähnen, die Rutenschwänze wie Fahnen in der Luft. Als wir über einen Hügel kommen, stoßen wir im Schatten von dornigen Bäumen auf ein Rudel Löwen, die sich zum Mittagsschlaf ausgestreckt haben. Drei oder vier blonde Löwinnen liegen entspannt, hingegossen wie Honig, in der Sonne. Eine erhebt sich, um sich zu strecken – die Vorderläufe auf der Erde, das Hinterteil in die Luft – wie eine Katze am Kamin. Eine andere rollt sich spielerisch auf den Rücken – ein Riesenkätzchen, Pranken in die Luft. Sie sehen satt und zufrieden aus, trunken von Schlaf und Sonne bemerken sie ihr Publikum gar nicht.

Der Löwe, der abseits auf einem nahen Abhang sitzt, hat uns bemerkt, ist aber völlig ungerührt. Ab und zu dreht er seinen Kopf mit der zottigen Mähne langsam in unsere Richtung, er zeigt weder Furcht noch Interesse. Seine Flanken glänzen in der Sonne; den Kopf erhoben, sieht er in Windrichtung, zieht verächtlich die Nüstern hoch und mustert die Welt. Gelbbraun im goldenen Gras, ist er in seinem Königreich ganz und gar am Platz, so wie jedes Tier in diesem Park an seinem rechten Platz zu sein scheint. Das einzige Ding, das fehl am Platz ist, ist unsere graue Festung, ist unser Land-Rover – und die blinkende Kapsel über uns am Himmel, das Flugzeug, das mich eben in Afrika abgesetzt hat.

Aber bald sind wir auf Safari – in der Wildnis, weit weg von Nairobi, von Flugplätzen, von aller Zivilisation. Tagsüber reisen wir auf den heißen staubigen Straßen, in der Abendkühle schlagen wir unsere Zelte auf, nachts sitzen wir vor dem Lagerfeuer, bewachen in der kühlen Dunkelheit halbverbrannte, wie Zebras gestreifte glühende Scheite.

Afrika, so wird einem immer gesagt, ist ein Land heftiger Gegensätze. Im Hochland von Kenia oder Tansania sind die Klimagegensätze selbst innerhalb eines einzigen Tages atemberaubend. Mittags flirrt die dünne Luft vor trockener Hitze. Kahle Berge brennen in kupferfarbenem Staub. Zitternde Hitzewellen laufen wie Feuer über den Horizont. Die Augen erholen sich an allem, was nur grün ist: ruhen aus auf einer Zeile von flachkronigen Akazien, die wie Wolken über den luftlosen Savannen zu schweben scheinen, oder auf den vier sanften Gipfeln der Ngong-Berge. Wenn man draußen auf der Landstraße ist, zählt man die Stunden bis Sonnenuntergang. Im Lager, im Schatten von Bäumen, hält man sein Gesicht in die schwache Brise, sitzt durchaus bequem und hört dem ständigen Vogelgezwitscher zu. Man nimmt nicht nur vertraute Laute wahr – eintönig gurrende Tauben, pfeifende Stare, quäkende Nashornvögel –, sondern auch ein dauerndes Plappern nicht vertrauter Geräusche: Vögel, deren Laute sich anhören wie aus der Flasche blubberndes Wasser oder wie klappernde Schneiderscheren und mechanisches Spielzeug; Vögel, die endlos »hic-haec-hoc« wiederholen oder häufiger nur »Ye-ye«. Man sitzt und wartet auf den Abend.

Er kommt rasch, köstlich; wie Balsam, wie Wasser auf Durst. Die Apathie fällt von einem ab; alle Energie kehrt zurück. Mittagshitze und Staub sind vergessen. Die Luft wird klar und still: Durchblicke öffnen sich zwischen Bäumen; man könnte jeden Horizont ungehindert erreichen.

Von unserem Zeltplatz bei Kimana in Kenia aus können wir im Norden in der Ferne die Zacken eines zerklüfteten purpurfarbenen Gebirges sehen. Im Süden, den weißen Gipfel den ganzen Tag in Wolken, baut sich der Kilimandscharo auf: riesenhaft, milde und freundlich schimmernd wie der Vollmond. Die Savanne wird golden; die Schatten der Akazien liegen auf dem Gras wie dunkle Teiche. Die Gazellenherden, die in den späten Sonnenstrahlen äsen, sind weiß wie Narzissen.

Auf dem Hochplateau bricht die Nacht heftig und kühl, ja, kalt ein. Sofort wechselt auch die Spannung. Man wird wacher, bewußter. Über uns fallen, wie Regen, Massen von Sternen herein. Tiefe geheimnisvolle Dunkelheit überflutet die Welt.

Mit der Dämmerung kommt eine Flut von Wahrnehmungen: Was man sieht, riecht, hört, ist fremd, anders als am Tag. Die Erde tönt, der Himmel flimmert. Myriaden von Grillen antworten den Sternen. Gegen einen Vorhang von Insektengesumm hört man das Grollen von Löwen, den unheimlichen Schrei der Hyäne, scharfes Zebragebell, schreiende Gnus, kreischende Paviane und tausenderlei unerklärliches Geheul, Schnaufen und Hufschlag. Man lauscht wie ein Hund auf Wache, voll dunkler Ahnung und Furcht wie einst der primitive Mensch. Im Zelt ist man sicher; an der Firststange hängt eine Laterne, draußen flackert das Feuer; und doch – man lauscht, man lauscht.

Mit dem Morgengrauen kommt der liebliche Gesang von kleinen Vögeln, unschuldiges Gezwitscher in den Bäumen über uns, und verkündet der Welt, daß die Nacht vorbei, daß es wieder Tag ist, und daß die Überlebenden den strahlenden und kühlen Morgen begrüßen können. Der Berg erscheint wieder, er hat eine neue Schneemütze. Die Prärie schimmert unter einem Hauch von Tau. Zebras bewegen sich lässig zwischen Bäumen, rupfen das silberne Gras wie Tiere im Paradies.

Aber das ist nicht das Paradies, auch nicht das Reich des Friedens. Löwen haben in der vergangenen Nacht oder im Morgengrauen ihre Beute gemacht; jetzt liegen sie, vollgestopft, unter Bäumen und schlafen. Hyänen haben den Kadaver gefunden. Hoch oben kreisen Geier.

Noch ein heftiger Gegensatz, noch eine Drehung des Lebensrades, noch ein Gesicht der Wildnis. Afrika ist beides – Licht und Finsternis, Milde und Grausamkeit, das Flüchtige und das Zeitlose, das Flinke und das Schwergewichtige – Impala und Elefant.

Abends, auf dem Weg zu unserem ersten Zeltplatz neben einem ausgetrockneten Flußbett, sehen wir Elefanten. Bleich und staubig biegt er rechts von uns ein – ein leuchtender Strom aus Sand, von Tierhufen über und über genarbt. Wir lassen den Land-Rover am Ufer, gehen ins trockene Flußbett. Wir sehen nach beiden Seiten, warten. Flußabwärts steht eine Klippe aus Elefanten, dunkel, riesig, reglos, die baumgroßen Beine im Sand wie angewurzelt, die Ohren weit ausgestellt; große Rüssel starren uns entgegen, weiße Stoßzähne leuchten im Halbdunkel. Jetzt schwanken sie, blasen Staub aus ihren geschwungenen Rüsseln. Riesenohren bewegen sich sanft wie Palmwedel. Sie gehen einer hinter dem anderen in einer langen Reihe am Ufer entlang, große Schatten, die mit den Bäumen verschmelzen. Sie bewegen sich gemächlich, ohne Eile, nehmen einen vermummten Fuß nach dem anderen mit lautloser Würde hoch. Schweigend stehen wir mitten im Flußbett und beobachten den Zug, wie er in feierlichem Rhythmus dahinzieht, als marschierten sie im Takt nach unhörbaren Trommeln.

Spät am Abend hören wir sie von unserem Zelt aus; sie sind am schlammigen Teich am anderen Flußufer. Sie scharren mit ihren schweren Füßen nach Wasser, stampfen im Schlamm herum und bespritzen sich gegenseitig mit ihren Rüsseln. Im Mondlicht können wir ihre klobigen Gestalten nur ganz matt sehen; wenn wir das Wasser auf ihre staubigen Häute spritzen hören, freuen wir uns mit ihnen.

Elefanten weiden zwischen Bäumen wie kleinere Tiere zwischen Büschen; sie vermitteln einem nicht nur andere Dimensionen von Körpermaßen und Raum, sondern auch eine andere Dimension von Zeit. Ihre Mammutformen reichen weit zurück, bis in die Welt der Mastodonten. Der langsame, gleichmäßige Rhythmus, mit dem sie dahinziehen, läßt einen spüren, daß sie sich nach einem anderen Zeitmaß bewegen als der Mensch. Sie kommen aus Zeitaltern, die lange vor unserer Zeit liegen, und sie gehen an einen Ort, den wir niemals erreichen werden. Grau, voller Falten, alt wie Bäume, ja, noch älter – alt wie Berge oder Felsen, aus Erde geformt und unvergänglich wie Erde. Eine Erinnerung taucht auf: an den indischen Mythos von Brahma, der die ersten Elefanten, »die Elefanten der Richtungen des Weltraums«, erschafft, damit sie das Weltall tragen.

Was mich in Afrika dauernd verfolgt, ist die Zeit, Zeit als Geschichte und Zeit als Rhythmus: Beide sind vielleicht untrennbar miteinander verbunden. Auf dieser Reise erleben wir dauernd die verschiedenen Arten von Zeit: die Zeit des Elefanten und des Impala, die Zeit des Europäers und des Afrikaners – die vielen Arten von Zeit der vielen verschiedenen Afrikaner. Je mehr man reist, um so weiter scheint man in die Zeit zurückzufallen. Man reist mit dem Düsenflugzeug und landet in einer modernen Stadt, der Hauptstadt einer neuen, lebenskräftigen afrikanischen Nation, die aus der Vergangenheit einer britischen Kolonie hervorwächst. Dann, wenn man über die von wilden Tieren bevölkerten Ebenen fährt, gleitet man um hundert Jahre zurück, in die büffelreichen Prärien unseres frühen amerikanischen Westens. Und wenn man den großen, auf trockenen Hügeln grasenden Viehherden der Massai begegnet, fällt man weiter zurück, in die biblischen Zeiten

Abrahams und seiner Nachkommen, die ihren Reichtum nach Kühen zählten. Hier steht ein Hirte – ein Massai-David mit seinem Stab, aufrecht in seinem erdroten Gewand, bereit, seine Herde gegen Löwen zu verteidigen.

Unten, im riesigen erloschenen Krater des Ngorongoro, geschützt durch den Kranz seiner Bergwände, steht man wie Adam in einem Garten Eden zwischen Tieren, die eben aus der Hand des Schöpfers zu kommen scheinen. Und beim Großen Graben, dieser riesigen geologischen Verwerfung, die wie ein Schnitt durch Ost-Afrika geht, in der Schlucht von Olduwai, wo Mary und Louis Leakey den Schädel des Zinjanthropus fanden, taucht man hinab zum Steinzeitmenschen. Hier sind die Felsen, aus denen er sich seine Werkzeuge schlug, die Knochen, die er zu seiner Ernährung zerbrach; hier sind die runden Steine, die er aufeinandersetzte und so vielleicht die erste von Menschen gemachte Wohnung baute.

Auch das Rhinozeros entführt uns in ein zurückliegendes Zeitalter. Wenn man seinen gewaltigen dunklen Rücken im Sumpf gegen den Himmel sieht und seine schweren schwankenden Seiten, sein wie suchend hochstehendes Horn, dann meint man, es sei eben aus vorzeitlichem Schlamm aufgetaucht. Es gibt keine Worte, das Rhinozeros zu beschreiben. Man brauchte einen spitzen Stein, um in grober Zeichensprache in den Felsen zu ritzen: »Schau, was ich heute gesehen habe, so wie das – sieh!«

Vor dem Rhinozeros, vor dem Flußpferd und vor den Büffeln bleibt einem nur das Staunen. Man wird nicht nur durch ihre Größe zum Zwerg, man wird sprachlos angesichts ihrer ganz und gar unvertrauten Gestalt, man ist von ihrer unmißverständlichen Kraft wie betäubt. Man kann nicht sagen *häßlich* oder *schön*. Nach was für Maßstäben soll man denn urteilen? Man kann nicht sagen *erstaunlich* oder *unglaublich* – sie sind ja *da*. Man kann nur sagen: Leben – Leben, auch hier; Leben, auch in dieser Form.

Im Kimana-Bezirk, wo der Game-Warden Denis Zaphiro uns – wie Jahre zuvor Hemingway – dieses idyllische kleine Reservat im Schatten des Kilimandscharo zeigt, sehen wir zum erstenmal afrikanische Büffel. Es ist ein heißer Nachmittag; der Land-Rover holpert über eine kahle vulkanische Ebene. Jedesmal, wenn wir halten, hüllt uns eine Staubwolke ein, die alles vor unseren Blicken verbirgt. Wir steuern um schwarze Findlingsblöcke herum, nähern uns einem Sumpf. Und da sind sie: schwarze Rücken, aneinandergedrängt wie große Lavabrocken, die Köpfe gesenkt, und grasen. Sie wenden sich, um uns anzublicken; schwere, wie Lenkstangen nach unten gebogene Hörner zu beiden Seiten von schwarzen Stirnen, unheilvolle, finstere Blicke. Lange zottige Ohren, schlaff hängend, merkwürdig fehl am Platz im Rahmen ihrer argwöhnischen Gesichter.

Dann, wie auf ein Zeichen, drängen sie sich dicht zusammen und bewegen sich, all die schwarzen Rücken zugleich, wie ein Lavastrom, hinein in den Morast; in wogenden Papyrus, in hohes Gras und Wasserkohl, bis sie von einem grünen Meer verdeckt, verschlungen sind. Noch ein paar dumpfe Schnaufer und Schnauber – dann wieder Stille. Nur die kleinen weißen, in der Luft schwebenden Reiher zeigen an, wo sie waren. Und ein lächelndes Meer aus Gras verbirgt all das ungestüme Leben.

Nirgends fühlt man die Ehrfurcht vor einer unwiderstehlichen Lebenskraft stärker als im Nationalpark von Serengeti in Tansania, wenn man die Wanderzüge der Tiere beobachtet. Über die weiten Ebenen ziehen Herden von Gnus, Zebras und Gazellen mit den Jahreszeiten, auf der Suche nach besserem Weideland. In der ersten Nacht sind Zebras um unseren Zeltplatz, sie bellen unaufhörlich wie Nachbars Hunde. Auf den Rat der Parkbeamten, die diesen jahreszeitlichen Treck ständig beobachten und studieren, gehen wir am folgenden Tag, das Heer von Gnus zu suchen, das unterwegs sein soll.

Die endlosen Ebenen sind, so weit unser Auge reicht, von diesen grauen Tieren mit den zottigen Mähnen übersät, die an unsere amerikanischen Büffel erinnern. In der Ferne meine ich Bäume zu sehen. Nein, nicht Bäume entdecke ich mit meinem Feldstecher: Wälder von Gnus stehen da am Rande der Welt. Wenn man die Gnus auf ihren Wanderzügen sieht, wie sie äsen, wie sie ihre zottigen Mähnen schütteln, in wiegendem Galopp immer in die gleiche Richtung preschen, als folgten sie einem nicht ergründeten Gesetz, so scheinen sie eine Urkraft der Natur zu verkörpern. Man steht vor diesem lebendigen Gewoge und staunt, überwältigt von dieser Lebenskraft, seltsam neu belebt »durch den Anblick unerschöpflicher Stärke, durch das unermeßliche, ja titanische Schauspiel«.

Mit den wandernden Gnus und Zebras halten Löwen, Hyänen und Schakale Schritt, suchen ihre Beute, greifen sich die Schwachen, die Jungen, die Alten, die Unvorsichtigen als Nahrung heraus.

Am Tag sehen die Raubtiere ganz friedlich aus, schlafen, satt und faul, unter Bäumen. Ruhende Löwen jagen einem keinen Schrecken ein. Sie sehen freundlich und gelangweilt aus. Wenn ein Auto sie stört, erheben sie sich vielleicht würdevoll und gehen weg, kümmern sich aber nicht um den Ruhestörer. Sie wollten ja ohnedies weg, sie halten einen der Beachtung nicht für wert. Wenn sie ihre heißen bernsteinfarbenen Augen auf einen richten, nimmt man ein fremdes Licht wahr; es kommt aus großer Ferne, entzündet an den Feuern einer anderen Welt.

Ich erschrecke nicht einmal sehr, als ich an einem frühen Morgen dicht beim Zeltplatz einem Löwenpaar begegne. Wir hatten sie die ganze Nacht, wie fernen Donner, um uns herum grollen hören. Ich war früh aufgewacht; die Sonne war noch nicht aufgegangen. Der Kilimandscharo mit seiner flachen Schneemütze nimmt den Himmel vor mir ein, als hätte er sich eben erst aus den Ebenen erhoben. Die Prärie, von Akazienbäumen umsäumt, wirkt im milchigen Morgenlicht sanft. Vorsichtig gehe ich auf eine Baumgruppe zu und bleibe stehen, höre wieder das unverwechselbare Grollen von Löwen.

Wie in einem Traum sehe ich einen Löwen und eine Löwin geräuschlos hinter den Bäumen hervorkommen. Sie kehren mir den Rücken zu, sie schreiten hinaus in die leere Prärie. Ich halte den Atem an, schätze blitzschnell, daß ich dem Zeltplatz näher bin als ihnen; überlege, ob sie mich gesehen haben; wenn nicht, dann werden sie mich auch nicht bemerken; und wenn, was dann wohl geschieht?

Da, auf ein Atemgeräusch hin oder eine Witterung wenden sie mir ihre beiden Häupter bedächtig zu, beide zugleich. Nichts von Unruhe oder Eile. Der Löwe und die Löwin drehen sich einfach um und sehen mich an. Ich rühre mich nicht; sie rühren sich nicht. Wir starren uns für einen langen Augenblick schweigend an. Nachdem sie mit Befriedigung festgestellt haben, daß ich weder gefährlich bin noch wert, verspeist zu werden, wenden sie sich ebenso bedächtig wieder ab und schreiten weiter über die Prärie. Ich fühle mich geehrt, daß sie mich nicht für wert genug erachteten, vor mir davon- oder auf mich zuzulaufen. Weder sie noch ich haben den morgendlichen Frieden gestört. Mein Sohn kommt aus seinem Zelt, sieht gerade noch, was sich abgespielt hat. »Vater«, ruft er, mehr überrascht als erschrocken, »da draußen sind zwei Löwen, und Mutter ist bei ihnen.« Als die Löwen seine Stimme hören, geben sie ihre Würde auf und trollen davon.

Man muß einen Löwen in Aktion sehen, wenn er ein Tier reißt, um seiner Gewalt mit Schrecken gewahr zu werden. Um einen Riß zu finden, sucht man nicht in der Ebene, sondern man sucht den Himmel nach Raubvögeln ab. Ein paar dunkle Flecken am Horizont, Geier, die in der Ferne über einem Hügel kreisen, machen uns neugierig. Sie im Auge behaltend, starten wir im Land-Rover über die weglosen Ebenen in ihre Richtung. Der Strudel von Vögeln steigt und fällt wie ein Sandsturm, bewegt sich aber nicht von der Stelle. Als wir zu einer Zeile von niederen struppigen Büschen kommen, finden wir in einem trägen Strom ein Wasserloch. Am anderen Ufer zankt sich eine Riesenansammlung von Geiern mit bleiernen Flügeln. Sie stoßen ihre Hakenschnäbel unter die gestreifte Haut eines toten Zebras. In ihrer Mitte zerrt eine gefleckte Hyäne an einem der Beine.

Da bricht plötzlich die Löwin aus den Büschen. Sie trottet langsam vorwärts, mit aufgeblähtem Magen, vollgefressen, vielleicht aus dem Schlaf aufgestört. Für eine Sekunde erstarrt jede Bewegung, nur das schwarze Ende ihres langen Schweifes zuckt unheilverkündend. Dann spannt sie die Muskeln, stürzt, den Kopf vorschießend, die Zähne mit einem Knurren entblößend, wie ein Peitschenschlag auf die Gruppe um den Kadaver. Die Hyäne flieht. Die Geier schlagen mit den Flügeln, steigen auf oder stolpern wie betrunken auseinander, bilden einen weiten Kreis. Die Löwin ist mit ihrer Beute allein.

Nicht wirklich allein, denn die Hyäne hat sich nur ein kleines Stück zurückgezogen, sie hat sich genau so weit entfernt, wie es für die Löwin noch annehmbar ist. Denn die Löwin hat das Zebra gerissen und kennt ihre Rechte. Auch die Hyäne kennt die Spielregeln und sitzt an ihrem Platz wie ein gemaßregelter Schuljunge. Sie verharrt in ihrer neuen Stellung, sie beobachtet. Auch das Gewirr der Geier hält sich zurück. Sie geben den Platz nicht auf, warten ab, bis sie wieder dran sind. Auf dem Abhang hinter dem Riß stehen weitere Zuschauer – eine Reihe von Zebras – und beobachten das Ganze aus der Ferne. Ihre dummen Köpfe sehen alle auf einen Punkt: wachsam, neugierig, aber irgendwie unbeteiligt.

Die Löwin nimmt ihr Tierpublikum wahr, unseren Land-Rover an der anderen Seite des Wasserlochs scheint sie vergessen zu haben. Ihre Hauptsorge ist, die Beute vor der Hyäne und vor den Geiern zu retten. Sie hat schon gefressen; aber es müssen noch mehr Löwen gefüttert werden, und der Kadaver reicht noch für mehrere Mahlzeiten.

Wic kann sie ihre Beute behalten? Sie fängt an, das tote Zebra zum Wasserloch hinunterzuziehen – ein schwieriges Unternehmen bei einem ausgewachsenen und noch nicht halb aufgefressenen Tier. Sie kann es jeweils nur um ein paar Zentimeter weiterbewegen. Sie packt das Zebra im Nacken, zerrt, alle Muskeln gespannt. Dann läßt sie wieder los, schnauft, und wendet ihren Kopf mit den vom Blut geröteten Kiefern, um nach ihren Konkurrenten zu schauen. Die Hyäne und die Geier rühren sich nicht. Sie stehen, reglos wie Statuen, weichen nicht und beobachten: Die Reihe kommt schon noch an sie.

In dem Niemandsland zwischen der Löwin und den Geiern hüpft ein Regenpfeifer, das Gefieder makellos weiß und schwarz, im Gras auf und nieder, er pickt nach Körnern oder Insekten – das Drama läßt ihn so kalt, als spiele es sich hinter einer Glasscheibe ab. Und in dem schilfigen Tümpel zwischen uns und der Löwin – dort, wo das unvorsichtige Zebra haltgemacht haben muß, um zu trinken – gleiten zwei kleine Enten mit bronzefarbenen Flügeln übers Wasser, kräuseln kaum seine Oberfläche, unschuldig wie Vögel in einer Tapisserie.

Wenn man durch das Brennglas Afrika sieht, scheinen Leben und Tod unauflöslich miteinander verknüpft. Inmitten von solchem Lebensüberfluß wird der Tod aufgesogen und angenommen, aber niemals vergessen oder verborgen wie in zivilisierten Welten. Wohin man sich auch immer wendet – er ist da. Die weiß gewordenen Knochen alter Risse sprenkeln einen Hügel wie Margeriten. Der gebleichte Schädel eines gestürzten Impala, nackte Hörner, gebogen wie für die Leier eines Apoll, liegen da, stummes Zeugnis seines flüchtigen Lebens. Die intensive Lebensflamme wird vom scharfen Schatten des Todes begleitet. Flamme und Schatten sind nicht von einander zu trennen und sind gleich intensiv. Das Leben wird durch die ständige Gegenwart des Todes nicht entwertet; man sieht klarer als anderswo, daß Tod und Leben unauflöslich zusammengehören.

Das Leben der Löwenbrut ernährt sich vom Zebra, das das Gras gefressen hat. Der Fischadler wartet über dem Tümpel auf Fische und Frösche, die Insekten fressen. Die Störche suchen das Feld nach Heuschrecken ab, die die Ernten verschlingen. Jedes Tier, das frißt und tötet, folgt einem Gesetz des Überlebens, es trägt damit zum Jahrtausende dauernden, langsam fortschreitenden Entwicklungsprozeß des Lebens bei.

Wir fangen eben erst an zu verstehen, wie notwendig Leben für anderes Leben ist, wie empfindlich das Gleichgewicht und was für Unheil eine Störung mit sich bringt – auch für den Menschen. Denn auch wir sind diesem Gleichgewicht der Natur tief verhaftet und von ihren Zyklen abhängig.

Vielleicht rührt etwas von der ungeheuren Erneuerung an Energie, die man in Ost-Afrika erfährt, daher, daß man dort an seinen eigenen Platz im Universum zurückverwiesen wird, als ein Tier neben anderen Tieren – eines der vielen Wunder des Lebens auf Erden, nicht das einzige Wunder. Früher lehrte uns die Religion Ehrfurcht vor den geheimnisvollen Kräften, die uns umgeben; daß unseren

Kräften keine Grenzen gesetzt seien – diese Illusion entstand durch den Einfluß der Naturwissenschaft auf unsere Zivilisation.

Was tragen wir für eine Verantwortung, was für eine Schuld, wenn die Dinge falsch laufen – wie es doch dauernd geschieht! Wir haben nicht mehr den Glauben, im Geiste der Quäker zu sagen: »Ob du es verstehst oder nicht, es ist kein Zweifel, daß die Welt sich so entfaltet, wie sie soll.« Wir fühlen uns unter der Last unserer angemaßten Allmacht nicht wohl, wie ein Kind, das in eine Erwachsenenrolle gezwungen wird. Intuitiv wissen wir, daß wir keine Götter, daß wir nicht allmächtig sind. »Wir sind genötigt, zu erkennen, daß wir unsere Grenzen übertreten haben«, sagte Thoreau.

Wenn wir plötzlich mit den ungebändigten Naturkräften konfrontiert werden, ist das wie ein Schock – oft ein gesunder. Er bringt sogar so etwas wie Erleichterung – wie jede Wahrheit, die man vermutet und dann entdeckt, eine Erleichterung ist. Und wie jede Wahrheit, so erhellt auch diese Gebiete, die außerhalb ihres eigentlichen Bereichs liegen, Gebiete, die wir vergessen hatten; andere Kraftquellen, andere Gewißheiten treten aus dem Dunkel hervor.

In Stürmen oder Schneestürmen, wenn das technologische System, von dem wir abhängen, versagt, entdecken wir wieder, wie stark die Menschen aufeinander angewiesen sind. In der afrikanischen Wildnis entdeckt der Mensch seine uralte und ewige Verwandtschaft mit der Natur und den Tieren wieder. Er vernimmt wieder die Stimme, die ihm sagt: »Du bist ein Kind des Weltalls, nicht weniger als die Bäume und die Sterne. (Nicht weniger als Löwe und Impala.) Du hast ein Recht, hier zu sein.«

Er gewinnt etwas vom Frieden und der Schönheit alter chinesischer Malereien zurück, in denen sich die Landschaft riesengroß über den winzigen, aber wesentlichen

Gestalten von Holzfällern oder Weisen auftürmt, die über eine Streichholzbrücke gehen oder ruhig und voller Vertrauen unter einer sturmzerzausten Kiefer sitzen.

Die Rückkehr in den Stand der Unschuld ist freilich immer nur für kurze Zeit möglich. Selbst wenn wir den Lauf der Zivilisation umkehren wollten, einen jungfräulichen Kontinent oder die wilden Ebenen unseres amerikanischen Westens könnten wir nicht wiederherstellen. Auch in Afrika kann niemand die Uhr anhalten.

Die neuen afrikanischen Nationen wachsen heran, vergrößern ihre Landwirtschaft, ihre Viehzucht und ihre Industrie. Wenn nicht Reservate und Naturschutzparks sie schützen, ist es unvermeidlich, daß die wilden Tiere ihre Heimat hier ebenso verlieren werden wie in Europa und Amerika. Die Wildnis ist überall bedroht. Das Aussterben der Tiere ist nicht die einzige Gefahr; der Mensch steht in Gefahr, eine Atempause für alles, was in ihm frei und ungebunden ist, zu verlieren. Und nicht nur sein Geist, auch sein körperliches Wohlbefinden, vielleicht sogar sein Überleben wird durch das Ausrotten von anderem Leben auf unserem Planeten gefährdet.

Mein mystisches Gefühl einer Verbindung mit den Tieren in Afrika hat vielleicht einen realen Grund. Tiere sind für den Menschen nötig, obgleich der Mensch, durch seine Zivilisation isoliert, dieses Bedürfnis oft nicht mehr empfindet. Wer eben erst aus der Wildnis zurückgekehrt ist, empfindet die Verarmung stärker; man ist ausgehungert nach etwas, das für unsere Existenz lebensnotwendig ist. Seit ich aus Afrika zurück bin, beschwichtige ich diesen Hunger, indem ich den Fasanen an meinem Waldrand Mais streue, oder wenn ich über das sumpfige Seegras gehe, um den wilden Enten in der kleinen Bucht zuzusehen.

Wenn das Gefühl der Verbundenheit mit den Tieren authentisch ist, dann hat das Gefühl der Erneuerung, das man in ihrer Gegenwart empfindet, vielleicht eine tiefere Bedeutung, als wir uns vorstellen. Ins Leben der Wildnis einzutauchen, kann den zivilisierten Menschen – wie das Untertauchen im Meer – vielleicht zu einem der Grundelemente zurückbringen, aus dem er stammt und mit dem er die Verbindung verloren hat. Wenn er an diesen ursprünglichen Strom wieder angeschlossen ist, entdeckt er vielleicht, daß »Leben ebensosehr eine Kraft im Weltall ist wie die Elektrizität oder die Anziehungskraft der Erde, und daß das Vorhandensein von Leben Leben erhält«.

Henry Beston erlebte diese »erhaltende Kraft« in den Dünen von Kap Cod. Ich erlebte sie in den Ebenen Afrikas. Aber man kann ihr überall begegnen, wo immer man stehenbleibt, um zu sehen und zu lauschen. Man kann diese Kraft auch im eigenen Land, auch zu Hause, im eigenen Hinterhof, entwickeln. Ich habe Nachbarn in der Vorstadt, die mit den Resten von ihrem Abendbrot Waschbären mit viel Geduld dazu bringen, ihnen aus der Hand zu fressen; andere, die Wildgänse füttern; andere, die die Sümpfe als Schutzgebiete für Fasanen, Reiher und Enten bewahren. Sogar in den Städten kann man einen Hauch der Wildnis spüren, wenn man die Zugvögel in den Parks beobachtet. Ob eine Gazelle vor deinem Zelt Gras knabbert oder ob ein Vogel auf dein Fensterbrett kommt: Der wesentliche Vorgang ist der gleiche, hier wie in Afrika.

In der Wildnis steigert sich dieser Vorgang zur überwältigenden Erfahrung. Man muß gar nicht nach ihr suchen. Sie überflutet einen ebenso natürlich und unverdient wie Sonnenschein – und wie Sonnenschein belebt sie einen. In einer solchen Atmosphäre gerät die Verbindung zwischen Mensch und Tier wie in einen Brennspiegel. Die Konzentration auf das Tier ist total, alle Ablenkungen verschwinden.

Es ist nicht allein die Tatsache, daß die Tiere in Nationalparks und Reservaten existieren können, sondern auch die Tatsache, daß der Mensch, der sich seiner Zivilisation vorübergehend entzogen hat, überhaupt sehen kann. Wie oft bleiben wir im gewöhnlichen Leben stehen, um einen Vogel, ein Tier, einen Baum zu betrachten? In Afrika sieht man, als wäre es das erste Mal, wie ein Kind oder ein Künstler – vielleicht versenkt man sich sogar wie ein Heiliger mit jener »absolut ungeteilten Aufmerksamkeit«, die Simone Weil dem Gebet gleichsetzt.

Im Akt des Sehens vollzieht sich etwas Schöpferisches – unsere Phantasie macht einen Sprung. Halb ist man am Leben anderer Geschöpfe beteiligt, hat an ihrem Handeln teil. Etwas in einem springt, wenn sie springen, oder ist ruhig, wenn sie ruhig äsen; oder man beobachtet gespannt und wachsam wie sie. Man wird still in ihrer Stille, die vor Leben zittert wie die Stille einer Flamme. In diesem Augenblick des Teilhabens hat man die Verbindung hergestellt – oder man wird sich ihrer plötzlich bewußt. Dieser Akt der Einfühlung ist ein Akt der Huldigung gegenüber dem Leben in einem anderen Geschöpf – Leben in einer uns nicht vertrauten, aber dennoch verwandten Gestalt. Durch diesen Akt, wie durch jeden Akt der Einfühlung, wird man reicher. Denn jeder Akt der Huldigung gegenüber dem Leben, wo immer er auch geschieht, ist seinem Wesen nach religiös.

Wind an vielen Küsten

November/Dezember 1933 –
als Co-Pilotin mit Charles A. Lindbergh
über dem Atlantik

Rückenwind

Rückenwind! Ich blicke seitlich aus dem Flugzeug hinab auf die langen weißen Streifen im Wasser unter uns. Weiße Bänder, unregelmäßig wie verwickelte Wollsträhnen und dennoch alle in eine Richtung weisend, alle gleichlaufend mit dem Kurs unseres Flugzeugs, von der afrikanischen Küste südwestlich auf die Kapverdischen Inseln zu. Der Wind war während des ganzen Fluges von den Azoren her unser Helfer gewesen; immer spürten wir ihn, wie er uns vorwärts drängte, wie er uns brausend auf den Fersen war, wie er in den Streben pfiff. Er trug uns mit sich auf seinem Weg, wie ein Schiff, das mit vollen Segeln vor dem Wind dem Hafen zueilt, ohne eigene Anstrengung dahingetrieben wird in rascher, schwebend leichter Fahrt.

So waren wir von Spanien hergekommen. Die letzte Nacht hatten wir vor maurischen Zelten am äußersten Ende der afrikanischen Wüste zugebracht; die Nacht vorher in Las Palmas auf den Kanarischen Inseln, zwischen den Bazaren und Kaufläden, den Docks und Märkten dieser alten Wegkreuzung zwischen Ost und West. Wieder eine Flugetappe zurück: die Azoren, der einsame Stützpunkt mitten im Atlantischen Ozean. Und vorher: Lissabon. Immer nur ein Schritt war es von einem Ort zum anderen gewesen, aber ein Riesenschritt: Horta, Ponta del Gada, Las Palmas, Rio de Oro. Und immer waren infolge des guten Windes unsere Benzintanks voll gewesen, immer hatten wir etwas mehr Zeit, etwas mehr Treibstoff gehabt, als wir erwartet hatten. Unberechenbar ist dieser Wind. Zuweilen drückt er auf den einen Flügel, dann auf den anderen, lockt einen unmerklich vom richtigen Kurs ab. Jetzt wieder faucht er einem wild ins Gesicht, macht das Fliegen zu einem Wettlauf mit der Zeit, stiehlt einem das kostbare Tageslicht, frißt den Treibstoff. Dieser Wind, sonst so eigensinnig, unzähmbar und tückisch, war seit über dreitausend Kilometern unser hilfreicher Freund gewesen. Immer konnten wir uns auf ihn verlassen, so als habe, wie in der Odyssee, ein Gott alle widrigen Winde eingesperrt und nur den freigelassen, der uns heimwärts trug.

Denn wir waren jetzt auf dem Heimweg. Unser Erkundungsflug über den Nordatlantik war beendet. Ein Sommer in Grönland und Island, ein Vorfrühling im Nebel und Regen Europas. Kopenhagen, Stavanger, Southampton, die Küsten von Schottland und Irland, Spanien und Portugal, die Azoren – alles Startplätze für neue Routen nach Amerika – hatten wir erkundet. Dann ging's die afrikanische Küste hinunter, unserer letzten Flugstrecke über den Atlantik zu. Die Kälte und den Regen hatten wir auf diesem Wegstück hinter uns gelassen; aus den Wolken heraus waren wir in einen klaren Himmel, in heiße Sonne und günstige Winde geflogen.

Ein ordentliches Stück Weg, diese letzte Etappe von zweitausendsechshundert Kilometern, von den Kapverdischen Inseln zur südamerikanischen Küste! Aber dieser Nonstop-Flug, volle zwölf Stunden über den Ozean, würde uns von einer Hemisphäre in die andere bringen. Wir würden wieder in Amerika sein. Wann? Werden wir wohl – fragte ich mich – übermorgen abend diesen Riesenschritt schon hinter uns haben? Wo mögen wir in einer Woche sein, überlegte ich, während ich auf die unzähligen kleinen weißen Kräuselwellchen dort unten auf dem schimmernden Meer hinabblickte. Irgendwo an der Küste von Südamerika, auf einer regelmäßig beflogenen Strecke, über einem Gebiet, das wir schon einmal überquert hatten?

Paramaribo, Georgetown, Trinidad, lauter vertraute Namen, vertraute Orte – auf dem Weg nach Hause.

Es schien unglaublich. Aber damals konnte mich einfach gar nichts überraschen; ich flog durch den Himmel, den Wind hinter mir, den Horizont weit und offen vor mir, in blendender Klarheit, die blaue Kuppel weiß gebrannt vom Glanz der Sonnenstrahlen. Und als ich nun an das dachte, was wir schon erreicht hatten, an diesen Sommer, der mir wie ein einziger langer Flug vorkam, da schien mir unsere Macht so unendlich zu sein wie der Himmel, in den wir hineinflogen. Gestern hatten wir Europa überquert; heute berührten wir Afrika, morgen würden wir in Amerika sein …

Nun kam der letzte Sprung über den Ozean, und das Sprungbrett – die Kapverdischen Inseln – lag bereits dicht vor uns. Diese kahlen, braunen, vom afrikanischen Kontinent abgebrochenen Stückchen sind der südamerikanischen Küste um rund dreihundert Kilometer näher als der nächstgelegene Punkt in Afrika. Die Entfernung von Dakar am äußersten Vorsprung von Afrika bis Natal am äußersten Vorsprung von Südamerika beträgt ungefähr zweitausendneunhundert Kilometer. Hingegen ist es von Santiago, einer kleinen Insel in der Kapverdischen Gruppe, bis Natal nur etwa zweitausendfünfhundert Kilometer. Der Unterschied zwischen zweitausendfünfhundert und zweitausendneunhundert Kilometern bedeutete für unsere Maschine die Differenz zwischen einer beruhigend großen Treibstoffreserve und einem Benzinquantum, das für die Ausführung des Fluges gerade noch hinreichte; den Unterschied zwischen normaler Fahrgeschwindigkeit und der Notwendigkeit, um der Benzinersparnis willen das Tempo stark zu drosseln; den Unterschied zwischen einem Flug bei Tageslicht und einem, bei dem wir in die Dunkelheit geraten würden. Kurz und gut, es war der Unterschied zwischen einem leichten und einem schwierigen Flug.

Infolgedessen hatte mein Mann, als er im Frühsommer Karten des Atlantischen Ozeans studierte, Entfernungen abmaß, Häfen suchte, sich entschlossen, den Flug von einer der südlichen Kapverdischen Inseln aus anzutreten. Wenn die Karten auch keinen tief in das Land eingeschnittenen Hafen zeigten, so schien ihm Porto Praia doch einigermaßen windgeschützt zu sein. Und besonders günstig war der Umstand, daß Porto Praia einen Flugzeugstützpunkt für den französischen Transatlantik-Verkehr aufwies. Die nötigen Vorkehrungen für die Aufnahme frischen Treibstoffs waren getroffen, unsere Flugroute festgelegt und unser Funkgerät auf die südamerikanischen Stationen eingestellt worden. Wir hatten nichts weiter mehr zu tun, als in Porto Praia zu landen, Benzin aufzutanken, abzufliegen und auch weiterhin auf unseren Freund, den Rückenwind, zu vertrauen.

Können wir landen?

Mein Mann ließ das Flugzeug schaukeln, um meine Aufmerksamkeit zu erregen; dann reichte er mir eine Nachricht nach hinten, die ich funken sollte.

»*Boavista gesichtet* (wahrhaftig, da waren sie ja schon, die Kapverdischen Inseln, undeutliche, graue Erhöhungen, fern am Horizont). *Werden Porto Praia ungefähr 15.00 landen.*«

Nur noch zwei Stunden, und es war erst Mittag. Natürlich hatten wir Rückenwind …

Zuerst sahen die Inseln wie alle Inseln aus, die man von weitem erblickt, nebelhaft, verschwommen und grau, als seien sie ein Teil des Ozeans; eine Reihe von Wogen, eine ein bißchen höher als die andere, im Augenblick entstandene Wellenkämme, die gleich wieder zusammensinken würden. Allmählich aber nahmen die Inseln eine bestimmtere Form an. Die Wogen behielten ihre weißen Kämme, ihre Formen erschienen nun unregelmäßig. Auch ihre Farbe, anders als die des Meeres, ging in ein härteres Grau über, verlor ihr helles, atmosphärisches Aussehen.

Als wir näher kamen, erkannten wir, daß es keine runden, in gleicher Höhe aus dem Meer herausragenden Gebilde waren. Leichte Wolken, vorher unsichtbar, lagen über den Inseln und bedeckten einige der vulkanischen Bergspitzen, so daß sie alle gleich hoch erschienen. Auch die Küsten fielen keineswegs sanft zum Meer ab, sondern waren zerklüftet und unregelmäßig und zahlreiche Felsen und Riffe zeugten vom immerwährenden Kampf mit den Elementen. Hier war es einem gezackten Vorgebirge gelungen, sich gegen den wütenden Ansturm der weißschäumenden Wogen zu wehren. Dort drüben hingegen hatte das Meer den Sieg über das Land davongetragen, es gleichsam zurückgedrängt, und so eine flache Einbuchtung entstehen lassen.

Ganz Santiago wies dieses seltsam zackige Profil auf, gerade als ob aus einer ursprünglich vollkommen runden Insel große Stücke herausgebissen worden seien. Das Innere der Insel, das zu einem vulkanischen Gebirgszug anstieg, sah von Wind und Wetter mitgenommen, braungebrannt von der Sonne, kahl und trocken aus, an manchen Stellen war es von großen grünen Rissen durchzogen: tiefen, von tropischen Regenströmen herausgewaschenen Schluchten, »Barrancas«, in denen sich kleine Baumgruppen duckten.

Das ist kein Wüstenland wie die hinter uns liegende afrikanische Küste, dachte ich, als ich auf die Schluchten, deren Schroffheit graugrüne Bäume milderten, und auf die regelmäßig bebaute Erde in manchen Tälern hinunterblickte. Aber auch kein Dschungelland wie die Küsten von Amerika, zu denen wir bald gelangen würden. Dieses Land war keiner anderen Gegend ähnlich, die ich kannte. Diese Inseln ... wie waren sie nur? Ich suchte nach etwas Vergleichbarem, aber vergeblich. Es waren Inseln – sonst nichts, ins Meer gestreute, verlorene Inseln, gerade recht als Ausgangspunkt für den großen Flug.

Für uns zumindest bedeuteten sie das und nichts anderes. Hatten wir nicht auf der Karte, in die sie fein säuberlich eingezeichnet waren, den Finger gerade auf den Hafen gelegt, der jetzt unter uns lag? Waren wir uns nicht wie Götter vorgekommen, die mit der Welt schalten und walten können, wie sie wollen? Hier, hatten wir gesagt, wollen wir landen, wieder auftanken und dann auf direktem Kurs nach Südamerika weiterfliegen. Und auch jetzt fühlten wir uns noch wie Götter, als wir aus der gewaltigen Höhe hinabschauten auf die zerklüftete Küstenlinie, auf die winzigen glitzernden Wellen dort unten, auf die schaukelnden Boote, auf die den halbmondförmigen Hafen von Porto Praia umsäumenden gelben und rosa Puppenhäuschen. Dort unten lag unser Ziel. Unser Treibstoff wartete auf uns in einem jener bunten Häuser, die nicht größer aussahen als kleine Steinchen.

Aus unserer olympischen Höhe begannen wir in Schleifen hinabzufliegen; es war, als atme der Motor im Hinabgleiten leichter; die Luft pfiff in den Verspannungen. Praia war gar keine kleine Stadt. Einige Straßen führten zum Strand hinunter, aber der größte Teil der Stadt lag etwas zurück auf einer den Hafen überragenden Anhöhe. Der in der Mitte liegende Hauptplatz, von geraden Baumreihen grün umsäumt, war deutlich zu erkennen. Der Hafen war groß, aber nicht geschützt; die Wellen schlugen bis zum Ufer hinauf. Was wir von weiter oben für sanftes Gekräusel gehalten hatten, waren in Wirklichkeit mächtige Wogen. Kein Wunder, daß die Boote hin- und hertanzten.

Allerdings gab es heute auch ziemlich starken Wind. Unser Flugzeug bockte wie ein ungestümes Pferd, als wir über der Stadt kreisten und uns dann wieder dem Meer zuwandten. Wir wurden ordentlich durchgeschüttelt. Vielleicht war es mit uns doch nicht soweit her. Vielleicht waren wir gar keine allmächtigen Götter, die auf dem Rücken des Windes nach Gutdünken dahinsausen konnten. Vielleicht war unsere Maschine statt dessen nur ein winziges Stückchen Baumrinde, das in der Luft wie auf der Oberfläche eines stürmischen, wildbewegten Meeres hin- und hergeschleudert wird.

Dies Flugzeug erschien mir wieder einmal mehr als ein lebendes Wesen, das einen eigenen, sehr ausgeprägten Willen hatte. Jetzt fiel es ihm ein, in eine Kurve zu fegen wie ein scheu gewordenes Pferd, das im Begriff ist, durchzugehen; dann wieder weigerte es sich ganz einfach, die nächste

Kurve zu nehmen, störrisch und bockbeinig. So kreisten wir lange über dem Hafen von Porto Praia, bemüht, das Flugzeug in den schnellen Kehren in Zaum zu halten, in den langsamen sozusagen anzufeuern. Und dabei sahen wir die Brandung dort unten unermüdlich den steinigen Strand hinanrollen und langsam wieder zurückweichen, sahen die langgestreckten Wogen wie Schatten über das Wasser gleiten, dunkel werden, vereint gegen das Ufer anstürmen und sprühend zerstäuben.

Und hinter ihnen immer neue … immer neue, ohne Ende, in ewigem Gleichmaß.

Nie würden wir hier landen können, zumindest heute nicht, solange dieser Wind nicht zur Ruhe kam. Vielleicht an einem windstillen Tag …

Mein Mann öffnete die Drosselklappe. Wir schossen empor, von der Bucht weg, die Küste entlang. Vielleicht ein anderer Hafen, eine geschütztere Bucht …

Ein paar Minuten später waren wir über einem winzigen Einschnitt in der felsigen Küste, in dem sich eine kleine Ansiedlung befand, eine aus Beton gebaute Mole, ein Hangar, mehrere Schuppen und zwei Funktürme – der französische Transatlantik-Flughafen. Die schmale Wasserzunge zwischen zwei Felsvorsprüngen war nicht breit genug zum Landen, würde aber guten Schutz gegen den Wind bieten, wenigstens solange er aus dieser Richtung wehte. Wir könnten außerhalb der Bucht landen und dort über Nacht ankern. Jedenfalls war es sehr beruhigend, das breite Dach und das große offene Tor eines modernen Hangars, die Betonmole mit einem großen Kran am äußersten Ende, die sauberen weißgetünchten Häuser und die beiden hohen Funktürme vor Augen zu haben. Hier war unsere Welt, die Welt der Luftfahrt. Hier war technische Sicherheit. Hier war Zivilisation – aber erst mußten wir hingelangen …

Wo landeten wohl die französischen Flugzeuge? In der Nähe des Flugzeugstützpunktes war keine Möglichkeit zu wassern. Gingen diese Flugzeuge auf dem offenen Meer nieder? Aber diese mächtigen Wellen! Allerdings ... immer war es ja sicher nicht so stürmisch. Heute ging die See infolge des Windes besonders hoch, sogar hier auf der Leeseite der Insel. An einem ruhigen Tag konnten sie wahrscheinlich ohne Schwierigkeit unter dem teilweisen Schutz einer dieser Buchten wassern.

Uns blieb vermutlich auch nichts anderes übrig als das Vorgebirge und dann in einem großen Kreis den Hangar und die Funktürme zu überfliegen, uns dann bis ganz nahe an die unregelmäßige Oberfläche des Meeres hinabzulassen und längs der Küste nach einer Wasserfläche zu suchen, die glatt und ruhig genug zum Landen war.

Immer im Kreis herum ... hoch hinauf und über das Vorgebirge hinweg ... mit Schleudern und Stoßen quer über die enge Bucht ... jäh hinab zum Meer ... kehrt gemacht und in den Wind hinein. Dann lagen wir förmlich auf dem Wasser, berührten beinahe die riesigen Wogen. Wie ein einziger langer Atemzug, dieses Schweben die Küste entlang; jede einzelne Bucht prüften wir, mit jeder einzelnen beschäftigten sich sehnsüchtig unsere Gedanken. *»Dich, dich wähle ich ... in einer Sekunde ... gleich ... gleich ... dich ... aber noch nicht ... noch nicht ... noch nicht ... noch nicht ... nein.«* Dann das Brüllen des Motors, als die Maschine landeinwärts wieder an Höhe gewann, um erneut zum Meer hinabzustürzen – und abgefangen wurde, wieder abgefangen ...

O Gott, was für ungeheure Wogen, dachte ich, als wir die Schaumkämme beinahe streiften. Es war hier schlimmer als in Madeira, und dort hatten wir schon nicht landen können ... mußten bis Las Palmas weiter. Würden wir heute zurück müssen ... nach Afrika? Damals in Madeira hätte es allerdings, auch wenn uns eine Landung gelungen wäre, keine Hilfe für unser Flugzeug gegeben. Hier aber würde alles in schönster Ordnung sein, wenn wir bloß hinunter könnten.

Diesmal ... vielleicht. Beinahe ... beinahe ... beinahe, mit jeder Sekunde sank die Maschine tiefer an die Wogenkämme heran. Nein ... der langgezogene Atemzug des Motors wurde wieder zum Gebrüll. Hinauf über das Vorgebirge schwang sich das Flugzeug, schraubte sich in die Luft, sein wahres Element. Hier oben war es ein König, ein Gott, über alles erhaben, brauchte nicht um Gunst zu betteln ... hier nicht ... erst unten wieder über dem Meer.

Diesmal werden wir landen, so glaubte ich, und hielt den Atem an, während wir über den Wellen schwebten. Ja, wir hatten sie berührt. Nein, wir waren in der Luft. Krach. Ja, wir waren an eine Woge angeprallt. Zurück in die Luft. Was für ein Sprung! Der Motor brüllte, knatterte wild. Ich wartete auf den zweiten Stoß. Jetzt! Klatsch ... klatsch ... klatsch ... klatsch ... hörte das denn nie auf! Ja, wir waren unten. Wir waren gelandet. Aber was für eine Landung ... waren die Schwimmer gebrochen? Doch unten waren wir ... und jetzt ...

Wir drehten uns um, um die Bucht sehen zu können. Sie lag hinter uns. Die Welt, die sich noch vor ein paar Sekunden vor unseren Augen ununterbrochen verändert hatte, war nun zur Ruhe gekommen. Jetzt sahen wir nicht mehr Dutzende von Buchten unter uns vorbeiziehen, nicht mehr Buchten und Vorgebirge und Meer einander in ununterbrochenem Wechsel ablösen. Nein, wir waren hier, nicht mehr frei in der Luft. Diese eine, diese ganz bestimmte Bucht hatte uns aufgenommen, hielt uns fest. Noch vor ein paar Minuten war sie ohne besondere Bedeutung gewesen, eine Bucht unter vielen, die wir zum Wassern hätten wählen können, in einem Gewirr von Klippen, Bergen,

Buchten und Wogen. Nun waren die anderen alle verschwunden, nur diese eine, ausschlaggebende, war geblieben. Sie war jetzt unsere Welt, diese Bucht mit ihrem Strand und ihrer Brandung, dem großen Riff drüben bei dem Vorgebirge, das den Eingang zum Hafen bewachte. Hier mußten wir bleiben.

Gewiß, wir bewegten uns, aber unsere Bewegung war nicht frei und leicht wie in der Luft. Sie war das Teilchen eines sich in unveränderlichem Gleichmaß um uns her bewegendem Ganzen. Der Motor lief eintönig, nahezu im gleichen Takt. Der Wind brauste, immer aus der gleichen Richtung kommend, an unseren Ohren vorbei. Die Wellen brachen sich aufschäumend an den Klippen, rollten zurück, stürmten aufs neue an. Das Flugzeug hob und senkte sich im gleichmäßigen Rhythmus der hohen Wogen und trieb langsam zurück, die Küste entlang.

Ein Knattern des Motors. Der Rhythmus war unterbrochen. Unser Flugzeug schwankte heftig, zuerst neigte sich der eine Flügel, dann der andere fast bis zu den Wogenkämmen hinab. Schwerfällig, unsicher versuchte es weiterzukommen. Und der Wind kam nun von der Seite, trieb uns dem Ufer zu, denn unser Seitenruder richtete nichts mehr gegen ihn aus. Auf diese Art mußten wir mit der Zeit gegen die Felsen am Eingang der Bucht geschleudert werden.

Nein, so ging es nicht. Wir drehten, nahmen wieder Richtung auf das offene Meer. Dorthin mußten wir zurück und einen neuen Versuch machen.

Ich warf einen Blick auf unser ersehntes Ziel. Es waren nur ein oder zwei Häuser und ein paar Hütten dort, aber ... der Hangar, die Mole und die Funktürme!

Da, auf einmal sahen wir ein kleines Boot auf uns zukommen, von zwei Negern gerudert. Ein dritter Mann stand aufrecht im Boot und gab ihnen Weisungen ... ein

Weißer mit einem Tropenhelm auf dem Kopf. Er schwenkte ein Megaphon und rief uns etwas zu. Wir konnten jedoch nichts verstehen, weil das Brausen des Windes jeden anderen Laut übertönte. Aber das machte nichts, wir winkten und machten Zeichen mit unseren Armen. Ja ... wir wollten in den Hafen kommen. Ob sie uns dabei behilflich sein könnten? Ein Tau ...? Ein Seil?

Mein Mann kletterte zu den Schwimmern hinunter, um die Befestigung des Taues vorzubereiten. Ich hielt das Flugzeug gegen den Wind. Das Ruderboot kam näher. Man warf uns ein Tau zu. Es erreichte uns nicht; der Sturm trieb es von uns weg. Ein zweiter Versuch ... jetzt hatten wir es! Die Männer im Boot ruderten aus Leibeskräften gegen den Wind; aufschäumendes Wasser sprühte uns ins Gesicht. Aber das Boot kam nicht weiter. Wir alle waren in den wild wogenden Wellen der engen Hafeneinfahrt gefangen. Doch immerhin ... wir trieben nicht mehr hilflos die Küste entlang. Das angespannte Tau, das kleine Ruderboot, die sich in gleichmäßiger Anstrengung zurückbeugenden Neger – das alles half, uns vom Ufer wegzuhalten.

Bewegten wir uns überhaupt vom Fleck? Es war, als kämen wir gar nicht weiter, denn der Wind zog das Flugzeug in eine Richtung, das Boot in eine andere. Ich blickte zum Kap seitlich von uns und bemühte mich, irgendeine Veränderung festzustellen. Ich beobachtete ein zerklüftetes, in die weißanstürmende Brandung hinausragendes Riff. Und dort drüben auf der anderen Seite? Ja, jetzt rückte der Felsvorsprung beim Eingang zur Bucht weiter zurück. Langsam wurde er kleiner ... verschwand allmählich. Wir bewegten uns!

Als wir erst einmal in der Bucht waren, wurde es besser. Der Meeresspiegel wurde glatter. Unser Flugzeug schaukelte nicht mehr wild hin und her, sondern bewegte sich mit jedem Ruderschlag ein kleines Stückchen vorwärts;

das Wasser plätscherte jetzt ganz friedlich um die Schwimmer unseres Flugzeugs. Die gegen die Klippen anstürmende Brandung lag hinter uns. Es war plötzlich sehr heiß und sehr still. Nur der Wind klang an unser Ohr, gedämpft und fern wie das Rauschen in einer Muschel. Wir warfen unseren kleinen Anker aus. Das Seil klatschte im Zickzack auf das Wasser auf und verschwand. So ... genug ... jetzt hatte der Anker sich im Meeresgrund festgehakt. Schlaff schlängelte sich das Seil wieder an die Oberfläche. Wir lagen vor Anker.

Ein Transatlantik-Flughafen

Das Ruderboot kam näher an uns heran; jetzt, da sie nicht mehr gegen den Wind anzukämpfen hatten, ließen die beiden Neger ihre Ruder nur noch leicht ins Wasser gleiten. Ihre Gesichter glänzten, von Schweißperlen bedeckt; ihre zerrissenen Hemden klebten zerknittert an ihren feuchten Rücken. Mit unbewegtem, gutmütigem Ausdruck blickten sie auf das Flugzeug, während ihre Ruder leichte Kreise in dem sich ruhig kräuselnden Wasser zogen.

Der Mann mit dem Tropenhelm schwankte ein wenig, als er nun zum Bug des Bootes ging, um sich uns besser verständlich zu machen. Auch sein blasses, dickes Gesicht war von Schweiß bedeckt. Er hatte einen braunen, zerlöcherten und unter den Armen arg verschwitzten Sweater an; seine plumpen weiten Hosen wurden von einem Gürtel gehalten, der den dicken Bauch zu eng umspannte.

»Monsieur«, begann er mit einem dünnen Lächeln. Französisch, natürlich. Ich mußte übersetzen. Ob das Flugzeug hier gut liege? »Bien amarré?« Ob wir an Land gehen wollten? Wenn ja, was sollte mit unserem Gepäck geschehen? Die Boys würden es nehmen. (Die Boys fuhren fort, freundlich lächelnd das Flugzeug zu betrachten und ihre Ruder leicht ins Wasser zu tauchen.)

Vorläufig nicht, antworteten wir. Der Hafen sei zu eng, um das Flugzeug, nur durch einen einzigen Anker gesichert, hier liegen zu lassen. Wenn der Wind umschlage, könne es gegen die Felsklippen getrieben werden. Man müsse es auf drei Seiten festmachen, wenn es sich nicht vom Fleck rühren solle.

»Eh bien«, er wolle sehen, ob ein zweiter Anker vorhanden sei. »Madame«, wandte er sich aufs neue an mich, »pardon ... Sie werden entschuldigen, daß ich so aussehe ... ich habe hohes Fieber ... ich bin gerade erst aus dem Bett aufgestanden.«

Ich blickte in sein müdes, abgespanntes Gesicht unter dem Helm. Der Mann schien bleich trotz der sonnengebräunten Hautfarbe. Unter seinen Augen bildete das Fleisch schwammige Wülste. Er sah wirklich sehr krank aus. »Das tut mir aber leid«, sagte ich ziemlich erschrocken. »Hätten Sie nicht lieber im Bett bleiben sollen?«

Er verzog das Gesicht. »Mais non, Madame. Ich habe hohes Fieber ... bin gerade erst aufgestanden. Aber das macht nichts ... wirklich nicht ... ich lege mich gleich wieder hin, wenn alles erledigt ist.«

Fieber, natürlich ... die afrikanische Küste, Gelbes Fieber, Malariagegend. Welche Art von Fieber mochte der Mann wohl haben? Besser nicht fragen ... warten, bis wir an Land waren.

Ein großer, rostiger Anker wurde hervorgeholt. Ja, es ging. Wir verankerten das Flugzeug doppelt und machten es mittels eines Seils an einem Felsvorsprung fest. Jetzt, von drei Seiten gesichert, konnte ihm nichts mehr geschehen, was immer auch dem Wind zu tun einfiele. So, jetzt wären wir bereit, an Land zu gehen. Nein, unser kärgliches Gepäck wollten wir vorläufig hier lassen. Wir schlossen alle Öffnungen und kletterten auf die Schwimmer hinunter. Die glänzende Oberfläche des roten Flügels war schon heiß von der glühenden Sonne. Das Ruderboot ächzte leicht, als wir hineinsprangen und gegen den Wind dem Ufer zusteuerten.

Die Betonmole glitzerte unerträglich weiß und blendend in der Sonne. Sie warf ihren Schatten auf den kleinen Strand, dem wir zuruderten. In diesem Schatten standen zwei Gestalten, ein großer Mann und ein Mädchen. Ich schützte meine Augen mit der Hand und blickte zu ihnen hinüber. Beide waren sie jung, und beide trugen sie Tropenhelme. Der Mann war ein Neger. Nein ... vielleicht doch nicht. Er hatte feingeformte Züge, ganz anders als die breiten, derben Gesichter der beiden Boys. Aber er war sehr dunkel, seine Haut schimmerte beinahe ins Dunkelblaue. Und so lang und hager war er, daß sein gutgeschnittener, sauber gebürsteter Anzug traurig schlotternd an ihm herunterhing wie an einem Kleiderbügel. Es sah so aus, als stecke kein Mensch von Fleisch und Blut unter diesen Kleidern, sondern nur das Gerippe einer Vogelscheuche.

Auch das Mädchen war dünn und trug einen plumpen Tropenhelm, der wohl ursprünglich für einen Mann bestimmt gewesen war; er war zu groß und lastete schwer auf dem hübschen, blassen Gesichtchen. Ein dünnes Baumwollfähnchen flatterte, von einem leichten Luftzug bewegt, schlapp um ihre nackten braunen Beine; in den Sandalen steckten magere, staubbedeckte Füße.

Als das Boot knirschend auf den mit kleinen Steinchen bedeckten Strand auflief, kam das Paar näher.

»Monsieur Lindbergh, willkommen!« (Oh, der Mann sprach Englisch, wenn auch mit stark französischem Akzent!) »Ich bin hier der von der Direktion der Gesellschaft eingesetzte Chef ... und das ist meine Frau ...« Sie lächelte ein wenig scheu unter dem großen Helm hervor. Sehr hübsch war sie mit ihrem schwarzen, gelockten Haar und den dunklen, verträumten Augen ... Eine Mulattin vielleicht, dachte ich. »Wenn wir etwas für Sie tun können ... ich habe telegraphische Anweisungen aus Frankreich erhalten ... bitte ...« Er machte eine leichte Verbeugung, und seine magere Hand, die auf das offene Tor der Flugzeughalle wies, wollte offenbar ausdrücken, daß uns hier alles zur Verfügung stehe.

»Sehr liebenswürdig ... vielen, vielen Dank«, sagte mein Mann, »wir würden gerne über Nacht hier bleiben, wenn es geht. Ihr Mechaniker hat uns schon sehr geholfen ...« Mein Mann blickte sich rasch um, aber der dicke Franzose war verschwunden. Er hatte im Schatten des Hangars Schutz vor der Sonne gesucht. Das Fieber, fiel mir ein.

»Für den Augenblick ist unser Flugzeug hier gut verankert«, fuhr mein Mann fort, »aber der Hafen scheint mir bei hohem Seegang zu wenig geschützt. Gibt es hier um diese Jahreszeit Stürme?«

Der dunkelhäutige Mann beugte sich eifrig, aber einigermaßen verwirrt vor. Mein Mann begann aufs neue: »Wo bringen Sie die französischen Flugzeuge unter? Heben Sie sie mit dem Kran und schaffen sie dann in den Hangar?«

Die Gesten des »Chefs« ließen unbegrenzte Dienstbereitschaft erkennen, gleichzeitig aber drückte seine Miene angespannteste Aufmerksamkeit aus, so als bemühe er sich, einen von sehr weit her an sein Ohr dringenden Laut zu vernehmen. Er hob die Hand an den Mund, um ein nervöses Hüsteln zu unterdrücken.

»Sie sprechen Französisch? Je ne comprends pas, Madame!« Sein schmales Gesicht war jetzt mir zugewandt.

»Mein Mann fragt«, begann ich mühsam zu übersetzen, »ob es möglich wäre, das Flugzeug aus dem Wasser und in den Hangar zu schaffen?« Wir zeigten gleichzeitig auf den großen, schwarzen Kran über uns.

»Mais oui, certainement, Madame.« Langsam gingen wir den Strand hinauf.

»Frage ihn«, sagte mein Mann, »ob sie Schäkel zum Heben unserer Maschine haben.«

»Aber ich weiß nicht, was Schäkel auf französisch heißt ... habe nicht die leiseste Ahnung ... Monsieur, avez-vous des choses ...«

»Comment?« Der Mann schaute immer verwirrter drein.

Wir versuchten uns durch Handbewegungen verständlich zu machen und zeigten auf das Flugzeug. Wir hoben mittels hufeisenförmiger, nur in unserer Phantasie vorhandener Kettenringe, eben der Schäkel, ein gleichfalls bloß vorgetäuschtes Flugzeug aus dem Wasser. »Vous comprenez, Monsieur?«

»Ah ... les manilles.« (Er hatte verstanden und lächelte. Zweifellos war er eifrig bestrebt, uns zu helfen.) »Wir wollen suchen ... im Hangar.« Er wies auf die große Halle. Unsere Füße rutschten knirschend über die losen Steinchen am Strand.

Der Zementstreifen, der vom Tor der Flugzeughalle zur Mole ging, war durch die unbarmherzig niederstrahlende Sonne glühend heiß geworden. Die vom Wind herübergewehten rötlichen Sandkörner und Steinchen hatten die glatte Oberfläche rauh gemacht. Der Kran selbst mit seinem langen Ausleger und den dreieckigen Stützen war in einem über den Pier emporragenden Betonsockel fest verankert. Der große Lasthaken schwang frei über dem Wasser. Ein Drahtseil baumelte lose an der Sockelwand herab, und in den Rissen im Beton wuchs allerlei Unkraut.

Ich hob den Arm, um mich vor der Sonne zu schützen und mein Haar, das mir der Wind ins Gesicht blies, zurückzustreichen. Mein Kopf fühlte sich ganz heiß an. Wir gingen rascher, um in den kühlen Schatten des weit offenen Hangars zu gelangen. Endlich kein Wind mehr! Die Stille, die uns hier drinnen plötzlich umgab, war mehr als nur das Aufhören des Windes. Eine körperliche Stille war es, körperlich spürbar wie die Kühle eines grünen Blätterdaches unter tropischer Sonne, die Stille eines ruhenden Wassers abseits des brausenden Gebirgsflusses. Wir atmeten tief auf und schauten uns um.

Auf den ersten Blick bot die Halle den gewohnten Anblick irgendeines großen Hangars in der Heimat. Das gleiche Netzwerk der Stahlkonstruktion über uns; die gleichen gerippten Wände, gleichmäßig mit eisernen Trägern gespickt ... für mich lauter Kennzeichen eines zweckmäßig ausgerüsteten modernen Flughafens.

Und doch war die Halle merkwürdig anders, als die, die wir kannten. Etwas fehlte ... wozu all diese modernen Einrichtungen? Wozu die vielen technischen Hilfsmittel? Welchem Zweck dienten sie? Denn ... dies war das Merkwürdige an dieser Flugzeughalle: auf dem Betonboden stand kein einziges Flugzeug; nirgendwo gab es auf Leitern herumkletternde, an Motoren herumklopfende Arbeiter; es fehlten der Lärm und die Geschäftigkeit einer Reparaturwerkstatt; man sah keine Motoren auf der Werkbank, keine Propeller an den Wänden.

Trotz seiner modernen Konstruktion glich das still und tot daliegende Gebäude einer großen, leeren Scheune.

In einer Ecke befand sich auf einem Holzgestell ein altes Motorboot, das offenbar früher einmal dazu benutzt worden war, die ankommenden Flugzeuge ins Schlepptau zu nehmen. Im Hintergrund stand, halb mit Segeltuch zugedeckt, ein kleiner Traktor. Auf dem Boden lagen zusammengerollt verrostete Ketten und Drahtseile umher, ferner ein paar alte Ölkannen und leere Fässer.

Der Franzose lehnte an einem der Fässer, als wir eintraten. Er kam uns entgegen und blickte uns fragend an.

»Monsieur ... wir sind auf der Suche nach ...« Wieder versuchte ich, mich französisch verständlich zu machen. Handbewegungen erläuterten meine Worte.

Der Franzose gab pantomimisch seinem Zweifel Ausdruck. Immerhin wollte er einmal nachsehen ... Er ging in den Hintergrund des Hangars, hob die rostigen Ketten auf und ließ sie klirrend wieder fallen. Dann ging er zur Hintertür hinaus, kam wieder herein und ging wieder hinaus. Geduldig warteten wir im kühlen Schatten und lauschten dem Wind, der draußen rauschte, leise, pausenlos und beharrlich wie ferner Wellenschlag. Unsere Blicke folgten den Steinchen und Sandkörnchen, die einander auf dem Betonstreifen in der glühenden Sonne unermüdlich jagten ...

Noch immer standen wir wartend da; unsere Augen, müde geworden von dem grellen Weiß der Mole, der Wasserfläche dahinter, den glänzenden Farben des im Sonnenlicht schaukelnden Flugzeugs, suchten Erholung in der schattigen Kühle der Halle; alles hier, der Traktor, regungslos in seinem dämmerigen Winkel, das müßig daliegende Motorboot, die Ketten, die Fässer ... alles hier wartete ... wartete. Die junge Frau stieß mit dem Fuß einen Stein über den Betonboden; er rollte durch das dämmerige Halbdunkel in die Sonne, die in einem scharfen Winkel durch das offene Hangartor fiel. Als sie merkte, daß wir ihr zusahen, lächelte sie matt und freundlich.

Ah ... da kam der Mann wieder, keuchend vor Anstrengung. Er hatte Schäkel gefunden. Doch nein, sie waren zu schwach. Niemals könnten sie das Gewicht des Flugzeugs aushalten. Ob er keine anderen habe? Er zuckte die Achseln und blickte suchend die kahlen Wände entlang. »Il n'y en a pas«, sagte er entmutigt, doch immer noch die leeren Wände absuchend, »vielleicht in der Stadt ...«

Wir wandten uns an den langen »Chef«.

»Certainement, Madame, in Praia werden wir welche bekommen. Dort gibt es eine Reparaturwerkstatt ... Wir können jemanden hinschicken.«

Plötzlich hielt er, auf ein leises Wort seiner Frau hin, im Sprechen inne. Ihr teilnahmsloses Gesichtchen hatte sich erhellt. Lauschend stand sie da. Wir alle hörten auf zu sprechen. Zuerst glaubte ich, es sei nur der Wind, der noch immer an unser Ohr drang, als rollten Wogen in gleichen, unaufhörlichen Reihen an unser Ohr, so, als ob Hunderte von Steinchen an den Strand geschwemmt würden. Doch nein, etwas anderes tönte nun in dieses langgezogene Seufzen hinein, ein tieferer, härterer Laut, das Geräusch eines bergauffahrenden Autos. Wir traten vor das Tor und sahen zu dem Hügel hinüber, die staubige Straße entlang, die an drei oder vier kleinen weißgetünchten Hütten vorbeiführte und jenseits einer Kurve unseren Blicken entschwand. Ein paar Hühner kamen gackernd aus den Hütten gelaufen. Einige Negerinnen schleppten sich die steile Straße hinauf, von einem Auto aber war nichts zu sehen. Doch ja – jetzt erhob sich über den Ziegeldächern eine kleine Staubwolke.

»Dort ... ein Wagen!«

Gleich darauf wurde er sichtbar. Er holperte um die Kurve herum, in Staubwolken gehüllt; erschreckt stoben die Hühner nach rechts und links auseinander. Am Fuß des Hügels, bei der Mole, brachte der Fahrer das Auto jäh bremsend zum Stehen. Die Staubwolke fegte an uns vorbei. Wir duckten uns, um ihr auszuweichen, und bedeckten unsere Gesichter mit den Händen.

Als wir wieder aufblickten, bemerkten wir, daß der Wagen unter der Staubdecke glänzte und gut gepflegt aussah. Am Kühler war ein amtliches Abzeichen angebracht; am Steuerrad saß ein livrierter Chauffeur. Ein portugiesischer Beamter stieg aus dem Wagen und klopfte sich den Staub von der Uniform. Der Gouverneur in Praia hatte ihn gesandt. Er trat auf uns zu, schlug die Hacken zusammen und verbeugte sich. Dann schüttelte er meinem

Mann, mir, dem »Chef« und dessen Frau die Hand. Der französische Mechaniker war wieder verschwunden. Ob er wohl zu Bett gegangen war?

Der Beamte unterhielt sich zunächst auf portugiesisch mit dem »Chef«. Endlich wandte sich der »Chef« mit einem verlegenen Hüsteln an mich. »Madame, der Gouverneur heißt Sie willkommen ...«, begann er in französischer Sprache.

Ich übersetzte meinem Mann und wiederholte wie ein gelehriger Papagei die Worte, so wie sie an mein Ohr drangen, nur diesmal in englischer Sprache. »Der Gouverneur heißt Sie willkommen, er hofft, Sie in Praia begrüßen zu können. Er bittet Sie, seine Gäste zu sein. Ob er Ihnen mit etwas dienen könne? Auch möchte er wissen, wie es mit Ihren Papieren, Ihren Pässen, Ihrer Durchflugerlaubnis steht.«

»Ich lasse herzlich danken«, lächelte mein Mann, »sag dem Herrn, daß es uns eine Ehre sein wird, den Gouverneur zu besuchen. Wir werden ihm unsere Aufwartung machen, wann immer es ihm paßt ... außerdem bräuchten wir dringend Schäkel. Vielleicht könnten wir gleich jetzt mit dem Wagen hinfahren?«

Das alles wurde umständlich ins Französische und sodann ins Portugiesische übersetzt. »... um das Flugzeug aus dem Wasser zu heben.«

»O gewiß, gewiß. Am besten wäre es, Sie würden gleich mitfahren.« Der kleine uniformierte Herr wies höflich auf die Hintersitze des offenen Wagens. Der »Chef« sollte als Dolmetscher mitkommen.

Mein Mann warf einen raschen, etwas besorgten Blick auf die ungeschützte Bucht, auf die glänzenden Tragflächen unseres Flugzeugs, das sanft auf dem Wasser hin- und herschaukelte. »Solange der Wind nicht stärker wird, geht's, aber wenn ein Sturm losbrechen sollte ...« Er schaute zum Himmel auf. »Frag ihn«, bat er mich, »ob es hier Sturm vom Meer her geben kann.«

»Monsieur, on n'attend pas des orages de cette direction là?« Ich wies auf das Meer hinaus.

»Sturm vom Meer her?« Der »Chef« blickte ungläubig und beinahe beleidigt in die von mir angegebene Richtung. »Jamais!« erklärte er im Brustton der Überzeugung. »Niemals ... niemals ...«

»Wir brauchen dringend Schäkel«

Wir kletterten in den Wagen, der sich gleich darauf in Bewegung setzte und über lose, rutschende Steine und durch tiefausgefahrene Wagenspuren die steile Hügelstraße hinaufratterte. Auf der Höhe standen ein paar niedrige, aus Mörtel und rohem, rotem, vulkanischem Stein erbaute Hütten. Vor jeder Hütte, deren Vorderseite auf das Meer hinausging, war ein Gärtchen angelegt, das von einer niedrigen Mauer umgeben war, die eigentlich nur aus einigen aufeinandergelegten unbehauenen Vulkansteinen bestand. Ein paar Negerinnen streckten ihre Köpfe aus den mit Jalousien geschützten Fenstern, um uns vorbeifahren zu sehen.

Ein heftiger Ruck, wir waren oben. Ich drehte mich um, aber vom Hafen war nichts mehr zu sehen; die dichten Staubwolken, die wir aufgewirbelt hatten, nahmen uns jede Aussicht. Vor uns sahen wir nur kahles, welliges Land, bedeckt von losen Felsblöcken, vertrocknetem Gras und einem dornigen Klettergewächs. Hatte es die Sonne so rötlich-braun versengt, fragte ich mich, oder war es nur der Straßenstaub, der alles mit dieser rötlichen Schicht überzog.

Mit beiden Händen strich ich mein Haar zurück, das mir der Wind unausgesetzt in die Augen wehte. Es konnte nicht mehr sehr weit nach Praia sein. Heute morgen aus der Luft – war es wirklich erst heute morgen gewesen? mir schien das alles tagelang zurückzuliegen – hatte es ausgesehen, als lägen die beiden Buchten ganz dicht beieinander.

»Wie weit ist es bis Porto Praia, Monsieur?« fragte ich den »Chef«, der zu meiner Linken saß.

»Bis Praia ... mit dem Wagen? Oh, nur etwa eine halbe Stunde ... aber zu Fuß ist es ein weiter Weg.«

Ja, es mußte sehr mühevoll sein, den Weg in dieser Gluthitze zu Fuß zu machen, über diese nackten, vulkanischen Hügel und weiter durch dieses versengte, stachelige Gras. Und doch gingen Menschen diesen Weg. Barfüßige Neger in zerlumpten europäischen Kleidern, die große Körbe auf dem Kopf trugen, flüchteten aus dem von unserem Wagen aufgewirbelten Staub, als wir vorüberfuhren.

Wir lehnten uns zurück und machten uns auf eine lange und holprige Fahrt gefaßt. »Frag ihn«, sagte mein Mann, »um welche Jahreszeit die Flugzeugstation hier in Betrieb ist.«

Wieder wandte ich mich an den »Chef«.

»Die Flugzeugstation?« echote er. »Die Gesellschaft hat den Betrieb hier eingestellt.«

»Ach wirklich!« entfuhr es meinem Mann und mir gleichzeitig. Wir warteten auf nähere Erklärungen.

»Der Chef ist weggegangen.«

»Ja. Ich habe jetzt die Leitung übernommen. Früher war ich Funker, jetzt ... bin ich der Leiter.«

»Ach so!«

Also die Flugstation war außer Betrieb, und der Chef war gegangen. Warum nur, fragte ich mich. Schweigend saßen wir da und blickten auf die Straße hinaus. Holpernd fuhr der Wagen bergab; die Straße senkte sich in eine Schlucht hinunter. Hie und da tauchten jetzt verkümmerte Bäume auf. Ihre Wipfel waren alle nach einer Seite geneigt wie Seetang, wenn die Flut ihn trifft. Diese Bäume aber würden sich nie wieder aufrichten; für immer waren sie in diese qualvoll unnatürliche Form gebannt. Und daran trug natürlich der Wind die Schuld.

»Madame«, fragte mich der »Chef«, »werden Sie in Praia wohnen ... oder in der Nähe Ihres Flugzeugs, bei uns?«

»Wir bleiben bei unserer Maschine; wir bleiben immer bei unserer Maschine.« Nein, wir würden keinen Augenblick Ruhe finden, wenn wir unser Flugzeug in der offenen Bucht allein ließen. Noch bestand ja keine Gefahr, aber wenn der Wind stärker würde oder gar ein Unwetter losbräche … »Selbstverständlich bleiben wir beim Flugzeug!«

»Gut«, sagte der »Chef« mit einer leichten Verbeugung. »Natürlich werden Sie in *meinem* Haus wohnen … die ersten Flieger, die bei mir zu Gast sind, seit ich zum Chef ernannt wurde.«

Er hustete hinter seiner mageren dunklen Hand und schien sich sehr zu freuen. Wir alle lächelten und blickten wieder auf die staubige Straße hinaus. Ein paar Ziegen knabberten an dem stachligen Gras, kletterten gemächlich an den felsigen Abhängen empor … die einzigen Lebewesen bis auf die Bewohner der wenigen Hütten, an denen wir vorüberfuhren, mit ihren schadhaften, eingesunkenen Dächern, ihren Lehmböden. Ich machte mir beim Anblick dieser Wohnstätten Gedanken über das Haus des »Chefs«. Würde es ratsam sein, dort zu wohnen? Ob der kranke Franzose wohl auch dort schlief? War das Fieber gefährlich?

»Monsieur«, erkundigte ich mich nach längerem Nachdenken, »Ihr Mechaniker … er sagt, er habe das Fieber …«

»Das stimmt, er hat das Fieber«, nickte der »Chef« müde und fügte mit einer lässigen Handbewegung hinzu: »Aber nur das Fieber, das wir hier alle bekommen.«

Ich blickte unwillkürlich auf meinen Mann, dann auf die weißen Fingernägel des »Chefs«, auf den Rücken des vor mir sitzenden portugiesischen Beamten, auf die kahlen, vulkanischen Berge, auf die staubige Straße.

Schweigend saßen wir da, bis der Wagen einen Bergabhang hinunter in das Tal von Praia fuhr. Hier war die Straße rechts und links von Bäumen gesäumt, und immer mehr Hütten, um die Eingeborenen-Kinder spielten, tauchten auf. Der »Chef« nahm seinen Tropenhelm ab, strich sich über sein langes, schwarzes Haar und setzte den Helm wieder auf. »Wir kommen jetzt nach Praia«, erklärte er.

Frauen und kleine Jungen mit aufgedunsenen Bäuchen liefen aus den Häusern und starrten uns neugierig an. Die schmutzigen, armselig aussehenden Kinder waren beinahe nackt; ihre schwarze Haut glänzte in der Sonne. Die Frauen trugen zumeist eine »Bandanna« – das landesübliche rote Kopftuch –, einen zerlumpten Rock, Kittel aus Kattun und, um Hüften und Unterleib geschlungen, einen breiten Stoffstreifen, eine Art Gürtel. Was für ein seltsamer Platz für einen Gürtel, bis ich begriff, daß dieses Band sich gerade an der richtigen Stelle befand, um den Frauen, wenn sie schwanger waren, als Stütze zu dienen. Und die meisten Frauen, die ich sah, waren schwanger.

Wieder ging es ein Stück bergauf; dann fuhren wir in die eigentliche Stadt hinein, die auf einer Anhöhe über dem Hafen lag. Hierher folgte uns der Wind nicht mehr. Es gab hier richtige Bäume und sauber gelb- und rosagetünchte Häuser. Wir fuhren eine schmale, gepflasterte Straße entlang, die zu einem viereckigen, von grünen Bäumen umrahmten Platz führte. Vor einem langgestreckten Steingebäude hielt der Wagen. Und hier war es auf einmal ganz still. Kein Stoßen und Rattern des Wagens mehr, kein Wind, nur leises Rauschen in den Baumwipfeln über uns und das Krähen einiger Hähne aus einer der nächsten Straßen.

»Das Haus des Gouverneurs, Madame.« Ja, richtig, wir mußten aussteigen. Mein Haar war wirr und staubig, und auch meine Hosen waren mit dem feinen roten Staub bedeckt.

Wir kletterten aus dem Wagen. Eine teppichbelegte Treppe führte uns hinauf in einen großen Ballsaal, der bis auf ein paar vergoldete Stühle und ein einziges Sofa leer war. Der portugiesische Gouverneur trat ein. Er verbeugte sich und reichte uns die Hand. Ihm folgten seine Frau und seine Töchter, hübsche junge Mädchen mit rotgemalten Lippen, in leichten, kühlen Kleidern. Besorgt fragte ich mich, ob der rote Staub von meinen Hosen wohl das Brokatsofa beschmutzen würde.

Der Gouverneur sprach tadellos französisch. »Wollen Sie nicht bei mir in Praia absteigen?« erkundigte er sich.

Es war herrlich kühl und ruhig hier. Ich blickte auf die schattige Veranda vor den offenen Fenstern.

»Danke, Herr Gouverneur, aber wir müssen in der Nähe unseres Flugzeugs bleiben.«

»Das begreife ich natürlich. Aber bitte, nehmen Sie doch Platz.« (Wir setzten uns vorsichtig auf das Brokatsofa.) »Womit kann ich Ihnen dienen?«

Ein Diener brachte Champagner auf einem silbernen Tablett.

»Sie sind sehr gütig«, übersetzte ich die Antwort meines Mannes, »der Wagen hat uns schon vortreffliche Dienste geleistet. Wir brauchen jetzt nur dringend Schäkel ...«

»Schäkel?«

»Ja, um das Flugzeug aus dem Wasser in den Hangar zu heben.«

»Gewiß, gewiß, der Chauffeur wird Sie zu einem Laden fahren. Hoffentlich werden Sie dort finden, was Sie brauchen.«

Wir dankten ihm und verabschiedeten uns. Dann ging es wieder die teppichbelegte Treppe hinab und hinaus auf die heiße Straße; dann weiter zum Laden. Der »Chef« kletterte aus dem Auto, bückte sich unter der niedrigen Ladentür; vor dem Geschäft hingen Töpfe, Pfannen und, in Fischernetze gehüllt, Reihen viereckiger rosa Seifenstücke.

Er kam zurück, hustete in sein Taschentuch und berichtete: »Nein, er hat keine Schäkel, aber er läßt welche besorgen.« Ich übersetzte.

»Können wir sie nicht selbst holen?« Mein Mann beugte sich im Wagen vor und blickte die Straße hinunter.

Wieder fuhren wir durch eine enge Straße, steil abwärts dem Hafen zu. Der Wagen ratterte über das holprige Pflaster. Negerkinder beugten sich aus den Fenstern und brüllten, als wir vorüberfuhren.

Beim Haus des Hafenaufsehers blieben wir stehen. Es war sehr still; die Jalousien waren herabgelassen. »Nein, er ist nicht zu Hause, aber warten Sie, vielleicht ...« Ein kleiner Junge eilte in eine Seitengasse. Eine Jalousie öffnete sich klappernd. Wartend gingen wir die Straße auf und ab. »Kommen Sie, er ist hier.« Wir machten kehrt. »Da hinten ist er.« Ein Mulatte stand im Türeingang eines Hauses und guckte uns neugierig an.

»Nein, er hat auch keine Schäkel«, übersetzte der »Chef« nach einer längeren Unterredung mit dem Mann, »aber er sagt, sein Mechaniker kann welche zurecht machen. Es dauert eine Stunde ... nur *eine* Stunde.« Er hielt einen knochigen, langen Finger in die Höhe, um uns die Kürze der Zeit plastisch vor Augen zu führen. »Une heure seulement.«

»Das wird zu spät«, sagte mein Mann, den Kopf schüttelnd. (Die Nacht bricht in den Tropen viel plötzlicher herein als bei uns.) Das Haus gegenüber warf schon einen verdächtig langen Schatten; die Sonne stand bereits tief am Himmel. Wenn wir nicht vor Eintritt der Dunkelheit zurück sein konnten ...

»Gibt es Kabel ... Stahlseile?« fragte mein Mann.

»Un câble d'acier, Monsieur?«

»Un câble d'acier ... vielleicht ...«

Wieder begann eine große Diskussion in portugiesischer Sprache.

»Ja, vielleicht ... wir wollen in die Maschinenwerkstatt fahren. Es ist nicht weit ...«

Wir fuhren den steilen Hügel wieder hinauf; der Wagen schlängelte sich um enge Kurven zurück in die eigentliche Stadt. In einer glühendheißen Straße machten wir halt, schritten durch das Tor eines rosa Hauses in einen staubigen Hof und in die Werkstatt, einen garageähnlichen Raum, in dem Autobestandteile, Teile von Fahrrädern, ausgeleierte Federn, Ketten, Eisenabfälle und Hufeisen wirr durcheinander lagen. Vorsichtig bahnten wir uns einen Weg durch das Gewirr. Alles mögliche gab es dort, nur kein Kabel.

»Kein Stahlseil?«

Ein Mann, der in einer Ecke hämmerte, hielt in seiner Arbeit inne. Ein anderer Neger näherte sich dem »Chef«. Er hielt Drähte in der Hand, und die Männer fingen an, sich portugiesisch zu unterhalten.

»Nein, es ist kein Stahlseil da, aber er schickt seinen Gehilfen eins holen.« In der Tat hörte man jemanden durch den hinteren Eingang hinauslaufen.

»Könnten wir nicht gleich mitgehen?« Mein Mann schaute auf die Uhr. »Es ist schon ...«

»Aber nein, Monsieur; er kommt schon ... gleich wird er wieder da sein ...«

Wir warteten. Der Mann in der Ecke fuhr fort zu hämmern. Wir blickten auf den Amboß, auf das Eisenstück, das er formte. Wir blickten auf die Wände, auf eine Sense, auf eine ausgeleierte Feder, auf ein Rad. Ich begann die Speichen zu zählen wie die Blumenblätter eines Gänseblümchens. Ja ... nein, ja ... nein, ja, der Gehilfe würde mit einem Stahlkabel zurückkommen ...

Im Hintergrund der Werkstatt war ein Fenster, durch das ich hinaussehen konnte. Wir mußten sehr hoch sein, denn ich konnte unten ein Tal liegen sehen. Die braunen, kahlen Hügel ringsum glühten in einem seltsam roten Schein. War es die Spätnachmittagssonne, oder hatten die Hügel hier immer diese eigentümliche vulkanische Färbung, als seien sie von unterirdischen Feuern erhellt?

Aber jenseits der Hügel lag ein grünes Tal. Da gab es vom Wind bewegte Palmen und, in Reihen angepflanzt, Zuckerrohr und Kaffee. Teile dieser Insel müssen sehr schön sein, dachte ich; kühle Täler mit dem üppigen Grün tropischer Wälder; Eukalyptusbäume, deren lange Finger im Winde rascheln; Bambussträucher, hoch und kerzengerade aufragend, kühl wie von einem Springbrunnen herabplätscherndes Wasser; Berghänge, ganz bedeckt mit dem satten, dunklen Grün der Kaffeesträucher; enge Schluchten, das ganze Jahr von Bergbächen durchströmt.

Uns aber war es nicht bestimmt, in solcher Landschaft zu verweilen. Für uns gab es nur die nackten braunen Hügel, die ich da vor mir sah, die grauen, vom Wind gebeugten Bäume an den Abhängen, staubige Straßen, die hinabführten zu einer ungeschützten Bucht, und dann warten ... warten, bis der Boy zurückkam mit einem Stahlkabel, »un câble d'acier«, damit wir das Flugzeug aus dem Wasser in den Hangar ziehen könnten. Ja ... nein, ja ... nein, ja ... nein; nein, er würde kein Kabel finden.

Plötzlich hörten wir draußen das Klappern von Holzschuhen. Der Mann am Amboß hörte auf zu hämmern. »Er ist da.« Ein Neger hastete herein. Ja, er hatte ein Stahlkabel gefunden.

Mein Mann sah es sich an. »Es ist zu dick.«

Die Männer fingen an, gleichzeitig auf ihn einzureden.

Charles strich nachdenklich über das Kabel. »Aber es kann aufgedreht werden ... ja, zur Not wird es gehen.«

Wir eilten zum Auto hinaus. Eine große Menschenmenge hatte sich auf der heißen Straße angesammelt. Männer, Frauen und Kinder mit schwarzen, schweißglänzenden

Gesichtern. Auf dem Rücken der Frauen hingen Säuglinge, matt und kraftlos wie welkende Mohnknospen. Einige der Negerinnen balancierten Körbe auf ihren mit roten Bandannas bedeckten Köpfen. Sie hoben die Hände und winkten uns zu. Die Männer riefen etwas in gebrochenem Englisch. Wir bahnten uns den Weg durch die heißen, sich uns entgegendrängenden Körper. Dort drüben winkte etwas, das kein Arm war. Es war eine Klaue, die sich rhythmisch öffnete und schloß, inmitten all dieser schwarzen Hände. Ich blieb stehen und starrte dieses Etwas entsetzt, gebannt an. Es war ein abgerissener Hühnerfuß in der Hand eines kleinen Jungen, der vergnügt grinste, als er mein erschrockenes Gesicht sah.

Wir stiegen in den Wagen und traten die ermüdende Rückfahrt zu unserer Bucht an.

Wo sollen wir schlafen?

Der Nachmittag war schon weit vorgeschritten, als wir tief unter uns unser Flugzeug liegen sahen, bewegungslos trotz des noch immer wehenden Windes. Die Felsklippen gegenüber warfen bereits tiefe Schatten, und es war kühler geworden.

Der Mechaniker stand mit verschränkten Armen im Tor des Hangars. Wir zeigten ihm das Stahlkabel. Er schüttelte abschätzig den Kopf, wie um zu zeigen, daß er die Sache von Anfang an für hoffnungslos gehalten habe. »Keine Schäkel, wie?«

»Nein, keine Schäkel«, erklärten wir, »aber mit dem hier geht's auch. Man kann es aufdrehen.«

Er betastete das Kabel. »Gewiß, Monsieur, es wird gehen. Wir können es herrichten, aber das wird viel Zeit in Anspruch nehmen ... vielleicht ein oder zwei Stunden ...«

Mein Mann warf einen raschen Blick gen Westen. Die Sonne war bereits hinter dem Hügel verschwunden. Ehe wir mit der eigentlichen Arbeit beginnen konnten, würde es dunkel sein. Wieder sah er das Flugzeug an. Es hatte sich nicht von der Stelle gerührt, seit wir es verlassen hatten. Der Wind wehte noch immer aus der gleichen Richtung.

»Augenblicklich besteht keine Gefahr«, sagte Charles, »die Maschine ist gut verankert.«

»C'est bien amarré«, nickte der Mechaniker.

»Und wenn wir jemanden fänden, der unser Flugzeug über Nacht bewachen könnte«, überlegte mein Mann, »für den Fall nämlich, daß ein Unwetter käme.« Dann sagte er zu mir, nicht ohne Besorgnis: »Bitte, frag ihn noch einmal, ob er es für möglich hält, daß das Wetter umschlägt.«

»Change? Mais non, Monsieur.« Der Mechaniker öffnete weit die Arme und ließ sie dann sinken. »Hier ändert sich das Wetter nie ...«

»Also gut, dann wollen wir das Flugzeug über Nacht dort lassen; morgen früh können wir es heraufholen.«

»Demain matin, demain matin«, wiederholte der Franzose, nickte erleichtert und machte sich von dannen.

Mein Mann blickte auf die Wogen jenseits der Landspitze. »Ich glaube, ich werde hinausrudern und einmal nachsehen, wie es dort draußen aussieht.« Er sprang in das Ruderboot, legte die Ruder in die Dollen und stieß ab. Die beiden Neger nahmen unsere Bündel und schauten die Frau des »Chefs« fragend an.

Sie nickte, und wir machten uns auf den Weg zu dem höher gelegenen Bungalow des früheren Chefs. So werden wir also doch nicht im Haus des Ehepaares schlafen, dachte ich. Ich trug eine Stofftasche, in der sich Dokumente und mein Funk-Logbuch befanden und, an einem Riemen über die Schulter gehängt, meine Kamera.

Wir stiegen die holperige Straße hoch, die wir gerade vorher im Auto herabgefahren waren. Der Wind blies uns ins Gesicht, wehte mir das Haar aus der Stirn und aus den Augen. Aber es schien kein gewöhnlicher Wind zu sein. Es war etwas Körperlicheres als bloße Luft, etwas Bleibenderes und Umfassenderes als eine einzelne, über einen Hügel streichende Brise. Eher glich es einem großen Fluß, einer Woge, die den Hügel überschwemmte und die ganze Insel erfüllte. Und wir versuchten, gegen diese Woge, die uns mit sich riß, anzukämpfen. Der Wind war eine Gewalt, die jeden Schritt mühsamer und jede Last schwerer machte. Die Kamera drückte auf meine Schulter; meine Arme schmerzten vom Tragen der Tasche. Es war, als kämen wir überhaupt nicht voran. Lose Steinchen rutschten unter unseren Füßen und schlitterten hinter uns den Berg hinab.

Auf halber Höhe blieben wir schwer atmend stehen. Die Neger setzten die Bündel ab. Ich blickte zurück auf den in der Abenddämmerung ruhenden Hafen, auf meinen Mann in dem kleinen Ruderboot. Er war noch nicht am Flugzeug vorbei, hatte noch nicht einmal den halben Weg zur Hafenausfahrt zurückgelegt. Ich sah ihm zu, wie er sich rudernd beugte und straffte, beugte und straffte. Wie lange hier alles dauerte!

Wir stiegen weiter, an den kleinen Hütten und steinumzäunten Vorgärten mit den hinein- und herauslaufenden Hühnern vorbei; dann bogen wir ab und folgten einem sich den Berghang entlang ziehenden Fußweg. Wieder blickte ich auf das von hier aus wie ein Spielzeug aussehende Ruderboot mit der unablässig rudernden Gestalt darin. Charles war jetzt am Flugzeug vorbei, hatte aber noch lange nicht das offene Meer erreicht.

Wir machten vor einem niedrigen Bungalow halt; die Neger legten die Bündel auf die Erde und starrten aufs Meer hinaus. Die Frau des »Chefs« schob die Türjalousie zur Seite und steckte einen verrosteten Schlüssel in das Schlüsselloch der dahinterliegenden Holztür. Aber die Tür wollte sich nicht öffnen lassen. Einer der Boys stemmte sich mit der Schulter dagegen. Nun sprang die Tür auf; der Luftzug ließ einige Papierblätter vom Fußboden aufflattern. Wir traten ein. Die Jalousie schlug zu.

Auf dem nackten Fußboden lagen Zeitungen herum. Französische Blätter, alt, vergilbt und staubig; ihre fetten schwarzen Schlagzeilen starrten zur Decke hinauf, wie sie wohl die ganze Zeit seit der Abreise des Chefs hinaufgestarrt hatten. Nichts von dem, was in diesen Zeitungen stand, war jetzt noch wichtig, dachte ich, weder die sensationellen Überschriften noch die fotografierten Gesichter, noch auch diese feierlichen Herren im Zylinder, die damals zu irgendwelchen Versammlungen eilten. Ich fragte mich, ob das alles für Porto Praia überhaupt jemals wichtig gewesen war ...

Die Frau des »Chefs« zog eine gesprungene, gelbe Jalousie hoch und öffnete die Fenster. Die Läden schlugen leise hin und her, und ein paar Fliegen, aus ihrer Ruhe aufgeschreckt, trommelten gegen die Fensterscheiben. Im Zimmer stand ein großes, mit einem fleckigen Laken bedecktes Bett, an der Wand ein schäbiger Sekretär, der nur noch drei Beine hatte. Der feine rote Sand war überall hin gedrungen. Die Frau des »Chefs« stemmte ihren Fuß gegen den schwankenden Schrank, zog eine Schublade heraus und suchte darin nach Bettzeug. Ich hob unterdessen die Matratze des Bettes hoch und untersuchte sie auf Wanzen. Aber es waren keine da ... nur Staub. Die Frau des »Chefs« zog das Laken ab und warf die Bettwäsche auf die bloße Matratze. Nun ging sie daran, die Leintücher auseinanderzufalten; unsere staubigen Hände hatten bereits dunkle, rötliche Flecke darauf hinterlassen. Die junge Frau hielt inne und biß sich ärgerlich auf die Lippen.

»Es ist so schmutzig«, seufzte sie und blickte mich wie um Verzeihung bittend an. Ob ich das übelnähme? Was ich nur davon dächte?

»Aber nein«, beruhigte ich sie, »das macht gar nichts ... wir werden hier ausgezeichnet schlafen.« Wir würden so müde sein, daß wir heute nacht überall schlafen könnten, davon war ich überzeugt.

Aber sie zögerte und blickte sich besorgt im Zimmer um, musterte die verstaubten Zeitungen auf dem Boden, die zerrissenen Vorhänge, die durch unsere Hände fleckig gewordenen Tücher. Dann schüttelte sie den Kopf. »Tant de poussière«, sagte sie, nahm die Bettücher und faltete sie wieder zusammen. »Es ist zu schmutzig ... viel zu schmutzig ... Sie müssen bei uns schlafen, in unserem Haus. Sie können unser Zimmer haben; das ist sauber. Kommen Sie ... wir wollen gehen ...«

Sie blickte durch das Fenster zu dem langgestreckten Bungalow auf dem Hügel jenseits des Hafens hinüber.

»Aber hier ist doch alles tadellos in Ordnung«, versuchte ich sie zu überzeugen. »Wir machen uns nichts aus dem Staub ... sehen Sie sich nur meine Kleidung an ... Außerdem können wir Ihnen nicht Ihr Zimmer wegnehmen. Warum sollen wir Ihnen soviel Umstände machen? Das hier genügt doch wirklich vollkommen.«

Sie blickte mich nur stumm an und schüttelte den Kopf. Vielleicht verstand sie mich gar nicht. Die Boys hatten schon die Bündel genommen. Was sollte ich tun? Was hätte mein Mann an meiner Stelle getan? Ich schaute zum Fenster hinaus in die zunehmende Dämmerung; das kleine Boot schaukelte gerade erst beim Ausgang der Bucht auf den Wellen. Wie lange das dauerte!

»Bitte«, sagte die junge Frau scheu, »Sie werden ja sehen ... jedenfalls müssen Sie bei uns essen, und dann werde ich Ihnen die Zimmer zeigen.«

»Also gut, nach dem Abendessen ...«, stimmte ich zu. Ich wollte sie nicht verletzen. Nach dem Abendessen konnten wir ja weiter darüber reden.

Aber wie sehr wünschte ich, es wäre schon »nach dem Abendessen«! Ich sehnte mich danach, mich auf das Bett dort zu werfen, ohne auch nur die Kleider abzulegen ... dazuliegen und zur kahlen Decke hinaufzustarren wie die Zeitungen auf dem Fußboden, die Tür ruhig hin- und herschlagen, die Jalousien klappern und den Wind draußen wehen zu lassen ... mich einfach hinzulegen und zu schlafen.

Statt dessen ging es wieder über rutschige Steine den rauhen Pfad hinab. Als wir am Fuß des Hügels ankamen, tanzte das kleine Boot noch immer in der Brandung bei der

Hafenausfahrt. Wir machten uns daran, den gegenüberliegenden Hügel hochzusteigen. Den Wind hatten wir jetzt im Rücken, aber immer noch fiel mir das Gehen schwer. Ich stieß mit der Zehe heftig an einen staubbedeckten Felsvorsprung und hätte beinahe meine Tasche mit den Dokumenten fallen gelassen. Mein Haar wehte mir in Augen und Mund, aber da ich keine Hand frei hatte, konnte ich es nicht zurückstreichen. Von Zeit zu Zeit drehte ich mich um und ließ mir den frischen Wind über das Gesicht wehen. Das kleine Boot war nun jenseits des Felsvorsprungs meinen Blicken entschwunden.

Endlich langten wir oben an und standen vor dem anderen Bungalow. Er war lang und schmal, auf beiden Seiten von einer niedrigen Veranda flankiert. Unter dem schattenspendenden Verandadach führte eine Anzahl von Türen in Zimmer, die früher von Angestellten der Fluggesellschaft bewohnt worden waren. Die Türen waren versperrt und die Jalousien geschlossen. Alle diese Kammern waren leer. Nur zwei Räume am äußersten Ende des Gebäudes wurden von dem »Chef« und seiner Frau bewohnt.

Wir stiegen die Stufen zur Veranda hinauf und öffneten die in ein kleines Zimmer führende Türjalousie. Ein großer Tisch nahm die Mitte des Raumes ein. An der Wand stand eine geräumige Anrichte, auf der Teller, Tassen und Untertassen, Konservenbüchsen, Zwiebackdosen und mehrere kleine Medizinflaschen aufgestapelt waren. Ein kariertes Tischtuch war schräg über den Tisch gebreitet. Mitten auf dem Tisch stand ein kleines, geripptes, mit Zahnstochern gefülltes Glas. Ein verblichenes, flachgedrücktes Kissen sollte den Korbsessel in der Ecke bequemer machen. Die Wände waren leer, an den Fenstern keine Vorhänge.

Der »Chef« saß am Tisch und machte Notizen auf linierten Papierbögen. Er sprang auf, als wir eintraten; die erklärenden Bewegungen seiner dunklen, mageren Hände baten gleichsam um Entschuldigung für die Enge des Zimmers; seine herzliche, weitausholende Geste deutete offenbar unbegrenzte Gastfreundschaft an.

»Bitte, übersehen Sie die Ärmlichkeit dieses Hauses«, sagte er hastig und entschuldigte sich hüstelnd: »Wir sind hier auf dem Land.«

»Aber gewiß ... gewiß, gewiß«, stammelte ich, »es ... es ist wirklich sehr liebenswürdig von Ihnen ...«

»Nein, nein«, sagte die junge Frau und schüttelte den Kopf, »es ist sehr armselig, aber ...« Sie beendete ihren Satz, indem sie resignierend die Augenbrauen hochzog, als wollte sie sagen: Aber was kann man da machen?

Sie schob einen Vorhang beiseite und führte mich in einen zweiten winzigen Raum, der bis auf ein breites Eisenbett völlig leer war. Eine Bettdecke hing auf beiden Seiten bis zum teppichlosen Fußboden herab. Die Decke war blendend weiß, das eiserne Bettgestell tiefschwarz. Stühle gab es nicht. Ich setzte mich auf den harten Bettrand; die Matratze war in der Mitte muldenförmig eingedrückt.

»Hier«, sagte die Frau des »Chefs«, »können Sie schlafen ... in unserem Zimmer.« Die Boys stellten die Bündel in eine Ecke und schlurften hinaus.

»Vielen herzlichen Dank«, erwiderte ich, »es ist sehr lieb von Ihnen, aber wir können Ihnen doch wirklich nicht Ihr Zimmer wegnehmen. Nun, jedenfalls will ich mit meinem Mann darüber sprechen ...«

Wie lange würde es wohl noch dauern, bis er käme? Wie lange bis zum Abendessen? Wie lange, bis wir schlafen gehen konnten? Schaukelte Charles noch immer in dieser Nußschale auf den Wogen vor dem Hafen herum, oder ruderte er schon in der rasch hereinfallenden Dämmerung gegen den Wind dem Ufer zu? Am liebsten wäre ich hier auf dem Bettrand sitzen geblieben und hätte mich nicht gerührt, bis mein Mann durch die Tür getreten wäre ...

»Ich bin hier Chef«

Wir saßen in dem kleinen Eßzimmer. Es war schon fast dunkel. Ein warmer Lichtschimmer durchdrang die Dämmerung unmittelbar vor der offenen Tür. Die Negerinnen bereiteten in der kleinen Kochhütte neben dem Haus das Abendessen. Ihre Schatten kreuzten hie und da den Lichtstreifen vor dem Haus, eine rasch vorüberhuschende Bewegung in der reglosen Stille.

Der »Chef« saß über seine Aufzeichnungen gebeugt; zuweilen trommelte er mit seinen langen Fingernägeln auf den Tisch. Seine Frau saß mit verschränkten Armen bewegungslos im Hintergrund des Zimmers. Sie war so still, daß man ihre Gegenwart vergaß. Ihre Haltung ließ erkennen, daß ihr der Begriff der Eile, der Ungeduld völlig fremd war. So in Warten versunken saß sie da, als sei dieses Warten ihr so selbstverständlich und vertraut wie Essen oder Schlafen. Die Füße um die Beine des geraden Stuhles geschlungen, saß sie da wie in Trance versunken; die Augen in ihrem unbewegten Gesichtchen starrten über die gebeugten Schultern ihres Mannes hinweg, durch die offene Tür, durch die hin- und herhuschenden Schatten ins Dunkle.

»Madame«, der »Chef« blickte von seiner Arbeit auf, »ist er noch immer draußen – Ihr Gatte?«

Ich beugte mich vor; der Korbsessel knarrte. »Ja, er sieht sich das Meer an ... Sie verstehen ... l'état de la mer –«

»L'état de la mer ...«, er schaute durch die offene Tür, »... aber das Meer ist immer gleich; der Wind hat nicht nachgelassen ...«

Ja, der Wind wehte noch immer. Die Nacht war hereingebrochen; die Sonne glühte nicht mehr erbarmungslos auf die weiße Mole, die heißen Wege herab; die Dämmerung war angebrochen, und bald umhüllte tröstendes Dunkel die armseligen Hütten, das verbrannte Gras, das an seinem Anker reißende Flugzeug. In der Dunkelheit waren die Staubwolken, die gebeugten Bäume, die peitschenden Wogen, die ziehenden Taue unsichtbar geworden. Und dennoch waren sie da. Auch jetzt rastete der Wind nicht. Unter dem Schutz der Dunkelheit wehte er noch immer, heimlich, beharrlich, während sich die Menschen in ihre Häuser zurückgezogen hatten, aßen und schliefen, und seiner vergaßen. Immer noch blies er, immer noch war er geschäftig, immer noch wehte er den Sand über den Beton der Mole, durch Fensterritzen und Türspalten; immer noch drückte er die Äste der Bäume nieder, zerrte an den Ankertauen, als sei er getrieben von einem unwiderstehlichen Muß. Eilt euch, eilt euch, schien er uns zuzuflüstern, als hätten wir nicht genug Zeit, um an die Orte zu gelangen, an die wir gelangen mußten ... nicht genug Zeit, um alle Arbeit zu tun, die zu erledigen war.

Nicht genug Zeit, dachte ich, wider Willen lächelnd, als ich mich nun in dem stillen Raum umsah, auf die junge Frau blickte, die bewegungslos mit verschränkten Armen in der Ecke saß, und auf den Mann, der mit den Fingernägeln auf den Tisch trommelte. Sich eilen ... wozu? Man hatte ja so unendlich, so unvorstellbar viel Zeit. Zeit, die man verschwenden durfte; Zeit, um auf den Tisch zu trommeln; Zeit, um auf die huschenden Schatten hinauszublicken; Zeit, um in einem Korbsessel zu sitzen und zu warten. Die Zeit zählte hier überhaupt nicht. Sie war stehengeblieben ...

Als ich so dasaß und den Wind in der Ferne rauschen hörte, stieg plötzlich beklemmende Angst in mir auf; ein

Gefühl, als sei es das Leben, das dort draußen an uns vorbeijage: ein mächtiger Strom, brausend, schäumend, sprühend; reiches, rasch dahinströmendes Leben gleich der erfüllten Zeit, den Monaten, die hinter uns lagen. Labrador, Grönland, Island, Spanien, die Azoren, Afrika; einstmals waren wir mit diesem Strom geschwommen, nun aber hatte er uns auf die Seite geschleudert. Wir waren hier, auf dieser Insel, im Brackwasser neben dem großen Strom gefangen; in einem Teich, auf dem tote Blätter und abgerissene Zweige langsam umhertrieben, immer rund herum, ohne weiterzukommen, ohne Aussicht, je wieder von der lebendigen Strömung ergriffen und einem Ziel zugetragen zu werden. Ein stehendes Wasser außerhalb der Zeit, ein Ort, wo man endlos steile Hügel hinaufstieg, endlos durch offene Türen ins Leere sah, sich endlos in einem schaukelnden Boot vorbeugte und wieder aufrichtete …

Wo konnte mein Mann nur bleiben? Es war doch inzwischen zu dunkel geworden, um den Seegang zu prüfen. Mit einem Ruck erhob ich mich aus dem Korbsessel und ging zur Tür. Es war zu finster, um weit zu sehen. In der schwachbeleuchteten Kochhütte erblickte ich die undeutlichen Gestalten der Negerinnen, die das Essen bereiteten. Es roch köstlich nach Gebackenem.

Der »Chef« legte seine Papiere auf die Anrichte. »Madame, wenn Ihr Gatte kommt, werden wir essen.« Die Frau stand auf und nahm Teller aus dem Schrank. Mit einer müden Bewegung stellte sie sie auf den Tisch. Zwei für uns, zwei für sich und ihren Mann, dann noch einen … ob wohl der Mechaniker mitessen würde? Unwillkürlich blickte ich auf den fünften Teller.

»Wir sind sonst zu dritt«, sagte der »Chef«, der meinem Blick gefolgt war, so nebenher, »meine Frau, ich und der zweite Funker.« Er deutete durch ein Nicken die Richtung an, in der die Funktürme in die Dunkelheit ragten. »Nein,

nein, Sie kennen ihn noch nicht«, beantwortete er meinen fragenden Blick, »er kommt erst zum Essen.«

Ich setzte mich wieder in den Korbsessel. Der »Chef« spielte mit dem Zahnstocherbehälter. »Der Mechaniker zählt nicht«, fuhr er fort, »wir verkehren nicht mit ihm, wir kommen nicht gut miteinander aus ...« Ein wenig traurig zuckte er die Achseln. »Wir waren gute Freunde, bis der Chef wegging ... dann, als ich zum Chef ernannt wurde –« Er sprach langsam und ruhig und fuhr dabei unausgesetzt mit dem Fingernagel über das Glas.

Wieder trat Stille ein, nur unterbrochen von dem Klirren der Löffel in den Händen der jungen Frau und dem leisen Schlurfen ihrer Sandalen über den Fußboden.

Der »Chef« richtete sich in seinem Stuhl auf und schloß den untersten Knopf seines Rockes. »Ich weiß, daß ich ein Farbiger bin ...« Er sah mich über den Tisch hinweg an; sein langes, asketisches Gesicht erschien noch länger vor innerer, ernster Spannung, »... aber ich kann lesen ... ich kann schreiben ... ich kann die Funkstation bedienen.«

»Gewiß«, sagte ich, »gewiß«, und blickte ihn ebenso ernst an wie er mich. Er wandte den Kopf ab und hustete. Seine langen Finger spielten aufs neue mit dem Zahnstocherbehälter; dann stellte er ihn wieder hin. Mein Blick fiel auf die junge Frau. Sie saß jetzt wieder mit verschränkten Armen still in ihrem Winkel. Sicherlich hörte sie die Worte ihres Mannes nicht zum erstenmal, doch auch jetzt wieder lauschte sie geduldig. Man konnte nichts anderes tun als die Arme kreuzen und darauf warten, daß etwas geschehen würde. Zuweilen, sehr selten freilich, geschah ja auch wirklich etwas.

Ihr Gesicht erhellte sich. Sie sah mich an und flüsterte dem »Chef« kaum hörbar ein Wort zu. Er schob hastig seinen Stuhl zurück. Draußen auf der Veranda wurden rasche Schritte hörbar. Mein Mann trat ein; in der Tür mußte er sich ein wenig bücken; er lächelte etwas schuldbewußt.

Der »Chef« stand auf und strich sich den Rock glatt. Er sah nun korrekt und selbstsicher aus. »Ah, Monsieur, Sie hatten lange zu tun ... wollen Sie jetzt essen?«

Die junge Frau huschte zum Tisch. Ihre dunklen Augen waren lebhaft geworden und voll Erwartung.

Auf dem äußersten Stuhlrand sitzend, beugte ich mich vor. Charles nickte zustimmend und nahm seinen Tropenhelm ab. »Ja, ja«, sagte er, und dann, nach kurzem Zögern, zu mir gewandt: »Möchtest du vor dem Abendessen noch ein bißchen spazierengehen?«

Spazierengehen? Weiß Gott, nein, warum sollte ich wohl Lust haben, spazierenzugehen? Den ganzen Nachmittag war ich die Hügel hier hinauf- und wieder hinuntergeklettert!

Mein Mann warf mir einen raschen Blick zu. Ach so, jetzt begriff ich, es handelte sich nicht um den Spaziergang. Er wollte mit mir allein sprechen.

»Pardon«, sagte ich und stand auf, »un moment seulement ...«

Wir traten auf die Veranda hinaus und gingen ein paar Schritte bergab.

»Was ist los?«

»Der Mechaniker sagt, jemand in dem Haus hier sei sehr krank«, erklärte mir mein Mann hastig. »Schwindsucht oder so etwas ... ich kann ihn nicht richtig verstehen ... du mußt mit ihm sprechen ... er sagt ...«

In der Dunkelheit, ein wenig unter uns, stand, auf uns wartend, eine weiße Gestalt. Sie kam langsam näher ... es war der Mechaniker. Jetzt war er bei uns und begrüßte mich schweigend. »Kommen Sie, gehen wir dort hinunter«, sagte mein Mann und nahm mich beim Arm. Wir wandten uns um und gingen noch ein wenig weiter von den Häusern weg.

»Monsieur? Um was handelt es sich … jemand ist krank?« Ich beugte mich vor, um sein bleich durch die Dunkelheit schimmerndes Gesicht besser sehen zu können.

»Oui, Madame«, flüsterte er rasch, »Tuberkulose. Das Haus ist verseucht … c'est tout contaminé … Sie dürfen nicht dort bleiben.« Seine Stimme klang sehr eindringlich.

»Sie müssen fort«, suchte er mich zu überzeugen, »sogleich! Sie müssen in meinem Haus schlafen oder in dem des früheren Chefs auf dem Hügel drüben.«

»Danke, Monsieur, besten Dank, daß Sie uns darauf aufmerksam machen.« Meine Gedanken wanderten zu dem Bungalow zurück, in dem der »Chef« jetzt sicher wieder mit den Fingern auf den Tisch trommelte. So lange, dünne Finger, fast blau unter der dunklen Haut. Vielleicht war etwas Wahres an dem, was der Mechaniker sagte. »Nochmals besten Dank, Monsieur, wir werden sein Bett natürlich nicht benutzen, auch keine Handtücher …«

Der Mechaniker blickte zu Boden; ich konnte sein Gesicht nicht sehen.

Schweigend taten wir ein paar Schritte; der Wind zerzauste mir das Haar.

»Vielleicht sollten wir uns das andere Haus ansehen«, sagte mein Mann endlich.

»Aber der ›Chef‹ wird sehr gekränkt sein«, gab ich zu bedenken. »Ich möchte ihn nicht verletzen …«, versuchte ich auf französisch auszudrücken.

Der Mechaniker sah hastig auf. »Den können Sie nicht verletzen«, meinte er mit einer wegwerfenden Handbewegung.

Schweigend gingen wir weiter.

»Ja, wir sollten uns unbedingt auch das andere Haus ansehen«, sagte Charles entschieden. »Wir können uns später entscheiden.«

Der Mechaniker beschleunigte seine Schritte. »L'ancien chef ... c'est un homme propre«, gestikulierte er eifrig, »immer sauber ... alles war sauber dort bei ihm. Dort drüben aber ... in dem anderen Haus ...« Er wies mit dem Kopf auf den erleuchteten Bungalow hinter uns, »tout est sale«.

Es gab auch andere Zimmer

Es war über eine halbe Stunde später, als wir todmüde wieder dem beleuchteten Bungalow zueilten. Während dieser Zeit waren wir ununterbrochen im Dunkeln die Hügel hinauf- und hinuntergeklettert, hinauf, um im Haus des Mechanikers Schlüssel zu holen, wieder hinunter, dann hinauf auf den gegenüberliegenden Hügel, um das Haus des ehemaligen Chefs zu besichtigen, wieder hinunter und schließlich aufs neue hinauf zum Bungalow unseres Gastgebers.

Wir waren sehr verlegen, als wir uns dem beleuchteten Hauseingang näherten; unwillkürlich hörten wir auf zu sprechen. Als wir durch das Fenster undeutlich die Gestalten des Ehepaares erblickten, ergriff uns ein plötzliches Gefühl des Mitleids mit ihnen; wir schämten uns unserer Gedanken und unserer Geheimniskrämerei. Wie sollten wir es ihnen nur beibringen, daß wir nicht in ihrem Zimmer schlafen wollten? Jetzt nicht ... später. Wir könnten es bis nach dem Abendessen aufschieben ...

Als wir eintraten, saßen drei Personen ruhig wartend und sehr geduldig um den Tisch herum. Sie sagten nichts. Der zweite Funker, ein bleicher Mulatte, stand bescheiden auf und wartete still darauf, uns vorgestellt zu werden. Nachdem wir ihm die Hand geschüttelt hatten, nahm er wieder Platz. Die junge Frau führte uns durch ihr Schlafzimmer in einen Nebenraum, in dem ein kleines Becken zum Waschen stand. Ich goß dankbar Wasser über meine Hände und griff nach dem Handtuch, das an einem Haken hing.

»Nicht«, warnte mich mein Mann leise, »verwende das Handtuch nicht.« Er warf einen raschen Blick in die Richtung des Eßzimmers.

»Natürlich, du hast recht.« (C'est tout contaminé ... tout est sale.)

Ich zog ein kleines, schmutziges Taschentuch aus der Tasche, tauchte es ins Wasser, wrang es aus und versuchte, mein Gesicht und meine Hände damit zu trocknen. Sie blieben feucht. Ich schüttelte die Hände in der Luft und trocknete sie auf diese Weise notdürftig. Mein Haar war im Nacken und um Stirn und Ohren noch immer feucht.

Wir gingen wieder in das Eßzimmer zurück und setzten uns nebeneinander, dem »Chef« gegenüber. Die junge Frau saß am Tischende, den Blick auf die Tür gerichtet. Eine Negerin, eine rote Bandanna um den Kopf geschlungen, schlurfte herein und stellte das Essen auf den Tisch. Es gab kaltes Fleisch, Bohnen in Öl und harte weiße Brötchen.

Wir waren hungrig, und das Essen schmeckte gut. Die Teller waren rein, der Tisch sauber gedeckt, aber wir fühlten uns nicht behaglich; es gelang uns nicht, das Essen zu genießen oder uns ungezwungen mit den Gastgebern zu unterhalten. Es war, als seien wir gespalten, nur halb anwesend. Zwei Menschen waren da, saßen am Tisch, waren hungrig, den übrigen freundlich gesinnt: sie gehörten zu dieser Tischrunde. Dann aber gab es auch noch zwei andere Menschen, die draußen im Dunkeln standen, durch das erleuchtete Fenster blickten ... zwei Außenseiter, Abgesonderte, Feinde, und diese beiden Menschen bespitzelten die ahnungslosen Tischgenossen, prüften kritisch die Gläser, um zu sehen, ob sie sauber seien; prüften die Teller, um sich zu überzeugen, daß sie gewaschen seien; prüften die Gabeln und Löffel; flüsterten draußen im Dunkeln: »Tout est contaminé, tout est sale.«

Die Mahlzeit verlief schweigend. Der Geruch gerösteten Kaffees war durchdringend und köstlich. Hie und da hustete der »Chef«.

Nach dem Essen stand der zweite Funker auf, entschuldigte sich kurz und ging hinaus. Die junge Frau griff nach einem Zahnstocher. Der »Chef« erhob sich und nahm eine Flasche mit Medizin aus dem Schrank. Er goß eine helle Flüssigkeit in einen Teelöffel, schüttete sie in ein Glas Wasser und rührte langsam um. Es herrschte ein lastendes Schweigen, in dem die im gleichen Augenblick auf das gleiche gerichteten Gedanken zweier Menschen zusammenstießen. Ich sah Charles nicht an, aber es war, als atmeten wir zugleich. Der Teelöffel klirrte leise gegen das Glas. Jemand mußte das Schweigen brechen.

»Ich habe Rheumatismus«, sagte der »Chef« leichthin, warf den Kopf zurück und trank den Inhalt des Glases in einem Schluck aus. »Ich muß Arznei nehmen.«

Mein Mann nickte mitfühlend und verlegen.

Die junge Frau sah mich an. »Sind Sie müde? Wollen Sie schlafen gehen?« Sie wies mit einer kleinen Geste auf den Türvorhang hinter ihr.

Wir *mußten* jetzt mit der Sprache herausrücken. Ich warf Charles einen Blick zu. Er rückte auf seinem Stuhl hin und her und beugte sich vor. »Ja«, sagte er lächelnd, »wir sollten schlafen gehen, aber wir wollen Sie Ihres Zimmers nicht berauben ...«

»Comment?« Der »Chef« fuhr auf und sah mich über den Tisch hinweg an.

»Mon mari dit«, versuchte ich zu erklären, »daß wir Ihr Zimmer nicht in Anspruch nehmen sollten, Monsieur. Wir ... können im Haus des früheren Chefs schlafen.«

»Dort drüben?« Seine Brauen hoben sich überrascht, unangenehm berührt. »Aber nein, dort ist es schmutzig, es ist ...«

»Nein, nein, es ist nicht eigentlich schmutzig«, sagten wir leichthin, »wir haben es uns angesehen ... es geht schon ...«

»O nein, es *ist* schmutzig!« Er schob seinen Stuhl zurück und sprang auf. »Die Direktion hat mich beauftragt ...« Seine Augen glänzten erregt. »Ich soll alles für Sie tun, was in meiner Macht steht ... Monsieur, Sie wollen mein Bett nicht benutzen –« Der Satz, mit erhobener Stimme begonnen, blieb unvollendet mitten in der Luft stecken, eine kraftlose Drohung.

Dann fuhr er mit der Geste der Hoffnungslosigkeit, die wir schon an ihm kannten, ruhiger fort: »Dort drüben ist es schmutzig ... schon lange nicht gereinigt worden ...«

Er sah seine Frau an. Sie sagte nichts, aber ihr Gesicht wurde leblos und leer. So trübe sah es aus wie Schnee an einem Nebeltag. Alter Schnee am Bergabhang, dessen frostige Wehmut nur gemildert wird durch das Schwarz feuchter, dunkler Baumstämme. Ihre Augen waren ohne Tiefe wie diese glanzlosen Stämme. Ihr Gesicht glich einem Teich, in den man einen Stein werfen kann, ohne daß seine Oberfläche sich kräuselt. Sie bewegte sich nicht, sondern schüttelte nur stumm den Kopf.

»Außerdem«, sagte der »Chef« müde, »il y a des bêtes qui piquent.« (Wanzen vermutlich ...)

»Ach, das macht nichts«, sagte mein Mann, diese Bedenken zerstreuend, »wir haben unser eigenes Bettzeug. Das führen wir immer im Flugzeug mit. Wir können es ...«

»Jamais!« protestierte der »Chef« heftig, »jamais, jamais!« Eine lange, dunkle Locke fiel ihm in die Stirn; er strich sie unwillig zurück. »Wo doch in meinem Haus so viele unbenutzte Betten sind ... oh, non ... niemals ... ich kann nicht zulassen, daß Sie Ihr Bettzeug benutzen ... c'est honteux ... hier haben wir drei, vier Zimmer ...«

Ja, richtig, es gab ja noch mehr Zimmer hier im Haus ... nun, vielleicht. Wir schwankten. Ja, wir wollten sie uns ansehen.

Wir gingen hinaus und betraten die dunkle Veranda. Der »Chef« schloß mehrere Türen auf und bemühte sich, für Beleuchtung zu sorgen. Das Gebäude wurde von der Funkstation mit elektrischem Licht versorgt, aber in den Zimmern waren keine Glühbirnen. Schließlich fand er doch eine, die funktionierte. Die von der Decke herabhängende schirmlose Birne warf ihr grelles Licht auf einen kahlen Raum, gesprungene, mit Spinnweb bedeckte Gipswände, ein eisernes Bett, ein Waschbecken in der Ecke und einen roh gezimmerten Tisch, Stühle waren nicht vorhanden.

»Großartig ... das genügt vollkommen.« Wir versuchten, die Leute zu beruhigen. Das Gesicht der jungen Frau hatte sich nicht verändert. Still ging sie Bettzeug holen. Man brachte uns auch unser Gepäck – die beiden Kleiderbündel, die Kamera und meine Funkertasche – ins Zimmer und stellte es auf den Tisch. Der betonierte Fußboden war über und über mit dem rötlichen Staub bedeckt.

Wir fingen an, die Betten mit den Leintüchern, die die junge Frau uns gebracht hatte, zu überziehen. Die in der Mitte eingedrückte Matratze schüttelten wir zurecht und stopften die an einigen Stellen herausquellende Füllung wieder hinein. Die dünnen baumwollenen Leintücher waren sauber, wiesen aber zahlreiche ausgewaschene braune Flecken auf.

Die junge Frau lächelte verlegen. »Er benutzte sie als Tischtücher ... der Mann, der hier wohnte.«

»Schadet gar nichts«, sagte ich, »die Hauptsache ist, daß sie gewaschen sind.« Wir drehten das Tuch um, so daß die ärgsten Flecken an das Fußende kamen.

Schließlich war das Bett gemacht, das Kissen ordentlich aufgeschüttelt, die baumwollene Decke an den Seiten eingeschlagen. Die junge Frau trat zurück, um das fertige Werk zu betrachten.

Dann blickte sie mich kopfschüttelnd an. »Noch nie haben Sie in einem so schrecklichen Bett geschlafen«, meinte sie traurig. Sie sagte dies ohne besondere Betonung. Es war weder eine Entschuldigung noch eine Frage. Es war, als stelle sie etwas vor mich hin, so wie sie vor dem Abendessen ganz still die leeren Teller auf den Tisch gestellt hatte. Ohne meine Antwort abzuwarten, ging sie zur Tür.

»O nein, Sie glauben gar nicht, wo und wie ich schon geschlafen habe«, rief ich in einem Ton, der scherzhaft klingen sollte. »Das geht gut so ... wir sind schon froh, überhaupt ein Bett zu haben.«

Aber sie war noch nicht beruhigt. »Il y a des petites bêtes«, sagte sie, an der Tür stehend, in gleichem Ton wie vorher. »Les petites bêtes qui piquent.«

Nach dieser Feststellung verließ sie mit ihrem Mann das Zimmer.

Wir fingen an auszupacken, knüpften die Schnüre, mit denen unsere Bündel zusammengebunden waren, auf. Ich setzte mich auf das Bett und starrte unwillkürlich auf die Flecken. Aber schließlich, was machte das aus ... wir waren so müde. Gott sei Dank, hier war ein Bett, in dem wir schlafen konnten ... der Tag war vorüber.

Was für ein langer Tag! Wann hatte er begonnen – vor wieviel Jahren? Ich versuchte, bis zu den altersgrauen Anfängen dieses endlosen Tages zurückzudenken. Villa Cisneros ... gestern abend waren wir noch in Villa Cisneros an der afrikanischen Küste gewesen. Glühend heiße Wüste; ein quadratisches spanisches Fort; die Mauren in ihren kühlen, weißen Gewändern ... Wie weit lag das alles schon zurück! Früh morgens, noch in der Dunkelheit, waren wir aufgestanden und am Abend vorher spät zur Ruhe gegangen. Ein langwährendes spanisches Mahl; um zehn hatte es begonnen und bis ein Uhr nachts gedauert. Es hatte sehr süßen, starken Kaffee gegeben, und eine Frau hatte mir drei Straußenfedern geschenkt. Und dann waren wir vor Müdigkeit ins Bett gefallen, denn wir kamen von ... nein, so weit zurück konnte ich nicht mehr denken.

All dies erschien mir jetzt wie ein Traum, wie etwas völlig Unwirkliches, und doch waren jene Augenblicke gerade so wirklich gewesen wie der jetzige. Das Zimmer gestern abend, mit Schachteln und buntbemalten Möbeln, vollgestopft, war gerade so wirklich gewesen wie dieses hier. Ich hatte auf einem Bett gesessen und mir den Kopf darüber zerbrochen, was ich wohl mit den Straußenfedern anfangen sollte. Nun aber war nur dies noch Wirklichkeit: auf dem Bett hier zu sitzen, die braunen Flecken auf dem Leintuch, das Kissen, die Risse in der Wand, den schmutzigen Fußboden anzusehen ...

»Charles, ist das eine Wanze?«

Er blickte kritisch auf einen umherkriechenden schwarzen Käfer nieder.

»Nein ... zu groß ...«

Ich begann mich auszukleiden. Auf der Bettdecke war ein schwarzer Punkt.

»Eine Wanze?« Ich fuhr hoch.

»Sieht so aus.« Charles nahm den schwarzen Punkt vorsichtig zwischen Daumen und Zeigefinger.

»Auf dem Kissen ist noch eine.«

Wir hoben die Kissen auf und blickten darunter. »Und noch eine ... hier.«

Er legte eine auf den Fußboden und zerdrückte sie mit dem Schuhabsatz.

Ich wich vom Bett zurück. »Sieh nur ... auf dem Tisch ist auch eine.«

»Vermutlich gibt es auch welche in den Wänden.« Mein Mann musterte die Risse in den Wänden argwöhnisch.

»O Gott! Komm ... gehen wir hinaus, schlafen wir im Flugzeug!«

»Augenblick mal ... vielleicht sind es gar keine Wanzen.« Er trat eine zweite tot. »Sollen wir es nicht vielleicht ... auf einen Versuch ankommen lassen?«

»Ich für meinen Teil bin überzeugt, daß es Wanzen sind ... die Frau hat ja selbst gesagt ...«

»Weißt du was ...«, schlug mein Mann vor, »ich trage so ein Vieh zum ›Chef‹ hinüber und frag ihn, ob es beißt ...«

Und schon war er draußen.

Wartend stand ich in der Mitte des Zimmers. Die leiseste Bewegung im Raum drang in mein Bewußtsein ein; schwarze Insekten krabbelten über den Fußboden, andere, blaß und undefinierbar, krochen aus den Ritzen in der Wand, wieder andere, schlanke, surrende Tiere mit langen, fadendünnen Beinen, stürmten ohne Unterlaß gegen das Licht an. Mir graute davor, das Bett, die Wände, den Tisch zu berühren. Nur wenn ich ununterbrochen im Zimmer auf- und abging, konnte nichts meine Beine hinaufklettern.

»Charles?«

Grinsend kam er herein. »Ich hab ihn gefragt. Er sagt: Ja, sie beißen, aber nicht arg.«

»Nicht arg!« rief ich entsetzt. »Natürlich sind es Wanzen ... was sollen wir nur tun?«

»Nun« – Charles dachte einen Augenblick nach, »vielleicht mögen sie keine Zitronenessenz ... das könnten wir mal versuchen ...«

»Nein, nein, es ist zu schrecklich ... eher gehe ich die ganze Nacht auf und ab oder setze mich an den Tisch ...«

»Da bist du vor ihnen auch nicht sicher«, gab mein Mann zu bedenken. »Du fällst ja um vor Müdigkeit ... im Flugzeug wird es heiß sein ... wir müssen ein paar Stunden schlafen ...«

»Aber wie? In dem Bett dort kann ich nicht eine Minute schlafen. Übrigens wissen wir auch nicht, wer früher darin geschlafen hat … können Wanzen Krankheiten übertragen? Die Matratze ist ganz voll von ihnen … schau nur … fünf kann ich von hier aus sehen …«

»Wo?«

»Zwei auf dem Kissen, drei … vier auf dem Leintuch … fünf am Bettgestell … da ist noch eine … sechs … sieben, unten am Pfosten …«

»Acht … da kriecht gerade eine aus dem Kissen heraus … neun.« Wir schlugen die Decke zurück.

»Zehn … dort in der Ritze … elf.« Wir zogen das Leintuch aus dem Bett.

»Zwölf, dreizehn … vierzehn … also, du hast recht, das ist wirklich ein bißchen zu viel«, gab Charles schließlich zu. »Ich fange an, das Gepäck hinunterzutragen. Bleib inzwischen hier …«

Wir trugen unsere ganzen Sachen auf die Veranda hinaus, drehten das Licht ab und schlossen leise die Türe. Ich schüttelte alles, die Bündel, die Schuhe, die Kamera. Wenn nun all die Sachen schon verwanzt wären und wir diese schrecklichen Dinger den ganzen Weg über den Ozean mitschleppen müßten!

Mein Mann nahm zwei Bündel und verschwand um die Ecke. Allein, wartend, blieb ich auf der dunklen Veranda stehen. Noch immer wehte der Wind über das Haus, das Rauschen eines großen Stroms. Ich ging ins Freie hinaus, ließ dankbar den Wind durch mein Haar, über meine Stirn, an meinen Ohren vorbeiwehen; ich ließ ihn gegen mich anstürmen, mir die Hemdbluse gegen Hals und Arme pressen. Der Wind war kühl, stark und frisch. Er hatte über die Berge und das Meer geweht, er kam von Inseln, von Wüsten her, sauber und kraftvoll wie die Meeresflut. Er würde die Wanzen wegwehen. Er würde mich sauberwaschen ... oh, guter, lieber Wind!

Mit dem zweiten Teil des Gepäcks gingen wir zusammen den Hügel hinunter. Ich war nicht mehr müde; ich fühlte mich erleichtert. Wir hatten das Haus dort, das Zimmer, das Bett verlassen. Wir waren frei. Dort unten lag unser Flugzeug, schlank, glänzend, vom Wind umspielt ... dort draußen im Hafen. Gott sei Dank, wir brauchten nicht in dem entsetzlichen Zimmer zu schlafen!

Ein Dreiviertelmond stieg über dem gegenüberliegenden Hügel auf. In seinem sanften Licht wurden die weichen Umrisse des Hügels, die harten Konturen des Hangardaches sichtbar. Der viereckige Sockel des Krans ragte weiß und undeutlich im Licht des Mondes empor. In breiten Wellen schlug das Meer ans Ufer.

Von dem grauen Schatten, den der Kran warf, hoben sich die dunkleren Schatten der beiden schlafenden Neger ab. Ihre zusammengekrümmten Körper streckten sich langsam, als wir uns näherten. Die beiden Boys standen auf und stolperten unsicher zum steinigen Strand hinunter. Kein Wort wurde gesprochen, kein Befehl erteilt. Wir waren gekommen; sie wußten nicht warum. Wir wollten zum Flugzeug, und ohne zu fragen, ruderten sie uns hin.

In dem kleinen Boot glitten wir über das Wasser. Niemand sprach, die Boys waren noch schlaftrunken, der Wind hüllte uns alle ein wie die Dunkelheit. In das Schweigen der Nacht tropften die leisen Geräusche unserer heimlichen Fahrt; das hohle Knirschen der Ruderdollen, das Knarren des Bootes, das langsame, gleichmäßige Eintauchen der Ruder.

Es war kühl auf dem Flugzeug, der Wind blies stark und frisch. Wir verstauten die Bündel wieder in unserem langen Gepäckraum, legten die harten nach unten, die weichen darüber, um sie als Betten zu benützen. Dann streckten wir uns in unseren Schlafsäcken darauf aus; die Rippen des Flugzeugrumpfes wölbten sich als Dach über uns; die Luke des Gepäckraumes war für uns ein Fensterchen, durch das wir den Himmel sehen konnten. Die Maschine schaukelte sanft; kleine Wellen schlugen leise gegen die Schwimmer. Mir war, als schwebten wir, als lägen wir, von einer leichten Brise bewegt, in einer Hängematte. Nun, als wir still im Dunkeln ruhten, spürten wir die Gegenwart des Windes als etwas Lebendiges und Körperliches; als einen aus unendlich vielen verschiedenen Geräuschen bestehenden Klangfaden, als einen Fluß mit starker Strömung und kleinen, sprudelnden Wirbeln. Zuweilen drangen nur die nahen Laute in mein Bewußtsein, die kleinen Oberflächenwirbel, das Klopfen und Pfeifen dicht am Flugzeug. Dann wieder vernahm ich nichts als das ferne Brausen hoch oben.

Jetzt, im Halbschlaf, war der Wind kein Fluß mehr für mich, sondern eine Woge, die Kraft aus den verebbenden Wassern sog, Steinchen und Sand schluckte, und diese Woge türmte sich dunkel und drohend vor mir auf. Ich aber war ein kleines Kind geworden, auf das die riesige Welle losstürmte; zu nah war ich ihr, um über den schlüpfrigen Sand zurückzulaufen, zu weit von ihr entfernt, um tapfer unter die heranbrausende grüne Kuppel zu tauchen. So blieb ich denn stehen, sah die Woge immer größer werden, gewaltiger mit jeder Sekunde, bereit, sich in wütendem Ansturm über mich zu ergießen. Eine Woge, die zitternd höher und höher stieg … und nie zusammenstürzte.

Neuer Morgen und neue Pläne

Am nächsten Morgen erwachte ich mit einem leisen Gefühl der Unsicherheit, der Unrast. War es ein Traum, gegen den ich anzukämpfen hatte, Kopfweh, oder wurde ich krank? Ich drehte mich mit Mühe um, lag einen Moment lang ganz still da und versuchte, das dumpfe Unbehagen, das mich ergriffen hatte, zu analysieren, seinen Ursprung zu ergründen, wie man die Ursache körperlichen Schmerzes auszumachen suchte. Langsam nahm die Empfindung eine bestimmtere Form an. Und nun wußte ich auf einmal, was es war: noch immer wehte der Wind. Die ganze Nacht hindurch hatte er nicht geruht. Und jetzt war das blendend grelle Licht des Tages da. Ich fühlte eine bleierne Müdigkeit, als sei ich die ganze Nacht wach gewesen, in der steten Erwartung, der Wind möge aufhören zu wehen, die Woge möge sich am Strand brechen.

Aber das war nicht alles; etwas anderes kam hinzu. Ich öffnete die Augen und blickte auf das gewölbte Dach über mir, auf das komplizierte Gewirr von Drähten und Röhren auf der Rückseite des Armaturenbretts. Allmählich wurden meine Gedanken klarer: Wir hatten im Flugzeug geschlafen ... das schreckliche Zimmer ... die Leute drüben im Haus ... was würden sie tun, wenn sie unsere Flucht entdeckten? Was könnten wir ihnen sagen? Wir hätten sehr früh aufstehen und zurückkehren sollen. Dann wäre es nicht so schlimm gewesen. Jetzt blieb nichts mehr übrig, als so rasch wie möglich alles zu erklären.

Während des hastigen Ankleidens stießen wir unausgesetzt mit den Ellbogen gegen die Wände, gegen die Benzintanks, und unsere Köpfe kamen wiederholt in unsanfte

Berührung mit den scharfen Rückseiten der Instrumente. Manche Röhren waren mit braunem Fett beschmiert. Wir wuschen uns, so gut es ging, mit feuchten Taschentüchern. Die Leintücher waren voll Sand, und die Haut an unseren Händen fing an, trocken und wund zu werden. Rasch ... rasch zogen wir unsere Kleider an, zerdrückt wie sie waren, denn sie hatten uns ja zusammengerollt als Kopfkissen gedient. Nur rasch ... wir mußten bei den Leuten sein, ehe sie ...

»Zu spät ... sie sind schon am Strand.«

Durch eine Öffnung im Flugzeugrumpf spähend, sah ich in der Tat den »Chef« und seine Frau am Ufer stehen. Sie beobachteten die Maschine, warteten auf uns. Genau wie gestern, dachte ich, als ich sie dort stehen sah, die hagere Gestalt unter dem Tropenhelm, das dünne, flatternde Kleidchen der jungen Frau, nur ... gestern waren wir Fremde gewesen. Heute hatte sich unser Leben mit dem ihren unentwirrbar verknüpft. Wir wußten, wie sie lebten, wie sie sprachen, was sie dachten, wir kannten ihre Neigungen und ihre Abneigungen, ihre Schwächen und ihre warme Menschlichkeit. Sie waren gut zu uns gewesen, und wir hatten sie tief verletzt. Das war an der Art, wie sie dort standen, deutlich zu erkennen: Er, sehr gerade aufgerichtet, traurig dreinschauend, den langen Rock feierlich zugeknöpft; demütig und unterwürfig sah er aus und gleichzeitig formell und würdevoll wie ein entfernter Verwandter bei einem Begräbnis. Die junge Frau stand wie ein stummer Schatten hinter ihm; all seine unausgedrückten Gefühle spiegelten sich in ihrem blaß-gelblichen, schmollenden Gesicht.

O Gott ... was sollten wir ihnen nur sagen? Am besten gar nichts. Einfach darüber hinweggehen. Wir ruderten an Land und begrüßten das Paar schon von weitem mit möglichst unbefangener Herzlichkeit. Der »Chef« ging mit geraden, steifen Schritten bis dicht ans Wasser heran und zog das Boot ans Ufer. Als wir ausgestiegen waren, richtete er sich auf und hüstelte eigentümlich.

»Sie konnten ... hm ... dort oben ... nicht schlafen?« würgte er hervor.

»Ach, wissen Sie«, sagte Charles leichthin, »wir bekamen plötzlich Lust, im Flugzeug zu schlafen. Das tun wir oft ... es ist ... sehr bequem und ...«

Es hätte keinen Zweck gehabt, weiterzusprechen. Die beiden hörten eigentlich gar nicht zu. Sie warteten auf etwas, das sie im voraus wußten ... auf eine konventionelle Ausrede dafür, daß wir die Ärmlichkeit, die Unsauberkeit, den verwahrlosten Zustand jenes Zimmers nicht ertragen konnten. Die Worte, die mein Mann weiter sprach, flatterten, aller Glaubwürdigkeit beraubt, schlaff und kläglich, wie Fahnen in abflauendem Wind.

Wir wandten uns um und stiegen zum Bungalow hinauf, um zu frühstücken. Der »Chef« und seine Frau hatten schon gegessen, einige Bananenschalen lagen noch, schon bräunlich geworden, auf den Tellern. Der »Chef« forderte uns mit einer Handbewegung auf, Platz zu nehmen. Schweigend setzten wir uns. Eine der Negerinnen brachte eine Kanne Kaffee herein.

»Der Kaffee ist wunderbar«, durchbrach meine Stimme schüchtern das gedrückte Schweigen; gleich einem Steinchen, das in einen stillen Teich fällt.

Der »Chef« wandte sich mir mit leicht gerunzelter Stirne zu. Er schob mir einen Teller mit Brötchen hin. »Es tut mir leid«, sagte er ernst, »daß das Brot so hart ist, aber es kommt aus Praia. Ein Junge bringt es zu Fuß ... es ist ein weiter Weg ...«

»Ja, ja, gewiß.« (Sehr hastig sagte ich das.)

Schweigend aßen wir unsere Spiegeleier.

Aus Porto Praia waren Leute gekommen, um mit uns über die Treibstoffversorgung des Flugzeugs zu sprechen. Beim Hangar warteten sie auf uns. Schon war von der Nachtkühle nichts mehr zu spüren; die Morgensonne und der trockene Wind hatten ihr rasch ein Ende gemacht. Wieder strahlte der Betonstreifen blendend weiß, nur dort beschattet, wo der staubige Wagen stand. Zwei Männer sprangen aus dem Auto, als wir uns näherten, und klopften sich hastig den Staub von den Kleidern. Nachdem sie uns begrüßt hatten, sprachen sie zuerst in portugiesischer, dann langsamer in englischer Sprache auf uns ein.

»Oberst Lindbergh, wir freuen uns, Sie hier bei uns zu sehen; wir haben das Benzin und das Öl für Sie, fünfundneunzig Kanister. Alles ist bereit. Hier ist die Aufstellung.«

Der Treibstoffhändler übergab meinem Mann die Liste und wartete strahlend auf die Anerkennung für seine Leistung.

Charles lächelte höflich und nahm die Aufstellung an sich. (Niemals würden wir mit einer solchen Treibstofflast starten können, ging es mir durch den Kopf, niemals, solange die See so bewegt war ... niemals!) Mein Mann blickte auf das Papier, wie man auf einen Brief blickt, der ankommt, nachdem man den Absender schon gesehen und mit ihm gesprochen hat. Auf einen Brief, der, wäre er früher gekommen, einen lebendigen Inhalt gehabt hätte, nun aber, kalt und leblos, nur noch ein ganz unwichtiges Stückchen Papier war.

»Jawohl«, wiederholte der Agent, noch immer stolz lächelnd, »alles ist bereit.« Etwas verlegen trat er von einem Fuß auf den anderen.

»Ausgezeichnet ... ausgezeichnet«, nickte mein Mann.

Alles war bereit; der Treibstoff, schon vor Monaten bestellt; das Flugzeug, schmuck und glänzend auf den Wellen schaukelnd, wohl ausgerüstet und startbereit. Alles hier, dachte ich, mich umblickend, ist bereit: Die Funktürme drüben auf dem Hügel, der leere Hangar, der in der Sonne blitzende betonierte Pier, der Hebekran, und nun auch der Treibstoff. Alles, was in menschlicher Hand lag, war bereit ... Nur der Wind war nicht bereit.

»Sie brauchen es natürlich sofort, nicht wahr?« erkundigte sich der Vertreter eifrig.

»Nein, nein«, antwortete mein Mann, »nicht gleich ... wenigstens nicht das ganze ...« Sein Blick richtete sich einen Augenblick lang auf die Wellenkämme vor der Hafeneinfahrt. Dann stellte er die entscheidende Frage:

»Hört der Wind hier nie auf?«

»O doch«, beruhigte ihn der Agent, »gewiß hört er auf, aber nicht jetzt, nicht um diese Jahreszeit.«

»Wann also?«

»Nun«, überlegte der Mann, »sechs Monate wird er schon noch so weiterblasen.«

»Sechs Monate! Ununterbrochen?«

»Jawohl. Sechs Monate lang gibt es jetzt keine Windstille.«

Sechs Monate lang dieses Geräusch einer sich brausend dahinwälzenden Woge, sechs Monate lang dieser nie endende klagende Laut! Gewöhnte man sich mit der Zeit daran, oder wartete man bis in alle Ewigkeit auf eine Pause ...?

Die Hitze stieg jetzt von dem Betonboden immer weiter in die Höhe, wurde körperlich wie eine zähe Masse, in der wir bis zu den Hüften standen.

»Wieviel Treibstoff brauchen Sie denn jetzt, Oberst?« fragte der Mann, während sein Fuß durch die auf den Beton gewehten Sandkörnchen glitt. »Wir können ihn heute nachmittag bringen, sogar heute morgen schon, wenn Sie es wünschen ...«

»Vorläufig nur etwa fünfzig Gallonen, denke ich«, sagte Charles, »später, wenn wir mehr brauchen, werden wir Sie es wissen lassen ...«

»Mit Vergnügen ... mit Vergnügen.« Der Agent verbeugte sich. »Wir sind sehr stolz ... wir haben auch die DO-X hier gehabt ...«

»Die DO-X, wann war das?«

»Oh, schon vor längerer Zeit, ich erinnere mich nicht genau ...«

»Wo ist sie gelandet, wissen Sie das?« Mein Mann blickte gespannt von einem zum andern.

»Dort drüben hinter dem Hügel.« Der »Chef« wies in die angegebene Richtung.

»Sie sind längere Zeit hier geblieben«, ergänzte der Agent, »einen Monat vielleicht oder noch länger ... genau weiß ich es nicht mehr.« Er wandte sich an seinen schweigsamen Begleiter, um Bestätigung für seine Angaben zu finden. »Ich glaube, sie hatten irgendwelche Schwierigkeiten ... etwas verzögerte ihren Abflug ... genau weiß ich es nicht mehr, aber etwas war nicht in Ordnung, vielleicht die Witterungsumstände ...« Seine Stimme verklang in einem unsicheren Gemurmel. Dann nahm er sich zusammen und sah sich abschiednehmend im Kreis um, mit dem Ausdruck eines Mannes, der sich vergewissern will, ob er nichts – Hut, Handschuhe, Stock? – vergessen hat.

»Also auf Wiedersehen, Oberst ... das Benzin wird heute nachmittag hier sein ... auf Wiedersehen ... auf Wiedersehen.«

»Brasilien? Er drückt den Knopf«

»Nun, das ist ja nicht gerade ermutigend«, sagte ich zu Charles, nachdem die Männer fort waren.

»Nein, das kann man nicht behaupten.« Nachdenklich ging er den Strand entlang. »Na, wir werden ja sehen ... Ich glaube, ich werde noch einmal hinausfahren und mir die Wellen aus der Nähe anschauen.«

Allein geblieben, stieg ich den Hügel hinauf zum Haus des ehemaligen Chefs, um mich zu waschen und umzukleiden. Die Frau des »Chefs« hatte gar nicht mehr davon gesprochen, daß wir ihre Zimmer benutzen sollten. Eimer voll Wasser für die gesprungenen Porzellanbecken und unsere Kleiderbündel waren von den Boys bereits in den anderen Bungalow hinaufgetragen worden. Wir waren beim Gouverneur zum Lunch eingeladen. (Die kühlen Veranden, das Brokatsofa, die gepflegten Frauen in leichten Sommerkleidern!) Wie weit war ich doch von der Welt entfernt, als ich so in staubigen Hosen den Hügel hinaufkletterte. Wenn ich meine Hosen mit einem Kleid vertauschte, einen entsetzlich zerdrückten Hut und ein Paar Seidenstrümpfe auspackte ... wenn ich den ganzen Rest des Vormittags dazu verwendete, mich zu waschen, würde ich selbst dann, gewaschen, gekämmt und ordentlich angezogen, also äußerlich zivilisiert aussehend, den Weg zu jener anderen Welt wirklich wieder finden? Ich spürte, daß uns vom Haus des Gouverneurs in Praia ein tiefer Graben trennte, der nicht durch Wasser, saubere Kleider und eine Autofahrt in die Stadt auszufüllen war. Etwas anderes trennte uns, etwas, das wir frei gewählt hatten, etwas, das ich nur unbestimmt empfand und das dennoch vorhanden war ... all das, was wir, wir beide, erlebt, die Feuerprobe, die wir bestanden hatten. Nur scheinbar würden wir heute in unseren sauberen Kleidern, mit unseren geputzten Schuhen an einer schön gedeckten Tafel sitzen. Unsere Beziehung zum Kreis dieser Menschen würde nur zum Schein bestehen und nicht wirklich sein, wie meine Beziehung zu den unter meinen Füßen weggleitenden Steinen, zu den Dornen, die sich in meinen Hosen verfingen; nicht wirklich wie meine Beziehung zu dem Wind, der um meine Ohren brauste, als ich nun bergansteigend gegen ihn ankämpfte, zur Sonne, die glühend auf meinen Kopf brannte, zu der Hitze, durch die ich mit jedem Schritt förmlich watete. Nichts trennte mich von diesen Dingen. Sie gehörten zu mir, sie waren ein Teil meiner freigewählten Welt. Ein Teil des Ganzen, das wir zu vollbringen hatten. Und deshalb waren sie wirklich und erträglich. Sie waren das Leben selbst.

Als der Seitenweg zum Bungalow abzweigte, blieb ich stehen, ein wenig erschöpft von der Anstrengung. Nun, da der Wind nicht mehr gegen mich anstürmte, vernahm mein Ohr auch seinen zweiten, ferneren Klang, die mächtig sich emportürmende Woge. Unten beim Ausgang der Bucht mühte mein Mann sich wieder mit gleichmäßigen Ruderschlägen. Genau wie gestern, dachte ich, und schwere Müdigkeit überkam mich. Und das Morgen würde genau so sein wie das Heute ... das Übermorgen wie das Morgen ... und so weiter und immer weiter. Bis in alle Ewigkeit würde ich mich diesen staubigen Hügel hinaufschleppen, bis in alle Ewigkeit würde mein Mann beim Ausgang der Bucht die Ruder führen ...

Langsamen Schrittes ging ich auf den Bungalow zu.

»Charles?«

Die Außentür schlug zu, als er in das Haus trat. Die Vorhänge flatterten in das Zimmer, in dem ich mich gerade wusch.

»Also …« Langsam kam er herein und blieb in der Mitte des Zimmers stehen; er hatte einen Entschluß gefaßt.

»Nun?«

»Ich glaube nicht, daß wir mit voller Ladung von hier wegkommen.« Er machte eine kurze Pause; ich blickte auf. Offenbar war er froh, zu einem Entschluß gelangt zu sein. »Ich werde einen Funkspruch nach Dakar senden, um die Erlaubnis ansuchen, dort zu landen und den Weiterflug neu zu organisieren.«

»*Zurück* … zurück nach Dakar?« Das hieß ja, einen Berg hinuntersteigen, den wir gerade erst erklettert hatten!

»Es sind nur ungefähr sechshundertfünfzig Kilometer. Wir können von hier mit einer leichten Ladung abfliegen; wenn wir erst einmal in Dakar sind, kann uns nichts mehr geschehen. Dakar ist der nächstbeste Ausgangspunkt für den Flug nach Brasilien. Ein wichtiger französischer Flugstützpunkt. Dort haben wir keine Schwierigkeiten, uns mit Treibstoff und allem übrigen zu versorgen. In Dakar brauchen wir nicht zu warten.«

»Glaubst du, daß wir direkt von Dakar starten können?«

»Aber gewiß, das ist schon oft gemacht worden. Dakar ist einer der Südamerika am nächsten gelegenen Orte an der afrikanischen Küste.«

»Aber es ist doch über dreihundert Kilometer weiter als von hier, nicht wahr?« Wir hatten es ja auf der Karte haargenau nachgemessen.

»Ungefähr, aber es wird gehen. Wir können die Geschwindigkeit herabsetzen und notfalls die ganze Nacht fliegen. Der Mond wird beinahe voll sein.«

»Ja, richtig, den Mond hatte ich vergessen …« Zögernd stimmte ich zu.

Charles verscheuchte alle meine Bedenken, und damit zerrissen auch einige der Spinnweben, der Myriaden Fäden, die uns allmählich immer unentrinnbarer zu umstricken, immer fester an diesen Ort zu fesseln schienen. Der Staub in unserem Haar gehörte dazu, die Stimme des Windes, die Hitze, der Rost, der alles anfraß, das Fieber, das schwindsüchtige Husten. All dies würde uns also nicht ewig beherrschen, niederhalten. Die unsichtbaren Fäden konnten weggeblasen werden. Die feindlichen Kräfte konnten bezwungen werden wie jene Winde, die Odysseus feindlich waren. Nur die eine uns freundlich gesinnte Kraft würde frei bleiben, um uns heimzutreiben.

»Ich gebe den Funkspruch gleich durch; vielleicht bekommen wir heute noch Antwort. Und inzwischen«, sagte mein Mann fröhlich, als er hinauseilte, »können wir uns ja für alle Fälle beim Gouverneur erkundigen, ob es hier herum noch andere, geeignetere Häfen gibt.«

Ich zog mein zerknittertes Kleid an und bog meinen zerdrückten Hut zurecht. Während der Fahrt in die Stadt hielt ich meinen Hut mit beiden Händen fest. Der Staub wehte uns in die Augen. Unter dem schattigen Portal des vom Gouverneur bewohnten Hauses hielt das Auto. Ein Mann in Uniform trat heraus, und im Hintergrund wurden Frauen in Sommerkleidern sichtbar.

Wir betraten hohe kühle Räume. Im Badezimmer konnte ich mir die Hände waschen. Auf dem Handtuchständer hingen frische purpurrote Handtücher. Unbenutzte duftende Seifenstücke gab es da und eine große Badewanne. Voll schuldbewußter Gier sah ich mich in dem Raum um, gleich einem Hungrigen, der bei einem vornehmen Gastmahl nur ganz zurückhaltend zugreifen darf. Wenn ich das alles nur richtig ausnützen könnte! Gemäß den gesellschaftlichen Vorschriften durfte ich nur gerade meine Hände ins Wasser tauchen. Ach, wenn ich nur eine Stunde in der Badewanne genießerisch schwelgen, die Hülle von der parfümierten Seife reißen und all die sorgfältig gefalteten Handtücher zerknüllen dürfte!

Aber das Essen wartete schon. Wir gingen hinunter und nahmen an einem langen Tisch Platz. Mir gegenüber saßen die Frau und die Töchter des Gouverneurs, in weißer Seide schimmernd. Es gab viele wunderbar zubereitete Gänge. Der Gouverneur sprach ein sehr schönes Französisch und unterhielt sich mit uns über die Inselgruppe. Wir erfuhren, daß die Kapverdischen Inseln wahrscheinlich von einem Venezianer namens Cada Mosto, der im Dienste Heinrichs des Seefahrers stand, entdeckt worden waren.

»Aha, Heinrich der Seefahrer!« (Der wohlbekannte Name machte mir Vergnügen. Ich sah sein Bild im Geschichtsbuch vor mir; er trug eine komische Mütze auf dem Kopf und hielt Landkarten in der Hand.)

»Eigentlich wurden sie nur durch Zufall entdeckt«, fuhr der Gouverneur fort. »Cada Mosto fuhr die afrikanische Küste entlang, aber als er das Kap Blanco umsegelte, trieben widrige Winde sein Schiff in die offene See hinaus ...«

»Widrige Winde?«

»Ja, Sie haben sie ja sicher schon kennengelernt. Der Wind trieb das Schiff zu den Kapverdischen Inseln ab; zumindest Boavista und Santiago hat Cada Mosto entdeckt. (Bitte, Mrs. Lindbergh, noch ein bißchen Huhn, ja?) Es gibt zwei Hauptgruppen, wie Sie vielleicht wissen, die Barlavento – oder luvseitig – und die Sotavento – oder leeseitig gelegenen Inseln.«

»Und wir sind in der leeseitig gelegenen Gruppe?«

»Sotavento, jawohl. In der Barlavento-Gruppe weht der Passatwind gleichmäßig das ganze Jahr. Hier bei uns gibt es gewisse Veränderungen. In der Regenzeit ...«

(Ein frisches Brötchen wurde neben mein Gedeck gelegt.)

»Wann ist die Regenzeit?« erkundigte ich mich.

»Die Regenzeit ist gerade vorüber. Sie dauert von August bis Oktober. Jetzt hat eben die trockene Jahreszeit –

die Zeit der ununterbrochenen Winde – begonnen, die von November bis Mai dauert. Ja, richtig, außerdem haben wir noch den Harmattan ...«

»Was ist denn das?« fragte ich, ganz erstaunt darüber, daß es in der Familie der Winde, die ich so gut zu kennen glaubte, ein Mitglied gab, das mir noch nicht vorgestellt war.

»Der Harmattan ist der heiße Wind, der hier von Dezember bis Februar bläst ... sehr heiß und trocken. Er kommt von der Wüste herüber und führt kleine Staub- und Sandteilchen mit sich.« (Der Gouverneur drückte Daumen und Zeigefinger gegeneinander, um die Winzigkeit dieser Teilchen zu demonstrieren.) »Manchmal sind die Inseln monatelang mit einer dichten roten Staubschicht bedeckt ...«

»Aber verbrennt dann nicht die ganze Ernte?« wollte Charles wissen.

»O nein, wir haben das ganze Jahr hindurch reichlich bewässerte Täler. Wir können alles mögliche anpflanzen, Zuckerrohr, Sisal, Orangen, Purgiernüsse, Kaffee ...«

»Auch diesen Kaffee?« unterbrach ich ihn, meine Tasse hochhebend.

»Natürlich ist das unser eigener Kaffee. Schmeckt er Ihnen?« fragte der Gouverneur lächelnd. »Ich gebe Ihnen gerne welchen mit.« (Wir nickten höflich.) »Allerdings kommt es sehr auf die Zubereitung an. Zuerst muß er in einer niedrigen Pfanne geröstet werden ... warten Sie, ich werd' es Ihnen zeigen ...«

Er ließ Kaffeebohnen kommen, die so geröstet waren, daß sie gerade die richtige Farbe hatten.

Ich tauchte für einen Augenblick in dieser unbeschwerten, bequemen, ganz und gar unwirklichen Welt unter, in der es kein Hasten und Drängen, kein Gefühl für Zeit gab. Man konnte sich darin stundenlang über die Geschichte der Kapverdischen Inseln oder ihre Bodenprodukte unterhalten. Man hatte Zeit, Kaffee zu rösten, bis er genau die richtige Farbe hatte; Zeit, alles, was es auf der Welt gab, theoretisch zu erörtern ...

Nach dem Lunch ließ der Gouverneur Karten der Inseln kommen, rollte sie auf, breitete sie auf einem Tisch aus und bog die Ecken hinunter. Wir blickten auf die Inseln, die mit sauber nachgezeichneten Umrissen in einem himmelblauen Papiermeer schwammen. Santiago, Santo Antao, Sao Vicente, Santa Luzia, Sao Nicolao, Sal, Boavista, Mayo, Fogo, Brava. So viele Inseln! Sicherlich mußte sich auf der einen oder anderen ein Hafen finden, von dem wir abfliegen konnten. Der Gouverneur schlug uns einige vor. Keiner von ihnen war lagunenartig von Land eingeschlossen, aber immerhin mußte eine dieser auf der Leeseite der Inseln gelegenen Buchten genügend Schutz gewähren. Auf der Karte sahen sie auch wirklich sehr geschützt aus. Allerdings war das auch bei Porto Praia der Fall. Die ohne Unterlaß gegen das Ufer anrollenden Wogen waren in dieser hübschen, sauber ausgearbeiteten Karte nicht eingezeichnet. Und auch von dem rastlos wehenden Wind war darauf nichts zu sehen.

Ich begriff, daß sich unsere Schwierigkeiten nicht auf einer Karte lösen ließen, sondern nur auf wirklichem Wasser und wirklichem Land, in einem Hafen, der dem glich, den wir vorhin verlassen hatten, mit seinem Staub, seinem Wind und seinen Wellen. Den Problemen war nicht mit Lineal und Bleistift beizukommen, sondern nur, indem man sich in einem kleinen Ruderboot beim Eingang der Bucht unermüdlich über die Ruder beugte und wieder aufrichtete, unverdrossen sich gegen den Wind stemmend, staubige Hügel erklomm. Wir mußten dorthin zurück ...

»Sie sollten wirklich hier bleiben!« lud uns der Gouverneur ein. »Sie würden es bei uns sehr bequem haben.« (Ich dachte an die purpurroten Handtücher, die wohlriechende Seife, das köstliche Essen.) »Wir könnten Ihnen weitere Informationen vermitteln ... genauere Karten ... vielleicht finden Sie auf einer der anderen Inseln ...«

Der Gouverneur und seine Damen zeigten ehrliche Hilfsbereitschaft. Ihre Liebenswürdigkeit, ihr Verständnis für unsere Sorgen taten mir richtig wohl. Aber das alles half uns nicht weiter; die Hilfe, die sie uns leisten konnten, löste eben unsere Probleme doch nicht. Wenn wir nur etwas anderes von ihnen verlangt hätten: Material über die Anfänge des Sklavenhandels in Afrika, über Sisalhanf oder Eukalyptusöl, über Baobabbäume oder Kaffee. Ich mußte an die Verse von Emily Dickinson denken:

Brasilien? Er drückt den Knopf.
Ohne mich anzusehn:
Sie wissen ja, Madame, daß wir
Ganz zur Verfügung stehn!

Nein, herzlichen Dank ... sonst nichts.

»Nochmals verbindlichsten Dank, Herr Gouverneur, auch für den Kaffee ... nein, danke ... wir müssen zu unserer Bucht zurück.«

Zurück nach Dakar?

Unser Treibstoff wartete schon auf uns, als wir zum Hafen zurückkamen. Da standen sie auf der weißen Mole, zu einem in der Sonne des Frühnachmittags schimmernden Block vereint, diese uns so wohlbekannten viereckigen Blechkanister. Sie schienen gar nicht zu diesem sandigen Pier, zu diesem leeren, verlassenen Hangar zu passen. So neu waren sie, so frisch, so »gerade erst ausgepackt«. Alles ringsumher sah mit einem Male ganz ungewohnt wach und lebendig aus.

Auch unsere Freunde schienen das zu spüren, denn sie waren alle bei der Mole versammelt und starrten auf die Kanister. Der »Chef« in seinem grauen Anzug, kerzengerade wie immer, hatte soeben das Ausladen überwacht. Seine Frau sah den Vorgängen, im Schatten des Hangars stehend, zu; der ungewohnte Betrieb erfüllte sie offenbar mit Stolz, aber auch mit scheuer Furcht. Es geschah hier also wirklich einmal etwas! Leute kamen, brauchten Benzin, brauchten Hilfe, und ihr Mann, *ihr* Mann, leitete alles und war überhaupt die wichtigste Person weit und breit.

Auch der Mechaniker war zur Stelle, in seinem braunen Sweater und mit seinem Tropenhelm. Seine Ärmel waren halb aufgerollt, und er wartete nur darauf, beim Füllen der Benzintanks mit anzupacken. Endlich gab es also doch etwas zu tun! Noch dazu etwas, das er besser konnte als irgend ein anderer. Er würde ihnen schon zeigen, daß es auch hier, wo die Füchse sich gute Nacht sagen, Leute gab, die ihr Geschäft verstanden.

Sogar die beiden Neger hielten sich bereit; sie saßen im Ruderboot und warteten auf Befehle.

Alle freuten sich darüber, daß wir endlich da waren. So ... jetzt konnte es losgehen!

»Monsieur ... Ihr Benzin ... wollen wir die Behälter gleich füllen? Wir stehen ganz zur Verfügung ...«

»Gewiß ... vielen Dank ... ja, das könnten wir ... aber ich brauche nicht gleich alles. (Zu mir gewandt:) Sag ihnen, daß ich nur zehn Kanister brauche ... nur soviel, um nach Dakar zu kommen.«

Die Boys schickten sich an, das Benzin in das Boot zu laden. Der Mechaniker ging Hammer und Meißel holen, um draußen auf dem Flugzeug die Kanister zu öffnen. Ich trat zu der jungen Frau.

»Hier«, sagte ich, »ist ein bißchen Schokolade ... un petit cadeau ... vielleicht essen Sie das gerne ...«

Zuerst verstand sie es gar nicht; verwirrt sah sie mich an. Ich mußte nochmals erklären: »C'est pour vous ... für Sie«, und schob ihr das Päckchen in die Hand. Sie lächelte scheu. Dann zeigte ich ihr den Kaffee, den wir vom Gouverneur erhalten hatten. »Vielleicht könnten wir ihn heute abend versuchen. Der Gouverneur sagte, er müsse richtig geröstet werden ...« O ja, das verstand sie; gewiß würde sie ihn richtig rösten. Ob ich nicht jetzt mit ihr ins Haus kommen und mich ausruhen wolle? Ich müsse gewiß müde sein ...

Nun war ich wirklich furchtbar müde ... hatte wahnsinnige Kopfschmerzen ... sicher von der Sonne ... aber wo hätte ich in diesem Hause ruhen können? Im Zimmer des Ehepaares nicht und in dem mit den Wanzen auch nicht. Nein, ich wollte mich lieber in unserem Gepäckraum hinlegen.

»Vielen Dank«, sagte ich, »aber ich möchte gerne dabei sein, wenn die Tanks gefüllt werden. Wir kommen später zu Ihnen.«

Sie nickte, und als sie davonging, trug sie den Kaffee und die Schokolade in ihrem Tropenhelm unter dem Arm, um alles vor der Sonne zu schützen ...

Nur soviel, um bis Dakar zu kommen, dachte ich, als uns die Neger zum Flugzeug hinausgerudert hatten. Es steht also fest, daß wir nach Dakar zurückfliegen ... Ich streckte mich im Gepäckraum aus und legte mir meine Jacke als Kissen unter den Kopf.

Die Gewißheit bedeutete eine Erleichterung für mich. Also hier nicht länger auf die Möglichkeit warten, vielleicht doch einen besseren Hafen zu finden. (Es gab ja keinen, davon war ich überzeugt.) Nicht länger darauf warten, ob auf der Leeseite, wenn der Wind etwas nachließe, am Ende doch ... ach was, das Warten hätte wirklich keinen Zweck.

Unsere Bucht hatte ja ursprünglich auch wie ein guter Startplatz ausgesehen. Die Franzosen hatten hier schließlich sogar einen Flugstützpunkt errichtet. Und wir hätten über 300 Kilometer erspart. Jetzt aber wußten wir, daß es nicht ging, und da war es wirklich vernünftiger, zu einem anderen Hafen zu fliegen, einem guten Hafen, wo es alles gab ... wo wir alles bekommen konnten. Zurück nach Dakar ...

Es war ja auch schon beschlossen. Die Männer füllten bereits die Tanks ... ich konnte das Klirren der gegeneinanderstoßenden Kanister unten im Boot hören. Dann das dumpfe, metallene Geräusch, als der erste Kanister aufgestellt wurde, und dann ... päng ... päng ... päng, kurze, scharfe Schläge auf den Blechdeckel. So ... jetzt war der Meißel durch. Ein Loch wenigstens. Jetzt das zweite ... päng ... päng ... Verworren drang das Durcheinanderschwirren von Männerstimmen an mein Ohr. Nun verklang das Geräusch der Stimmen ... Schweigen ... nur noch der strömende Laut. War es der Wind, oder hörte ich das Benzin in den Behälter fließen? Ja, das mußte es sein. Einen Augenblick später drangen auch schon unverkennbar die Benzindämpfe zu mir herein. Schwer und süßlich. Wie gut ich sie kannte, diese Dämpfe! Wie oft hatte ich sie über den Tragflächen gleich durchsichtigem Feuer sich kräuselnd entweichen gesehen. Jetzt trug der Wind sie geradewegs zu mir herein.

Die Kopfschmerzen wurden dadurch natürlich nicht besser. Jetzt verzogen sich die Dämpfe ein bißchen ... ich konnte wieder atmen. Päng ... päng ... päng, ein neuer Kanister wurde geöffnet. Nun, es kamen ja nicht mehr viele ... wir mußten ja nur bis Dakar kommen. Sobald das Benzin eingefüllt war, waren wir startbereit ... nur auf die Funkmeldung mußten wir noch warten. Vielleicht kam sie schon heute nachmittag. Vielleicht könnten wir morgen früh schon abfliegen. Päng ... päng ...

Da waren die Dämpfe wieder. Vielleicht, wenn ich alles zumachte, die Luke, die Tür ... nein, sie würden ja doch durch die Ritzen dringen, und es würde nur noch heißer hier drinnen sein. Viel konnte ja nicht mehr kommen.

Päng ... päng ... päng. Wenn sie wenigstens alle Kanister auf einmal geöffnet hätten, wenn es nicht solche Zwischenräume zwischen den Schlägen geben würde! Ich lag da und wartete auf diese Schläge, und dann kamen sie auch wirklich und trafen mich wie Hammerschläge direkt auf den Kopf. Päng ... päng ... päng. Diesmal ging's nicht auf den ersten Schlag. So ... jetzt ...

Ich hätte ein Aspirin nehmen und einen Schluck Wasser aus der Feldflasche nachtrinken können. Aber die Feldflasche lag ganz unten, tief unter dem Kleidersack, auf dem ich ruhte. Gestern abend hatten wir die harten Gegenstände zuunterst gelegt. Da müßte ich zuerst alles wegräumen ... eine schreckliche Anstrengung ... und dieses Hämmern in den Schläfen. Ja, es mußte die Sonne sein ... alle anderen Leute hier trugen Tropenhelme. Päng ... päng ... päng.

Übrigens, hätte es überhaupt einen Zweck gehabt? War *ich* es, die das Kopfweh hatte? Ich wußte es nicht genau, wie ich so dalag mit dumpfem Kopf und zum Gerippe des Flugzeugrumpfes aufblickte. War nicht das Kopfweh irgendwo dort draußen, irgendwo in diesen Schlägen? War es nicht vielleicht in den Tragflächen der Maschine, in dem heißen glänzenden Lackanstrich? War es nicht in dem staubigen Pier? War es nicht in dem verbrannten Gras und im Wehen des Windes? Nicht in mir. »Es« hatte Kopfweh ... etwas dort draußen, die Insel vielleicht, oder etwas, das über der Insel brütete, und ich war nur darin gefangen, ein winziges Teilchen davon, ein einziger schmerzender Schlag. Päng ... päng ... päng. Es konnte nicht mehr lange dauern ... Nur soviel, um nach Dakar zu kommen ...

Kontakt mit der Außenwelt

Die Funkstation sollte um 5 Uhr 30 die Verbindung mit Dakar wieder herstellen. Vielleicht würde bis dahin eine Nachricht für uns da sein. Ob wir sie uns auf der Station abholen wollten? Mein Mann steckte den Kopf durch die Öffnung, um mir das mitzuteilen. Natürlich würden wir zur Station hinaufgehen! Ich kletterte aus dem Gepäckraum. Wir schlossen die Luken des Flugzeugs, sprangen in das Boot und ruderten an Land.

Diesmal kletterten wir den staubigen Hügel etwas besser gelaunt als sonst hinauf. Jetzt würde bald alles abgemacht, alles in Ordnung sein: Wir würden nach Dakar fliegen. Die Funktürme, die sich auf dem höchsten Punkt des Hügels erhoben, erschienen uns wie ein Symbol unserer Hoffnung. Wir hatten Vertrauen zu ihnen, wir ließen uns von ihnen bergan ziehen, wie sich der Schiffer vom Blinklicht des Leuchtturms in den Hafen ziehen läßt. Wie sie so vor uns aufragten, schlank und kerzengerade, konnte ihnen weder der Wind, der uns zauste, noch die Sonne, die unseren Augen wehtat, etwas anhaben. Mit ihren dünnen Drähten das kleine Funkhaus überspannend, stolz auf die Bungalows und die Hütten, den Hafen, die ganze Insel hinunterblickend, schienen sie in eine andere Welt aufzuragen, in jene olympische Welt der Kraft, der Geschwindigkeit, der unbegrenzten Sicht, die auch die unsere gewesen war, und die wieder die unsere sein würde. Vielleicht durften wir schon morgen früh wieder in ihr atmen, da wir uns ja entschlossen hatten, nach Dakar zu fliegen.

Und als wir jetzt die Funkstation selbst betraten, waren wir erst recht gut gelaunt und fühlten uns wohler als sonst irgendwo auf der Insel. Nicht nur, weil uns ein guter Zweck herführte, sondern auch, weil hier eine Atmosphäre des Erfolgs, der Leistung, der Kraft herrschte. Die großen Motoren in ihren sauber abgestaubten Gehäusen strahlten uns hinter ihren Drahtgittern förmlich an. Die Funkgeräte mit ihren schimmernden Skalen, ihren Stöpseln, ihren an Haken hängenden Kopfhörern, das glatte Pult mit den leeren, zur Aufnahme eintreffender Nachrichten bereiten Körbchen, die an der Wand befestigten Zeittabellen und Stationslisten ... all dies sprach von täglicher, zweckmäßiger Benutzung. Hier waren wir vor Wind und Sonne sicher. Nur ein einziges kleines Fenster gab es, ziemlich hoch oben. Auf allen Seiten von summenden Maschinen, Wahrzeichen menschlicher Kraft, menschlichen Könnens umgeben, fühlten wir uns vollkommen abgeschnitten von der übrigen Insel, aber seltsamerweise nicht von der übrigen Welt. Warum wohl nicht? fragte ich mich. Was verband uns mit der Außenwelt? Es war nicht einfach das technische Wunder, uns jederzeit mit ihr in Verbindung setzen zu können; nicht nur die Ähnlichkeit dieses Raumes mit vielen anderen gleichartigen Räumen draußen in der lebendigen Welt. (Wir hätten ebensogut in einer großen Stadt oder auf einem Ozeandampfer, im Norden oder im Süden sein können.) Nein, es war etwas anderes ... dies hier war die lebendige Welt!

Unwillkürlich drehte ich mich um, um die andere Wand zu betrachten. Von der mausgrauen Gipsfläche herab schaute mich gleich einem runden Auge das Zifferblatt einer Uhr an. Eine ganz gewöhnliche Wanduhr war es, deren Zeiger genau auf 5 Uhr 28 zeigten. So überraschend vertraut und eben deshalb hier so fehl am Platz wirkte sie auf mich, daß ich mich zuerst einen Augenblick sammeln mußte, ehe mir zu Bewußtsein kam, daß dies die erste Wanduhr war, die wir auf der Insel gesehen hatten.

Auf dieser Insel gab es also doch den Begriff Zeit, versinnbildlicht durch die gewöhnliche tickende Uhr dort oben mit ihrem weißen Zifferblatt und ihren schwarzen Zeigern.

Uns selbst war der Begriff Zeit nie ganz verloren gegangen. Wir hatten unsere Chronometer, die wir jeden Morgen aufzogen. Die aber schienen in keinerlei Verbindung mit der Zeit auf der Insel zu stehen. Es waren Instrumente, die wir zufällig aus einer fremden Welt mitgebracht hatten, Muscheln vom Meeresgrund, in denen der Rhythmus eines anderen Lebens noch leise widerklang. Und wenn wir diese Zeitmesser sorgsam aus ihren Gehäusen nahmen, als wären es kostbare Juwelen, wenn wir sie aufzogen, die genaue Zeit ablasen und sie wieder versorgten, so waren sie in gewisser Hinsicht etwas Wertvolles, aber Sinnloses, bloße Erinnerungen an Geschehnisse in der Welt dort draußen. Uns war dann zumute wie heimwehkranken Auswanderern, die in alten, ihnen nachgesandten Zeitungen vom Wetter lesen, das vor langer Zeit in der Heimat geherrscht hat: »8. Juli. Bewölkt, leichte Niederschläge, gegen Abend Aufheiterung.« Wir schauten auf die Zeiger wie auf etwas Fremdes und dachten: »In Greenwich ist es jetzt 8 Uhr abends.« In Greenwich, gut, schön, aber hier … jetzt? Es war schwer zu sagen, wie spät es auf der Insel war. Man lebte im Rhythmus des Windes, des Hungers, der Sonne, des Schlafes, der Nacht. Wie lange waren wir schon hier? Konnte das in Wochen, Tagen, Stunden gemessen werden? Ich wußte es nicht.

Augenblicklich aber gab es dieses »Jetzt«; ich konnte ihm einen Namen geben, wenn ich auf das runde Auge dort an der Wand blickte. (Der Minutenzeiger war unmerklich wie ein Insekt zum nächsten Strichelchen gehüpft.) So, jetzt war es 5 Uhr 29. Es war 5 Uhr 29 in jener für uns unsichtbaren Station in Dakar. Und es war ganz genau so und soviel Uhr in Natal jenseits des Atlantischen Ozeans, in Las Palmas, das nun hinter uns lag, in Julianehaab an der äußersten Spitze von Grönland, in Paris, in London, in New York. Es war nicht die gleiche Zeit an all diesen Orten, aber überall eine Zeit, die eine ganz bestimmte, auf die Sekunde genau feststellbare Beziehung zu den anderen Zeiten hatte.

War also dies das Band, das die Station hier mit der übrigen Welt verknüpfte? Die Zeittabellen, der Kalender, die Uhr? Und hielt dieses schwache Band die ganze Welt zusammen, Ort für Ort? Eine Rettungsleine, hier und dort künstlich emporgezogen, an anderen Orten wiederum unter die Oberfläche des Wassers hinabgesunken, eine Rettungsleine, an der man sich in wechselnder Flut festhalten konnte. Solange man sich an sie anklammerte, konnte einem nichts geschehen. Wenn man sie aber einen Augenblick lang losließ ... was dann? Welche Strömungen, welche Wirbel zogen den Unvorsichtigen in die Tiefe? Dann mußte man wohl ertrinken, würde für ewig auf dem Meeresgrund hin- und hergeschleudert. Auf ewig verloren war man dann in einer fremden Welt, in der phantastisch geformte Wasserpflanzen lautlos über unsichtbare Korallenriffe wehten.

Was für ein böser Traum ... Was für ein Abgrund, in den man da blickte ... doch nein, noch hielten wir das schützende Seil fest in den Händen. Dort war die Uhr. Das Auge an der Wand blinzelte aufs neue ... es war 5 Uhr 30. Die festgesetzte Zeit. Der kleine Mann im Hintergrund des Raumes – blaß, ruhig, tüchtig – hielt gleichfalls seine Hand an der Rettungsleine, ja, auch er. Die Kopfhörer umgehängt, die Finger auf den Schaltern, blickte er auf die Uhr, für ihn das Fenster, das in die Welt hinausführte.

Er sah uns nicht an. Er war sich unserer Gegenwart gar nicht bewußt; schon war er weit, weit weg. Blitzschnelle

Drehungen des Schalters. Das tiefe Summen der Dynamomaschine, das Klappern der Taste, dann ... Stille. Er lauschte; er griff nach einem Bleistift. Er hatte also die Verbindung ... er hatte Dakar! Seine Fingerspitzen waren in Verbindung mit Dakar. Lebendiger Beweis dafür, daß ein Band die Welt umschlingt. Ton, Geist, Seele überwinden den Raum, blitzen durch Wasser und Wind, unaufhaltsam, unbesiegbar, wie das Licht durch die Finsternis. Aber auch wir konnten den Raum überwinden. Auch für uns war Wasser und Wind kein Hindernis. Auch wir konnten mit unserem Flugzeug Dakar erreichen, fast so rasch, fast so leicht wie der Mann dort. In ein paar Stunden konnten wir dort sein, vielleicht morgen schon ...

Jetzt kam die Nachricht, tröpfelte in die Kopfhörer, tröpfelte in Worten auf das Telegrammformular. Wir stürzten hin, um mitzulesen.

Zuerst die üblichen Vorbemerkungen: »Aufgabeort: *Dakar* – Aufgabetag – Zeit – Empfänger: *Lindbergh – CRKK, Porto Praia* – Anzahl der gefunkten Worte.« Dann langsam, in der gleichen leblosen, wie in Trance zu Papier gebrachten Schrift die entscheidenden Worte. Ich blickte dem Mann über die Schulter, nahm vor allem die wichtigsten Worte in mich auf: »*... Telegramm erhalten ... teilen mit ... höchste Gefahr ... Gelbes Fieber ... Quarantäne ... stehen jedenfalls zu Diensten ...*«

Der Funker riß das Formular mit einem Ruck ab und legte es in ein Körbchen. Sein unbewegliches Gesicht blieb auch jetzt ohne Ausdruck. Blaß, unbeteiligt und tüchtig wandte er sich wieder seinem Gerät zu, rückte seine Kopfhörer zurecht und fuhr fort, auf die Tasten zu klopfen.

»Können Sie denn nicht lesen, Mensch?« hätte ich ihm am liebsten ins Gesicht geschrien; begreifen Sie denn nicht, was das für uns bedeutet ... Wie können Sie nur weiterarbeiten, als ob nichts geschehen wäre?

Mein Mann nahm die Nachricht und las sie ein zweites Mal, stumm, mit emporgezogenen Augenbrauen, mit einem resignierten Lächeln.

Mein Blick fiel auf den »Chef«. Plötzlich zuckte Schrecken in seinem Gesicht auf … gleich einer Kerzenflamme, die hell flackernd zu doppelter Höhe emporschießt. »Das Gelbe Fieber!« stieß er hervor, sich jäh zu meinem Mann vorbeugend. Nur noch die Augen sah man in seinem Gesicht, glühend und dunkel vor angstvoller Erregung. »Das Gelbe Fieber! Da … fliegen Sie doch nicht hin?«

»Hm«, zögerte mein Mann, »vermutlich nicht … werden ja sehen … muß es mir überlegen …«

Wir wandten uns zur Tür. Das Auge an der Wand blinzelte spöttisch auf uns herab. Der Funker tippte unbewegt weiter. Langsam gingen wir an den seelenlosen Maschinen vorbei hinaus … in den Wind.

Gelbes Fieber?

Wir gingen zum Bungalow des »Chefs« zurück. Ich setzte mich in den breiten Korbsessel, der im Hintergrund des Zimmers stand. Die junge Frau kam mit der Teekanne herein. Jetzt hätte ich eigentlich versuchen sollen, mich aufzuraffen, hätte mich aus dem Sessel erheben sollen, von dem flachgedrückten Kissen. Aber ich stand nicht auf; immer tiefer glitt ich in den Sessel, ganz benommen, unfähig, einen Entschluß zu fassen. Mein Mann und der »Chef« saßen matt und erschöpft am Tisch. Die eintretende junge Frau blickte uns forschend ins Gesicht.

»Gelbes Fieber!« rief der »Chef« und sprang, lebhafter als es seine Art war, auf. »In Dakar ist das Gelbe Fieber«, teilte er seiner Frau mit.

»Ach!« stieß sie hervor; ihr Gesicht verzerrte sich vor Entsetzen zu einer jener typisch südländischen Grimassen, die das Antlitz eines Menschen so völlig verändern, daß es den Betrachter kalt überlaufen kann; eine solcherart verzerrte Miene vermag deutlicher, als Worte es könnten, alle Schrecken auszudrücken, die einer erlebt haben muß, um einen so jähen Wechsel des Ausdrucks hervorzubringen.

Die junge Frau stellte das Teegeschirr hin, und wir rückten näher an den Tisch.

»Ja ... das Gelbe Fieber«, fuhr der »Chef« fort, »sie können nicht hin ...« Er warf zwei Stück Zucker in seine Tasse.

Charles nickte zerstreut.

»Mais non«, beschwor ihn der »Chef«, »Sie dürfen nicht hinfliegen ...«

Mein Mann schwieg noch immer, ohne recht hinzuhören.

»Sie wissen doch«, drang der »Chef« weiter in ihn, »daß das Gelbe Fieber die Weißen viel heftiger angreift als die Farbigen.«

»Wirklich?« Beeindruckt von der Eindringlichkeit seines Blickes, lehnte ich mich unwillkürlich vor.

»Ja, ja, die Weißen … die sind gleich erledigt.« Seine Mundwinkel senkten sich in zynischer Resignation. »Man bricht Blut und…«, er schnippte mit dem Finger, »c'est fini!«

»Schrecklich!« flüsterte ich, ihm ins Gesicht starrend. Ich hielt es nicht für notwendig, seine letzten Worte meinem Mann zu übersetzen. Von Zeit zu Zeit blickte der »Chef« seine Frau an, als warte er auf ihre Bestätigung seiner Worte. In ihrem gelblich-blassen Gesicht, um die Mundwinkel, in den angstvoll emporgezogenen Brauen war noch der Widerschein des früheren entsetzten Ausdrucks zu sehen. Schweigend sah sie ihren Mann an.

»Sie hat es gehabt, das Gelbe Fieber«, erklärte der »Chef«, mit einer Kopfbewegung auf seine Frau weisend, »sie blieb am Leben, aber drei ihrer Schwestern und ein Bruder starben kurz nacheinander daran.«

Die Frau nickte unmerklich und fuhr fort, ihren Tee umzurühren.

Wenn die Krankheit in ihrer Familie so schwer gewütet hat, ist sie wahrscheinlich eine Weiße, dachte ich und warf einen raschen Blick auf das weiche Gesicht.

»Sie ist Italienerin«, erklärte der »Chef«, der offenbar meine Gedanken erraten hatte, »aber hier auf den Inseln geboren.«

Die junge Frau schaute gar nicht auf.

»Auch ich«, sagte der »Chef« und räusperte sich, »bin ein halber Europäer, wenn ich auch als Farbiger gelte. Für uns ›Schwarze‹ ist es nicht so gefährlich … das Fieber. Für Sie aber und Ihren Mann …« Wieder räusperte er sich und führte seine Teetasse zum Mund.

Mein Mann stand auf und ging hinaus. Jetzt, dachte ich, muß ich endlich aus diesem Korbsessel aufstehen ... aber ich blieb sitzen.

Nach einer Weile fand ich doch die Energie, mich zu erheben. Ich trat vor das Haus und setzte mich mit der jungen Frau auf die Stufen der Veranda. Schweigend blickten wir beide auf das unendliche Meer hinaus. Es wurde ziemlich rasch dunkel; das Land lag schon in verschwommene Schatten gehüllt da. Nur die Wogenkämme bewahrten noch das grünliche Leuchten der untergegangenen Sonne, unwirklich und kalt wie das Licht unter der Oberfläche des Meeres. Der Wind wehte an diesem Abend schwächer, schien mir, als wollte er uns wegen unseres unfreiwilligen Aufenthaltes auf der Insel trösten. Er war wohl noch da, als ein regelmäßiges, monotones Klagen, aber seine Stimme war gedämpft, so als ob ein Schiff, das Wasser in zwei Bugwellen teilend, durch die Wogen glitt.

Als uns nun plötzlich Dunkelheit überfiel und nur noch die äußersten Wellenkämme ein allerletztes Leuchten zeigten, war es mir, als seien auch wir auf einem Schiff, das in ein grenzenloses, einsames Meer hinausfuhr. Ganz allein standen wir auf dem Bug des Schiffes, die junge Frau und ich, und wurden rasch einem unbekannten Ziel entgegengetrieben. Nur unablässige Bewegung konnte diesen sanft, doch ohne Unterlaß wehenden Wind hervorrufen, nur Geschwindigkeit diese dauernde Unruhe erzeugen. Nun waren selbst die Wogenkämme erloschen. Nichts gab es mehr als unsere beiden zusammengekauerten Gestalten; das Gefühl, festen Boden unter den Füßen zu haben, war mir völlig entschwunden. Nicht länger mehr mit dem Lande verwurzelt, fühlte ich das leise Schwanken eines Schiffes unter mir. Wie konnte ich mich nur so hoffnungslos weit von der Wirklichkeit entfernt haben? Gleichsam hilfesuchend blickte ich auf die junge Frau neben mir. Was mochte sie fühlen, wie sie so mit leeren Augen in die undurchdringliche Dunkelheit starrte?

Leise aufseufzend barg sie ihre nackten Knie unter dem leichten Rock und zog sie dicht an den mageren Leib ...

Nach dem Abendessen brachen Charles und ich todmüde zu unserem Flugzeug auf. Heute wurde gar nicht darüber gesprochen, wo wir schlafen sollten. Als wäre es selbstverständlich, gingen wir schweigend den Hügel hinunter. Seit wir den Funkspruch erhalten hatten, waren wir noch nicht allein gewesen. Aber ich stellte die Frage, die uns beide bewegte: »Und jetzt ... was fangen wir jetzt an?« gar nicht erst.

Schon als Kind erfährt man, daß es zwecklos ist, gewisse japanische Schachteln, die man zu Weihnachten geschenkt bekommen hat, zu öffnen. Es waren eben Schachteln, sonst nichts ... und innen waren sie leer. So sprachen wir auch jetzt gar nicht über den Funkspruch miteinander, sondern legten uns rasch schlafen.

Die Nacht war genau wie die vorige; in den Schlafsäcken war es zu heiß, ohne sie zu kalt. Wir schliefen schlecht. Ich hatte schwere Träume ... alle jene schweren Träume, die man als Kind hat, wenn man zu warm zugedeckt ist. Während der ganzen Nacht stolperten sie einer hinter dem anderen her.

Und dann schließlich kam der »Flucht«-Traum. Du läufst; man jagt hinter dir her. Aber blick dich nur ja nicht um! Jetzt rasch in ein leeres Haus ... doch schon klopft man an das Tor. Die Treppe hinaufgesprungen wie eine Katze ... aber auf den Stufen hinter dir hörst du schon Schritte. Auf den Estrich ... endlich geborgen ... doch nein, die Verfolger kommen immer näher. Schnell ... da ist ja die Dachluke. Hast du vergessen, daß du fliegen kannst? Nur keine Angst ... mit dem Kopf durch das Glas! Breite die Arme aus ... fliege, fliege! Wenn du erst einmal schwebst, geht es ganz leicht. Die ersten Bewegungen in der Luft sind die schwersten ... doch jetzt ... Hände drücken die Klinke nieder. O Gott, jetzt nur hinaus ... hinauf ... immer höher, daß niemand dich erreichen und noch an den Füßen herabziehen kann!

Die leere Schachtel

Wieder begann ein Tag wie die anderen; er würde sich vom gestrigen nicht unterscheiden. Nur, daß wir heute nichts zu erwarten hatten, keine Nachricht aus Dakar. Wir mußten einen neuen Entschluß fassen, einen neuen Ausweg finden.

»Ich glaube, ich werde nach Bathurst funken und um Erlaubnis ansuchen, dort landen zu dürfen«, sagte Charles entschlossen.

»Wo liegt Bathurst?« fragte ich.

»In Britisch-Gambia ... an der afrikanischen Küste ... nahe bei Dakar ...«

»Ist es von dort weiter nach Südamerika als von Dakar?«

»Nein, es ist sogar ein paar Kilometer näher.«

»Und ein ebenso guter Startplatz?« erkundigte ich mich zweifelnd.

»So ungefähr ... es ist kein transatlantischer Flugstützpunkt, aber ein ziemlich bedeutender Ort mit einem großen Hafen. Wenn es sein muß, können wir von dort aus einen Nachtflug nach Südamerika machen, falls der Mond scheint. Laß mich mal nachdenken ... o ja, wir können mit Mondschein rechnen, wenn wir noch diese Woche losfliegen.« (Er sprang auf die Schwimmer des Flugzeugs.) »Ich werde die Nachricht gleich durchgeben ... vielleicht kommt die Antwort noch heute.«

»Ja, das wird wohl das beste sein«, nickte ich, allerdings nicht sehr hoffnungsfreudig. Wenn in Dakar das Gelbe Fieber wütete, warum sollte es dann nicht auch im näheren Bathurst sein?

Wenigstens hatten wir jetzt wieder etwas, auf das wir warten konnten. Wir hatten einen Haken, um die langen, leeren Stunden daranzuhängen. »Vielleicht kommt die Antwort noch heute.« Mittlerweile dehnte sich der Tag vor uns aus wie eine endlose Landstraße. Wir kannten schon jede einzelne Stelle, an der sie uns vorbeiführte, und hatten nur den einen Wunsch, so rasch wie möglich vorüber zu sein. Der Tag war eine leere Schachtel, die wir mit irgend etwas, mochte es auch noch so belanglos sein, füllen mußten, um nicht unausgesetzt an ihre Leere gemahnt zu werden.

Immer gab es gewisse regelmäßig wiederkehrende Pflichten, die erfüllt werden mußten, damit die Maschine flugtauglich blieb. Nach dem Frühstück begannen wir mit dieser uns so gewohnten Tätigkeit und beschäftigten uns den ganzen langen Vormittag damit, bis wir gegen Mittag endlich den Weg zum Bungalow hinauf machten, um zu essen.

Zuerst hieß es, die Schwimmer trocken zu pumpen. Wenn das Flugzeug vor Anker lag, drang stets etwas Wasser ein, und wenn dieses nicht regelmäßig entfernt wurde, so war das Flugzeug gleich um viele Kilo schwerer. Charles nahm die Bodenpumpe zur Hand. Ich schraubte alle Schwimmerdeckel auf und legte sie sorgsam beiseite, damit sie nicht ins Wasser gestoßen würden. Dann ließ er den Schlauch bis in die unterste Ecke jeder einzelnen Abteilung hinunter. Auf dem Schwimmer stehend, hielt ich den Schlauch fest, während mein Mann pumpte, bis der letzte Tropfen aufgesaugt war; dann schraubte er den Deckel wieder fest.

Nun mußten die verschiedenen Metallteile und Drähte, die dem aufsprühenden Salzwasser ausgesetzt gewesen waren, geölt werden. Charles trug das dicke gelbe Fett überall dort auf, wo das Aluminium, wie der feine weiße

Belag zeigte, angefressen war. Auch den Propeller rieb er dort, wo er bei unserer Landung naß geworden war, mit Öl ab. Ebenso mußten die Scharniere der Seitenruder, das Steuer, das Höhenruder geschmiert werden, damit die mattbraunen Rostflecken, die den Stahl allmählich angreifen, verschwanden.

Auch die Außenflächen des Flugzeugs brauchten Pflege. Die Wirkung der ununterbrochen herniederbrennenden Sonne zeigte sich bereits. Die Tragflächen waren so glühend heiß, daß man sie kaum berühren konnte. Ihr Anstrich, der ernst wie eine helle Flamme geleuchtet hatte, hatte allmählich ein stumpfes Orange angenommen. Er sah aus wie die Lackierung eines alten Autos, das in der Wüste zu lange der Sonne und den trockenen Winden ausgesetzt gewesen ist. Überall wies der Anstrich schon Risse auf, wie die ersten Runzeln im Gesicht einer Frau.

In den Tropen zu fliegen ist ununterbrochener Kampf, dachte ich, als ich sah, wie mein Mann am Nachmittag wieder die Ränder der Tragfläche mit einem Pinsel bearbeitete. Die Hitze, das Salzwasser, der Temperaturwechsel, all dies hinterließ Spuren der Zerstörung auf dem Flugzeug.

Nicht nur auf dem Flugzeug, fand ich, als mir der durchdringende Geruch des Lacks in die Nase stieg, der mich seltsamerweise an Silberschuhe erinnerte, die ich mir einmal für die Tanzschule selbst neu gelackt hatte; auch ich selbst wies diese Spuren auf. Da war der Staub in meinem Haar, die eingerissenen Fingernägel, die aufgesprungenen Lippen und ein Gefühl des Ausgetrocknetseins am ganzen Körper. Unbestimmte Angst erfüllte mich, daß auch wir zugrunde gingen, wenn wir noch länger hier blieben. Wie alles übrige würde der Staub auch uns verwehen und der Rost uns anfressen …

Ein Teil des Nachmittags war vergangen, die Arbeit am Flugzeug beinahe beendet. Mein Mann stand in einem Ruderboot, eine Büchse orangefarbenen Lacks in der Hand, und strich über die letzten beschädigten Stellen. Ich kletterte auf meinen Sitz im Flugzeug und nahm all meine Kräfte zusammen. Ich machte Ordnung im Gepäckraum, trug die Ereignisse in meinem Tagebuch nach und schrieb meine Funkaufzeichnungen ins reine. Es war noch immer nicht Abend geworden. Alle diese verschiedenen, sich stetig wiederholenden Tätigkeiten, eine nach der anderen aufgefädelt an der aus der glühenden Sonne, dem Staub, dem klagenden Wind gefertigten Schnur, hatten nicht genügt, um einen Tag auszufüllen. Die Schachtel war erst halbvoll. Jetzt gab es nichts anderes mehr zu tun als das, vor dem wir den ganzen Tag über davongelaufen waren: nur noch sich hinzulegen und zu warten.

Als ich matt und müde meine Jacke als Kissen unter den Kopf gerollt hatte, fühlte ich, daß das Wesen des Wartens immer das gleiche war, wo man sich auch befinden mochte, auf einem Flugfeld oder im Wartezimmer eines Arztes, in einer Telefonkabine oder in einem Garten. Ja, selbst wenn man im Gepäckraum eines Flugzeugs lag wie ich jetzt und zu der gerippten Wölbung hinaufblickte. Immer war es dasselbe, dieses abgebrochene, abgesonderte Stück Zeit, das gleichsam mitten in der Luft hing. Auf die Ankunft eines Flugzeugs, auf das Öffnen einer Tür warten, auf das Läuten einer Glocke, auf den Stundenschlag einer Uhr, auf eine Nachricht aus Bathurst. Unfähig, seine Aufmerksamkeit auf etwas anderes zu konzentrieren, unfähig, Ruhe zu finden.

Und doch, spürte ich, kann man in solchen Stunden angespannter Erwartung so müde werden, daß man nur noch an *eine* Sache, an etwas ganz Bestimmtes zu denken vermag, an das zerbeulte Blech eines leeren Benzinkanisters, an das absonderliche Inserat im Anzeigenteil einer Zeitung, an Telephonnummern, die irgendwelche Leute an die Wand gekritzelt haben: »Zentrum 1372–1372«, an einen Käfer, der langsam und beharrlich über lange Grashalme kriecht, an die wirr durcheinanderlaufenden Röhren und Drähte hinter dem Armaturenbrett. So müde ist man dann, daß diese unwichtigen, banalen Dinge einem zum Ruhepunkt für die Gedanken, zum Rettungsanker werden können. Verzweifelt klammern wir uns daran, in der Hoffnung, diese dünnen Halme könnten unser Gewicht tragen, das Gewicht eines ganzen Lebens. Das können sie freilich nicht; nur das eine, auf das wir warten, vermag das: das Surren des herannahenden Flugzeugs, die Tür, die sich öffnet, die Glocke, die läutet, die Stunde, die schlägt, die Nachricht aus Bathurst ...

Ja, hier lag ich wieder und wartete, wie wir in der Reparaturwerkstatt auf die Schäkel gewartet hatten, wie ich auf die Rückkehr meines Mannes gewartet hatte, als er zum offenen Meer hinausgerudert war, als wir auf einen günstigeren Wind oder auf Nachricht aus Dakar hofften. Die ganze Zeit auf dieser Insel war ein einziges Warten gewesen; dieses innere Angespanntsein hatte hinter allem, was wir getan, was wir gefühlt hatten, gelauert. Es war die Woge gewesen, die stieg und stieg und niemals brach, der tiefe, endlose Atemzug ... der Wind.

Warten war stets etwas Schwebendes, man trieb dahin, war vom Leben getrennt, irgendwo in jenem langgezogenen Seufzer dort oben, ungreifbar wie der Wind. Wenn man es nur zu sich herabziehen, festhalten, in das Erdreich des Lebens pflanzen könnte ...

Natürlich hat man das oft versucht, immer dann, wenn man etwas plante, um sich die Zeit zu vertreiben, die leere Schachtel zu füllen, so wie wir es uns heute vorgenommen hatten. Man konnte leugnen, daß es ein Warten gab, konnte seinen Blick abwenden. Dann wurde es zu einem leeren Raum, zu vergeudeter Zeit, zu etwas Negativem, nicht Vorhandenem. Aber auch das war nicht die Antwort auf die Frage; sicherlich gehörte auch das Warten zum wirklichen Leben.

Zuweilen hatte ich während des Wartens versucht, intensiver in den kleinen Dingen zu leben, die mit mir eingekerkert waren: in staubigen Heidelbeerbüschen am Wegrand, ewig in ihrem stillen Dasein; in Körnchen pickenden Spatzen, die auf einmal eine neue, seltsame Bedeutung gewannen; in glitzernden Tautropfen auf einer Wiese, die funkelnd immer größer und größer wurden. Oft aber gab es keine Spatzen, keine Tautropfen, nur an Wände gekritzelte Telefonnummern, nur Radspeichen, nur Benzinleitungen und Drähte.

Nein, das Warten konnte nur auf eine Art mit dem Leben verknüpft werden, indem man es freudig hinnahm, es um seiner selbst willen wert hielt. Warten, wie der Bauer, nachdem er gesät hat, wissend, daß nun alles von Kräften abhängt, auf die er keinen Einfluß nehmen konnte, und der dennoch Vertrauen in den langsamen, unaufhaltsamen Vorgang des Wachsens hat.

Warten, wie Frauen auf die Geburt ihres Kindes warten, glücklich in dem Wissen, daß jede Sekunde dieser Zeit ihre Bedeutung und ihren Zweck hat und hingenommen werden muß. So ein Warten trug wahrhaft Früchte.

Wie konnte ich dem jetzigen Warten ähnliche Bedeutung verleihen? Welche Beziehung konnte es zu meinem Leben haben, jetzt hier auf dem Rücken zu liegen, zu dem Gerippe des Flugzeugrumpfes, zu den ineinander verschlungenen Röhren und Drähten hinaufzustarren? Wenn man in die Zukunft sehen könnte wie der Bauer; wenn man mit seinen Blicken den Raum durchdringen könnte, würde man dann am Ende auch diese Zeit des Wartens als etwas Unvermeidliches und Notwendiges hinnehmen? Würde man erkennen, daß in diesem vermeintlichen

Nichts etwas wuchs, daß sogar jetzt, in dieser Stunde scheinbaren Nichtstuns, vielerlei notwendige Dinge sich mit der denkbar größten Geschwindigkeit ereigneten, auf uns zuströmten? Daß jenes, was nun in Bathurst geschah, in Telegraphenbüros, an Beamtenschreibtischen, in den Straßen, im Sanitätsdepartement ... lauter kleine, einzelne Vorgänge, sich wie Steinchen zusammenfügten, um den ihnen bestimmten Platz einzunehmen im Mosaik unseres Lebens? Vielleicht reifte auch für uns etwas heran, gerade jetzt ...

Erstarrte Gesichter

Gegen Abend gingen wir den Weg zum Bungalow hinauf. Als wir einen Augenblick stehen blieben, um Atem zu schöpfen, sahen wir einen Mann von der Funkstation auf uns zueilen ... es war der »Chef«. In der Hand hielt er einen im Wind flatternden gelben Papierbögen. Die Funkantwort, dachten wir beide gleichzeitig; so unverwandt waren unsere Blicke auf das gelbe Papier gerichtet, als könnten wir auf diese Weise seinen Inhalt enträtseln. Den »Chef« sahen wir kaum an. Das flatternde Papierstückchen erschien uns in diesem Augenblick als das lebendigste Wesen weit und breit, lebendig wie eine züngelnde Flamme.

»Monsieur ... für Sie ... aus Bathurst ...« Der »Chef« hustete und rang heftig nach Atem. Mein Mann nahm das Formular, ohne aufzublicken, entgegen; ganz starr vor Erwartung lasen wir zusammen die Worte, die der blasse Funker in seiner gleichmäßigen Schrift mit Bleistift niedergeschrieben hatte: »... *Bewilligen gerne Landung Bathurst – bitte mitteilen Ankunftszeit* ...«

Das war alles – so einfach war das also – »bitte mitteilen Ankunftszeit« – wie etwas ganz Alltägliches! Warum machten wir uns überhaupt Sorgen? Wohin war der böse Traum, der noch vor einer Stunde auf uns gelastet hatte, nun entschwunden? Er war in nichts zerronnen wie die Dunkelheit der vergangenen Nacht. Ja, es war wirklich wie ein Erwachen aus bösen Träumen ... die gleiche Erleichterung, der gleiche Friede, die Zentnerlast, die von einem abfällt. Nur ein Traum ... die Verfolger erwischen einen nicht ... man kommt also doch mit dem Leben davon ... nur ein Traum ...

Es war, als höre man nach langer Taubheit zum ersten Male wieder Musik; als habe man hinter einem geschlossenen Fenster eine vorbeimarschierende Militärkapelle nur gesehen, den sich sinnlos hin- und herbewegenden Taktstock, die stumm niedersausenden Trommelschlegel, die in Reih und Glied marschierenden, einem unhörbaren Takt folgenden Beine. Dann plötzlich wird das Fenster geöffnet, jäh strömen die Töne in den Raum, und alle diese stummen Bewegungen gewinnen mit einem Mal Sinn und Bedeutung. Die ganze Zeit über hatte die Musik dort draußen schon gespielt, nur hatten wir sie nicht gehört. Jetzt, da das Fenster offen ist, hat sie Besitz von uns ergriffen, unsre Füße bewegen sich nach ihrem Takt, ihr Rhythmus pulsiert in unserem ganzen Körper.

Ich fühlte, daß das Leben wieder durch unsere Adern strömte wie frisches Blut. Wir nahmen aufs neue am Leben teil.

Ein Glücksgefühl stieg in mir auf; ich war nicht mehr allein, nicht mehr ausgeschlossen. »Bewilligen gerne ...« Wahrhaftig, dachte ich und freute mich dabei wie ein Kind, es klingt geradezu, als ob sie uns gerne dort hätten. Mir war zumute wie einem jungen schüchternen Mädchen, das ganz allein und ängstlich in eine fremde Gesellschaft kommt; auf einmal löst sich eine wunderschöne Frau aus jenem weltgewandten, selbstsicheren Kreis, kommt auf sie zu, küßt sie auf die Wange und sagt: »Wie reizend, daß Sie gekommen sind, Liebste ...« Ist es möglich, denkt das Mädchen verwirrt und glücklich, daß man mich gerne hier sieht, daß man sich über mich freut!

»Bewilligen gerne Landung Bathurst«, las Charles nochmals laut vor und lächelte froh. »Na, dann ist ja alles in Ordnung.« Er faltete das Formular zusammen und steckte es ganz einfach in die Tasche. Das Problem war gelöst, lag hinter uns. Unnötig, sich darüber noch länger

Sorgen zu machen. Er hatte die Nachricht in die Tasche gesteckt und wahrscheinlich schon vergessen. Jetzt gab es andere Dinge zu bedenken. Wie war der Abflug zu bewerkstelligen? Morgens früh, wenn der Wind am schwächsten wehte? Und wo, draußen vor der felsigen Landspitze? Die See war dort ziemlich stürmisch; immerhin, mit einer leichten Ladung ging es vielleicht, bei Nacht beruhigte sich das Meer immer etwas, aber besser war es wohl am frühen Morgen ...

»Wird's gehen?« fragte ich und folgte mit den Blicken dem kostbaren Stückchen Papier, das so mir nichts, dir nichts in Charles' Tasche verschwand. Seine Gedanken beschäftigten sich schon mit dem nächsten Problem, das merkte ich wohl.

»O ja«, antwortete er. Seine Stimme klang bestimmt und hoffnungsfroh, aber er dachte sicher an die hohen Wogen draußen im offenen Meer. »Ich denke, mit einer leichten Ladung an Bord kommen wir hoch.«

In Gedanken versunken stiegen wir die Stufen zum Bungalow auf. Still ging der »Chef« hinter uns her. Ich war noch ganz benommen, »sie wollen uns gerne dort haben ... sie freuen sich auf uns!«

Mein Mann setzte sich an den Tisch, ohne ihn oder das zerschlissene Tischtuch, den einsamen Zahnstocherbehälter, die Flaschen auf dem Anrichteschrank und den Korbsessel zu sehen. Das Zimmer war für ihn verschwunden. Er war schon weit jenseits der hochgehenden See am Hafenausgang. Er war in Bathurst. Treibstoff bekommen wir dort, soviel wir wollen, überlegte er, aber die dreihundertzwanzig Kilometer mehr ... können wir das bei Tag schaffen? Sollten wir den Benzinverbrauch drosseln ... bei Nacht fliegen? Hm, ein schwieriger Nachtstart? Halt, wir haben ja den Mond ... wenn alles gut geht, wird er bei unserem Abflug von Bathurst beinahe voll sein ...

Der »Chef« und seine junge Frau standen in der Tür und sprachen leise miteinander. Ich beobachtete Charles, versuchte zu ergründen, was in seinem Kopf vorging. Schließlich gesellte sich der »Chef« zu uns und rückte sich einen Stuhl zum Tisch.

»Sie verlassen uns?« fragte er still. Seine Worte, so leise sie auch klangen, zerrissen jäh die Stille. »Verlassen ...?« wiederholte Charles, aus seinen Gedanken aufgeschreckt. »Ja, gewiß müssen wir weiter ... wahrscheinlich starten wir morgen früh, wenn wir hochkommen.«

Zum erstenmal an diesem Abend sah ich unseren Gastgeber und seine Frau an und war seltsamerweise beinahe erschrocken darüber, daß der Ausdruck ihrer Gesichter sich nicht verändert hatte. Und doch war das ja nur selbstverständlich. Sie waren die gleichen geblieben; für sie gab es kein Erwachen aus bösen Träumen, keine schmetternde Musik nach langer Stille. Unbewegt saßen sie uns auf ihren Stühlen gegenüber. Eine bedrückende Stille war um sie; eine Stille, wie ich sie nur noch beim Warten in einem Zug verspürt habe, der auf einem kleinen Bahnhof hält. Ein zweiter Zug saust vorüber. Der Lärm der ratternden Wagen, der Luftzug, die kaleidoskopisch vorbeiziehenden Gesichter und Fenster, Licht wechselt mit Dunkelheit, gibt einem die Illusion, daß man sich gleichfalls bewegt. Dann ist der Zug mit einem letzten Rattern, einem letzten Windstoß entschwunden. Plötzlich sieht man nur noch das gleiche Bild wie früher vor sich; die leeren Schienen, die Telegrafenstangen, die Böschung, den Zaun.

So still war auch die Landschaft der Gesichter mir gegenüber. Ganz ohne Bewegung waren diese Gesichter; nur ein leerer, geduldiger Blick ruhte auf dem, der gerade sprach.

Mein Mann dachte seine Gedanken laut zu Ende. »Am frühen Morgen ist die See am ruhigsten, nicht wahr?« Er warf einen Blick auf die reglosen Gesichter vor sich. »Legt sich der Wind nicht nachts ein wenig?«

»O ja, Monsieur, ein wenig.« (Ich mußte an einen alten Karren denken, der sich langsam, mit einem schwerfälligen Ruck wieder in Bewegung setzt.) Der »Chef« befaßte sich ernsthaft mit der Frage meines Mannes. »Ja, der Wind läßt bei Nacht etwas nach, auch das Meer ist ruhiger. Am besten ist es am Morgen.«

Schweigend aßen wir weiter. Nachdem die Teller abgeräumt waren, räusperte sich der »Chef«, wie um Entschuldigung dafür bittend, daß er das Thema änderte.

»Monsieur«, hob er an, »würden Sie einem entsprechenden Unternehmen einen Brief von mir übergeben ... Vielleicht braucht man einen Funker, wenn eine Fluglinie über die Kapverdischen Inseln eingerichtet wird.«

»Sie möchten Ihre Stellung wechseln?« fragte Charles.

»Jawohl«, antwortete der »Chef«, sich eine lange Haarsträhne aus der Stirn streichend, »ich suche einen neuen Posten. Die Gesellschaft hier«, er hob die Augenbrauen, »hat ein doppeltes Lohnsystem: eins für Franzosen, eins für Eingeborene ... ich verdiene zu wenig ...« Er wurde von Husten unterbrochen. »Eine Stelle in einer Regierungsstation oder auf einem Schiff kann ich nicht bekommen, weil meine Vorbildung dazu nicht genügt. Man muß entsprechend ausgebildet sein, um einen Regierungsposten zu bekommen.« Er stand auf und holte aus der Anrichte seine Medizinflasche. »Außerdem bin ich zu alt ...«

»Wie alt sind Sie denn?« erkundigte sich mein Mann.

»Siebenundzwanzig«, antwortete er, während er die Medizin in ein Glas Wasser schüttete.

»Wie alt ist ihre Frau?« warf ich ein. Ich konnte ihr Alter nicht abschätzen. Manchmal schien es mir, als sei sie schon lange auf der Welt; dann wieder kam sie mir wie ein Kind vor.

»Sie ist sechzehn. Und da ich verheiratet bin, komme ich mit meinem Gehalt nicht aus. Wenn ich eine Stelle bei einer amerikanischen Gesellschaft bekäme …« Er trank das Glas mit einem Schluck leer.

»Ich nehme Ihren Brief gerne mit«, sagte Charles, »aber ich zweifle daran, daß sich hier ein amerikanisches Unternehmen niederlassen wird.«

»Gewiß, gewiß, Monsieur, das begreife ich, aber ich habe so wenig Gelegenheit. Ich sehe selten jemand. Wenn Sie so freundlich sein wollen …«

Er nahm einige liniierte Papierbögen und eine Flasche violette Tinte aus einer Schublade der Anrichte und begann zu schreiben. Mein Mann machte sich auf die Suche nach dem Mechaniker, um die nötigen Vorbereitungen für den Start am nächsten Morgen zu treffen. Einige Minuten später schob der »Chef« seinen Stuhl zurück, faltete den Briefbogen zusammen, steckte ihn ohne Umschlag in seine Brusttasche und eilte hinaus. Ich blieb mit der jungen Frau allein. Sie nahm die unbeschriebenen Briefbögen, die auf dem leeren Tisch liegen geblieben waren, ordnete sie sorgfältig, legte sie in ein Fach und stellte die Tintenflasche darauf.

»Sie brechen morgen früh auf?« fragte sie mich leise.

»Ja, ja«, antwortete ich, wie ich schon vor vielen Abflügen an vielen Orten geantwortet hatte, »wir starten immer früh, mein Mann legt Wert darauf, daß die See möglichst ruhig ist, aber lassen Sie sich nur nicht stören, Sie brauchen wirklich nicht aufzustehen. Wir benötigen gar nichts …«

»O doch«, widersprach sie eifrig und lächelte mich an, »wir werden das Frühstück für Sie bereiten …« Sie nahm eine Feder, die sie übersehen hatte, vom Tisch und ging mit einem leichten Seufzer zur Anrichte. »C'est ennuyeux ici … es ist so langweilig hier.«

Die Türme auf dem Hügel dort …

»Auf Wiedersehn … auf Wiedersehn!«

Aber ich rief ins Leere. Nicht einmal mein Mann im Führersitz konnte mich hören, so laut übertönte das Motorengeräusch meine Abschiedsgrüße; noch viel weniger hätten die winzigen Figürchen, die auf dem Hügel tief unter uns standen, sie vernehmen können. Denn wir waren wieder in der Luft, umkreisten den kleinen Hafen und verkündeten der Welt, die wir gerade verlassen hatten, brausend und knatternd unsere stolze Freude über die wiedergewonnene Freiheit. Das auf den Wellen tanzende winzige Boot, das uns ins offene Meer hinausgeschleppt hatte, der wie ein Spielzeugwürfel aussehende Hangar, die von hieraus Spinnenbeinchen gleichenden Kranarme, der flache Bungalow, der himmelwärts ragende Funkturm; alles drehte sich tief unter uns.

Unser Start war gelungen!

Aber es war ein schwerer Start gewesen … zuerst die Fahrt hinaus zum bewegten offenen Meer … die Neger mußten sich mit aller Kraft in die Riemen legen. Dann die endlose Zickzackfahrt über die offene Wasserfläche; wild tanzte das Flugzeug auf den hochgehenden Wellen. Würden wir bei solchem Seegang jemals loskommen? Endlich der entscheidende Anlauf gegen den Wind, mitten durch die Brandung. Hochauf spritzt die Gischt … überflutet die Tragflächen … furchtbare Stöße gegen die Schwimmer. Ob sie es wohl aushalten würden? Jetzt sind wir los … nein … wieder ein Anprall … jetzt … jetzt … nein … klatsch, klatsch. Etwas *muß* brechen. Charles pariert den Stoß. Jetzt sind wir los … mit angehaltenem Atem warte ich auf den nächsten Zusammenstoß mit den Wogen ... aber er kommt nicht. Dann fliegen wir also ... ja, wir fliegen! Immer höher schraubt sich die Maschine steil in die Luft ... schon liegt die Welt, die uns vor ein paar Sekunden noch gefangen gehalten hatte, tief unter uns ...

Ist dies wirklich die gleiche Welt, dachte ich, als ich nun erstaunt, verwirrt hinabblickte. So klein war sie, wie konnte überhaupt ein Mensch darin Platz haben? Das weiße Kästchen unter den Funktürmen ... waren wir dort drinnen so entmutigt gewesen, als die böse Nachricht aus Dakar kam? Das Puppenhäuschen ... hatte ich mich darin Abend für Abend ganz apathisch in den Korbsessel gedrückt? Das staubgraue Fädchen, das sich den kaum wahrnehmbaren Hügel hinaufschlängelte ... war das der steile Weg, den ich so oft zum Bungalow hinaufgeklettert war? Und diese Figürchen, die tanzenden Pünktchen im Boot, die sich bewegenden Flecken auf dem Hügel ... waren das Menschen aus Fleisch und Blut, mit denen wir gesprochen hatten? Der Franzose in seinem schmutzigen Sweater und seinem Tropenhelm, die immer freundlich grinsenden Boys, der »Chef«, sich in seiner ganzen Länge aufrichtend, seinen dünnen, flatternden Rock zuknöpfend? Er hatte sich geweigert, Bezahlung für die Mühe, die wir ihm bereitet hatten, anzunehmen. »Ich bin hier Chef ... Sie sind meine Gäste ... ich kann doch von meinen Gästen kein Geld annehmen ...« Schließlich hatten wir ihm mit Gewalt wenigstens das Geld für die Funkdepeschen aufgedrängt ... immer wieder hatte er uns versichert, es sei zuviel, er werde uns den Rest zurückschicken ...

Und das flatternde Farbfleckchen, der unbestimmte gelbliche Schimmer, war das die junge Frau, die uns mit einer kleinen verstaubten Kamera gefolgt war? »Sie haben doch nichts dagegen ... bitte?« hatte sie ganz schüchtern gefragt.

Ein paar Minuten war das alles erst her ... und jetzt waren wir schon Welten entfernt von ihnen, wenn ich auch noch unhörbare »Auf Wiedersehn!« hinunterbrüllte, und die Leute tief unten auf dem Hügel mit Miniaturärmchen winkten. Aus Raum wurde in diesem Augenblick Zeit. Wir waren schon genau so weit von diesen Menschen entfernt, wie wir nächste Woche, nächstes Jahr oder am Ende unseres Lebens sein würden. Sie gehörten nun der Vergangenheit an, und während wir auf sie hinuntersahen, war es, wie von der Höhe des Todes hinunter auf das Leben zu blicken.

Als das Flugzeug erst die eine und dann die andere Tragfläche zum Abschied senkte, wurde mir klar, daß sie bald an Bedeutung für mich verlieren würden. Ich wollte das nicht ... aber ich würde sie vergessen ... sie würden zu einer unbestimmten, traumfernen Erinnerung werden. Unser Flugzeug, unsere Augen und jetzt auch unsere Gedanken wandten sich in eine andere Richtung ... Bathurst entgegen. Nur ein dünner Faden würde uns noch kurze Zeit miteinander verbinden. Die Funkstation ... fiel mir plötzlich ein ... die Türme auf dem Hügel dort, die kleine Hütte mit dem einen dem Himmel zuwandten Fenster, der blasse Funker mit dem steten Blick auf die Wanduhr. Ich mußte die Antenne aufspulen, den Sender einstellen, ich mußte die Verbindung mit ihnen herstellen.

»Da-dit-da, dit-da-dit-dit, da-dit-da-dit – *KHCAL* (unser Flugzeug) *ruft CRKK* (Porto Praia).«

Nachweis der Texte

Muscheln in meiner Hand
Übersetzt von Maria Wolff und Peter Stadelmeyer (Gedichte)
© 1955 Pantheon Books, Inc., New York
»Gift From The Sea«, Pantheon Books, Inc.,
New York 1955
© der deutschsprachigen Ausgabe:
1955 Piper Verlag GmbH, München

Trage mich über die Flut
Übersetzt von Annemarie von Puttkamer
© Anne Morrow Lindbergh
»The Unicorn And Other Poems«, Pantheon Books, Inc.,
New York 1956
© der deutschsprachigen Ausgabe:
1957 Piper Verlag GmbH, München

Die Erde leuchtet
Übersetzt von Doris und Renate Schmidt
© Anne Morrow Lindbergh
»Earthshine«, Harcourt, Brace, Jovanovich, Inc.,
New York 1966
© der deutschsprachigen Ausgabe:
1970 Piper Verlag GmbH, München

Wind an vielen Küsten (Auszug)
Übersetzt von Elisabeth Piper
© Anne Morrow Lindbergh
»Listen! The Wind«, Harcourt, Brace,
Jovanovich, Inc., New York 1938
© der deutschsprachigen Ausgabe:
1956 Piper Verlag GmbH, München

Verzeichnis der Gedichte